W0249148

Obsession meurtrière

DU MÊME AUTEUR CHEZ MIRA

Sang Froid
Le Collectionneur
Les âmes piégées

ALEX KAVA

Obsession meurtrière

Roman

MIRA

Titre original :
AT THE STROKE OF MADNESS
publié par MIRA®

Traduction de l'américain par JOËLLE TOUATI

Mira® est une marque déposée par le groupe Harlequin

© 2003, S. M. KAVA.
© 2005, Harlequin S.A.
83/85 boulevard Vincent Auriol 75646 PARIS CEDEX 13.
ISBN 2-280-85535-6 — ISSN 1765-7792

Ce livre est dédié à Amy Moore-Benson, qui a cru en moi, m'a accompagnée et encouragée, et n'a jamais abandonné la partie,

et à Deborah Groh Carlin, qui m'a écoutée, inspirée, s'est intéressée à ce que je faisais et ne m'a jamais autorisée à abandonner la partie.

1.

Samedi 13 septembre
Meriden, Connecticut

Minuit approchait et Joan Begley continuait à attendre en pianotant sur le volant.

Dans le lointain, le ciel était zébré d'éclairs, pourtant elle voulait se persuader que l'orage allait s'éloigner, qu'il n'éclaterait pas ici. En contrebas, les lumières de la ville offraient un panorama spectaculaire, mais Joan était si concentrée sur ses rétroviseurs qu'elle n'y prêtait aucune attention. Elle guettait l'apparition d'éventuels véhicules.

« Le danger est parfois plus proche qu'on ne le croit. »

Cet autocollant, affiché sur le pare-soleil, côté passager, lui arracha un sourire. Un sourire et un frisson. Par une nuit aussi noire, elle aurait eu du mal à anticiper une quelconque menace.

« Tu trouves ça malin de flipper toute seule ? » se demanda-t-elle.

Pensée positive. Attitude positive. A quoi bon toutes ces séances avec le Dr Patterson si elle ne mettait pas ses conseils en pratique ?

Mais pourquoi tardait-il tant ? Peut-être était-il déjà venu et reparti ? Après tout, elle avait dix minutes de retard. Tout ça parce qu'il avait oublié de lui signaler l'intersection juste avant la dernière montée. Elle avait donc bifurqué du mauvais côté et fait un grand détour sur une route zigzaguant au milieu d'une forêt où l'obscurité était encore plus dense qu'ailleurs.

Pourvu qu'il n'y ait pas d'orage… Joan détestait les orages. L'électricité qui planait dans l'air lui était insupportable. Elle en sentait le goût métallique sur sa langue, comme lorsqu'on sort de chez le dentiste… Cette atmosphère ne faisait qu'accentuer sa nervosité.

C'était à cause de ces foutus nuages qu'elle s'était trompée de chemin. En tout cas, c'était l'excuse qu'elle se donnait car, en réalité, elle n'avait aucun sens de l'orientation. Quelle idée avait-elle eue de louer une voiture ? Dans le Connecticut, les rues partaient dans tous les sens, sans jamais former d'angle droit ni de lignes parallèles. Depuis qu'elle était dans la région, elle n'arrêtait pas de se perdre. Ce soir, si elle n'avait pas rencontré quelqu'un pour lui indiquer la direction de West

Peak, elle aurait probablement tourné en rond pendant des heures.

Ce vieux qui promenait son chien lui avait dit qu'il cherchait des noix. Sur le moment, elle ne s'était pas posé de questions, mais, en y repensant, elle se rappelait qu'il n'avait ni sac ni panier à la main. Juste une lampe de poche. Qui pouvait bien avoir l'idée de ramasser des noix au milieu de la nuit sans rien d'autre que ses poches pour les stocker ? Etrange. Ouais, cet homme était bizarre, avec son regard absent et hébété. Toujours est-il qu'il lui avait expliqué clairement, à grand renfort de gestes, comment se rendre jusqu'à cette corniche ventée et sombre où l'on n'entendait que le craquement des branches.

Que foutait-elle ici, bon sang ? Elle n'aurait pas dû venir. Pourquoi fallait-il qu'elle reproduise toujours les mêmes erreurs ?

Elle s'empara de son téléphone portable et composa le numéro de mémoire. Contre tout espoir, la messagerie vocale se déclencha au bout de deux sonneries. « Bonjour, le Dr Gwen Patterson ne peut pas vous répondre pour le moment. Laissez-moi vos coordonnées, je vous rappellerai dès que possible. »

— Dès que possible, ce sera peut-être trop tard, déclara Joan en guise de salutation.

Puis, aussitôt, elle regretta ses paroles. Le Dr Patterson ne manquerait pas d'interpréter sa réaction. Mais n'était-ce pas, justement, pour cela qu'elle la payait une fortune ?

— Docteur Patterson, reprit-elle. Oui, c'est encore moi. Désolée de vous déranger. Je voulais juste vous dire que vous aviez vu juste : j'ai recommencé. Eh non, je n'ai pas retenu la leçon. Il fait nuit noire, et je suis dans ma voiture, en train d'attendre... oui, vous avez deviné : c'est un homme que j'attends. Mais Sonny n'est pas comme les autres. Je vous ai parlé de lui dans mon dernier e-mail, vous vous souvenez ? Je l'ai déjà vu plusieurs fois. Jusqu'à maintenant, nous n'avons fait que discuter. Il m'a l'air d'un mec bien. Ça vous surprend, hein ? Enfin, je me trompe peut-être. Il est vrai que je ne suis pas très douée pour juger les hommes. Si ça se trouve, c'est un désaxé qui va me massacrer à la hache, lança-t-elle avec un rire forcé. Bref... J'espérais... J'espérais que vous seriez là pour me dissuader... Pour m'empêcher de... de faire ça. Tant pis. Remarquez, il m'a peut-être posé un lapin. Allez, à lundi matin pour notre rendez-vous habituel. Vous m'engueulerez à ce moment-là, O.K. ?

Joan coupa la communication avant d'être invitée à réécouter son message, à le modifier ou à l'effacer. Pas envie d'être encore confrontée à un choix. Pas ce soir. Ras le bol de prendre des décisions. Ces derniers jours, elle n'avait fait que prendre des décisions : les funérailles Sérénité ou les obsèques Grand-luxe-pour-vous-déculpabiliser ? Roses blanches ou lis blancs ? Cercueil en noyer avec poignées de cuivre ou acajou et capiton de soie ?

Quelle horreur ! Incroyable, tous ces dilemmes débiles auxquels on se trouvait confronté au moment d'enterrer quelqu'un.

Joan rangea son mobile dans son sac, et passa les doigts dans ses épais cheveux blonds pour écarter avec impatience les mèches qui lui tombaient sur le front. Puis elle alluma le plafonnier pour examiner ses racines noires dans le rétroviseur. Il était temps qu'elle se refasse une teinture. Etre blonde, ce n'était pas de tout repos.

— Eh oui, ma grande, tu es devenue une fille sophistiquée ! lança-t-elle à son image.

Une image qu'elle avait parfois du mal à reconnaître. Ses charmantes petites rides d'expression se creusaient chaque jour en des sillons de plus en plus profonds. Et si elle se faisait faire un lifting ? Serait-ce la prochaine étape de sa transformation ? Mon Dieu ! Et dire qu'elle était déjà allée voir un chirurgien esthétique. Qu'est-ce qu'elle s'imaginait ? Qu'elle pouvait modeler une nouvelle Joan Begley comme elle l'aurait fait avec une boule d'argile ?

Stupide. On ne se refaisait pas. En tout cas, maintenant, elle parvenait à maîtriser son poids. Enfin, « maîtriser » n'était peut-être pas le terme exact. Certes, elle avait maigri, et elle se sentait mieux dans sa peau, mais elle n'était pas certaine que ce fût définitif : elle pouvait très bien regrossir... En attendant, elle revivait. Débarrassée de ses kilos superflus, elle avait retrouvé son énergie, et tout lui semblait beaucoup plus facile. Et pourtant, une petite voix ne cessait de la tarauder : « Combien de temps cela va-t-il durer, cette fois ? »

Sa métamorphose l'enchantait, mais elle ne pouvait s'empêcher de douter d'elle-même. Comme elle considérait d'un œil soupçonneux le chocolat sans sucre et les chips allégées, elle se méfiait de la nouvelle personne qu'elle était devenue. La médaille avait forcément un revers. Que lui réservait ce miracle ? Le fait était qu'elle n'avait pas confiance en elle. Là était le cœur du problème. C'était à cause de son manque d'assurance qu'elle s'attirait toujours des ennuis. Comme ce soir où elle se retrouvait dans ce coin paumé pour rencontrer un type qui allait lui faire du bien, qui allait — mince, elle avait horreur de se l'avouer ! — l'aider à se sentir complète.

Le Dr Patterson affirmait que Joan s'était mis dans la tête qu'elle ne méritait pas d'être heureuse. Comment disait-elle, déjà, dans son jargon de psy ? Elle s'autodépréciait... Mille fois, elle avait répété à Joan qu'il ne lui servirait à rien d'améliorer son apparence tant qu'elle ne changerait pas de l'intérieur.

Seigneur ! Joan détestait quand sa psy avait raison.

Et si elle essayait de nouveau de la joindre ? Non, c'était ridicule. Elle jeta un coup d'œil dans le rétroviseur. De toute façon, il ne viendrait plus, maintenant.

Elle devait admettre qu'elle était déçue. Elle s'était imaginé qu'il serait différent des mecs qu'elle avait l'habitude de fréquenter. Elle le sentait timide et discret. Et, surtout, il lui avait porté de l'intérêt. Ça, elle ne l'avait pas rêvé. Oui, Sonny l'avait écoutée avec attention. Avec compassion, même. En particulier quand elle lui avait raconté que ses problèmes de poids étaient dus à une déficience hormonale. N'importe quoi... Comme si elle n'était pas responsable de ce qu'elle mangeait ! Mais Sonny l'avait crue.

Voilà pourquoi elle se retrouvait là à l'attendre, en pleine nuit, au milieu de nulle part. Parce qu'il s'intéressait à elle, et pas seulement à la fausse blonde fière de sa nouvelle silhouette.

Elle éteignit le plafonnier et contempla la ville illuminée qui s'étalait au pied de l'escarpement. La vue était magnifique. Si elle avait été un peu moins crispée, elle lui aurait même trouvé un certain romantisme, en dépit de l'orage qui grondait. Etait-ce une goutte de pluie qui venait de s'écraser sur le pare-brise ? Il ne manquait plus que ça !

Elle se remit à tapoter sur le volant, et reprit son travail de guet.

Que fabriquait-il, bon sang ? Il n'avait plus envie de passer la soirée avec elle ? Pourquoi se serait-il subitement ravisé ?

Joan prit son sac sur ses genoux, y plongea la main, et fouilla jusqu'à ce qu'elle entende le crissement du papier. Elle sortit le sachet de M&M's, en déchira le coin, et versa une poignée de pastilles chocolatées au creux de sa main. Puis elle les jeta une à une dans sa bouche, comme s'il s'était agi de calmants. En général, le chocolat la détendait.

— Mais si, il va arriver d'une minute à l'autre, dit-elle à voix haute, la bouche pleine. Il a eu un empêchement. Quelque chose d'urgent l'a retenu. C'est quelqu'un de très occupé.

Avec tout ce qu'il avait fait pour elle, cette semaine, elle pouvait bien patienter encore un peu et lui pardonner son retard.

Heureusement qu'il avait été là, ces jours derniers. Elle avait désespérément tenté de se persuader que la mort de Granny ne l'avait pas trop ébranlée. Mais c'était faux, elle le savait. Sa grand-mère était la seule personne qui la comprenait et la soutenait. La seule qui prenait son parti, qui ne la trouvait pas pathétique quand Joan disait que si elle était toujours célibataire, à quarante ans, c'était pour préserver sa nature indépendante.

Granny avait été sa protectrice, sa confidente, son avocate. Elle avait eu une longue vie remplie de bonheurs, mais cet argument ne suffisait pas à combler le grand vide que la vieille dame laissait dans le cœur de Joan. Sonny avait su voir à quel point elle était désemparée. C'était grâce à lui qu'elle avait tenu le coup, toute la semaine. Il l'avait aidée à faire le deuil, en l'encourageant à laisser libre cours à son chagrin. Elle pouvait « craquer », lui avait-il dit. Ça lui ferait du bien.

Joan esquissa un sourire en se remémorant son visage grave. Il paraissait si sérieux, si maître de lui. Il dégageait une impression de force et d'autorité, exactement ce dont elle avait besoin en ce moment.

Comme par magie, deux faisceaux jaunes apparurent soudain dans le rétroviseur. Joan suivit des yeux la progression du véhicule entre les arbres. Le conducteur négociait les virages avec aisance. Il devait connaître parfaitement cette route sombre et tortueuse qui menait sur les hauteurs de la ville.

Joan ressentit une palpitation dans le bas-ventre. Excitation. Appréhension. Energie nerveuse. Quoi que ce fût, elle se reprocha d'éprouver des émotions dignes d'une lycéenne immature et non pas d'une femme de son âge.

Elle regarda la voiture qui se rangeait derrière la sienne. La lueur des phares lui enveloppait les épaules comme des doigts virils, avant-goût de ses mains au doux parfum de vanille. Il lui avait expliqué que la vanille chassait les odeurs âcres des produits qu'il manipulait dans son métier. Il avait paru un peu gêné en disant cela. Alors que Joan aimait ce parfum. Elle lui trouvait quelque chose de rassurant.

Un coup de tonnerre retentit, et les gouttes de pluie se multiplièrent. A travers les vitres de la voiture, Joan n'avait plus qu'une vision brouillée. Un homme coiffé d'un chapeau descendit du véhicule. Il avait arrêté le moteur mais laissé ses phares allumés. Eblouie, elle avait du mal à le distinguer nettement. Il sortait quelque chose du coffre. Un sac. Des vêtements de rechange ? Un cadeau d'adieu ? Elle sourit à cette perspective. Tandis qu'il se dirigeait vers elle, elle vit qu'il tenait cet objet long et étroit par une poignée, une anse... Un sac polochon ?

Il était, à présent, tout près de la portière. Un éclair déchira le ciel et fit scintiller l'objet, apparemment métallique, qu'il tenait à la main. Un mécanisme à chaîne autour d'une lame. Un cordon de mise en marche. Non, ce n'était pas possible. Elle avait mal vu. Ou alors, c'était une plaisanterie. Oui, il voulait lui faire une blague. A quoi d'autre une tronçonneuse lui aurait-elle servi ?

Elle leva les yeux vers son visage.

De sous le bord de son chapeau, à travers la vitre ruisselante, il fixait sur elle un regard mauvais qu'elle ne lui connaissait pas. Ce n'était pas possible, non, ce n'était pas lui ! Il avait l'air possédé.

Joan fut saisie de panique. Il restait debout devant la voiture, à la dévisager. Un nouveau coup de tonnerre la fit sursauter. Elle réagit comme sous l'effet d'un électrochoc. Instinctivement, sa main vola vers le tableau de bord. Ses doigts tâtonnèrent frénétiquement dans le noir. Les battements de son cœur résonnaient à ses oreilles. Ou était-ce l'écho du tonnerre ? Son index s'arrêta sur un bouton, appuya, poussa. La vitre s'abaissa dans un chuintement. Elle s'était trompée de touche.

Elle l'enfonça de nouveau. Maudites voitures de location !

Trop tard.

Il ouvrit la portière. Une alarme se joignit au martèlement de l'averse, une sonnerie agaçante qui signifiait que la clé était dans le contact et qu'il était vraiment trop tard.

— Bonsoir, Joan, dit-il de sa voix douce.

Associé à son expression cruelle, son ton révélait une totale démence.

C'est alors que Joan Begley songea qu'elle pouvait « craquer », qu'elle pouvait laisser libre cours à sa douleur. Personne n'entendrait son cri d'agonie.

2.

Lundi 15 septembre
Meriden, Connecticut

En chaussettes, planté au bout de l'allée de sa maison, Luc Racine considérait le journal dans son enveloppe de plastique, comme s'il s'était agi d'un colis piégé. Depuis deux mois, il essayait, chaque matin, de deviner la date imprimée sur le quotidien. Luc prenait ça comme un jeu. Mais s'il se trompait ? Quelle conclusion devrait-il en tirer ?

Il fit un tour complet sur lui-même, afin de s'assurer que les voisins ne l'épiaient pas, bien qu'il n'y eût guère de risques : leurs fenêtres étaient cachées par l'épais feuillage des noyers et des chênes centenaires. De là où il se tenait, Luc ne voyait pas non plus grand-chose de la rue, pas même les voitures qui passaient devant chez lui pour disparaître au prochain tournant.

Whippoorwill Drive était une route en lacet qui serpentait entre les arbres et un enchevêtrement de plantes grimpantes. A certains endroits, la végétation formait une voûte qui réduisait la visibilité à quelques mètres à peine devant soi. Pour qui ne connaissait pas le secteur, les sensations étaient garanties : une montée abrupte, interminable, à laquelle succédait une descente à pic tout en virages en épingles à cheveux, dans un paysage grandiose, à vous couper le souffle. Luc Racine adorait cet environnement, et il ne se lassait pas de le répéter à qui voulait bien l'entendre.

« L'office du tourisme ne t'a pas encore embauché pour rédiger ses pubs de merde ? » lui demandait souvent sa fille. A quoi il répondait invariablement : « Je ne t'ai pas appris à jurer comme un charretier, il me semble ! »

Il sourit en pensant à sa petite fille. Quelle effrontée elle faisait, surtout depuis qu'elle était inspectrice dans la police de... mince ! De quelle ville, déjà ? C'était pourtant facile à mémoriser. Elle travaillait dans la ville où se trouvait la Maison Blanche. Il avait le nom sur le bout de la langue.

Luc s'aperçut alors qu'il était revenu à sa porte et qu'il avait les mains vides.

— Zut !

Il lança un coup d'œil au bout de l'allée. Le journal était resté exactement à l'endroit où le coursier l'avait jeté. Comment pouvait-il deviner quel jour on était s'il ne parvenait même pas à se rappeler qu'il était sorti de chez lui pour aller chercher ce foutu canard ? Ce n'était sûrement pas bon signe. Il retira un petit carnet et un stylo de sa poche, et nota la date — ou, du moins, la date qu'il pensait être celle du jour —, puis inscrivit : « Suis allé au portail mais oublié de prendre le journal. »

En rangeant le calepin, il remarqua qu'il avait mal boutonné sa chemise. Cette fois, il avait sauté deux boutons. Il aimait ses chemises en oxford en coton — manches courtes pour l'été, manches longues pour l'hiver —, mais, puisqu'il n'était plus capable de les mettre correctement, il allait devoir y renoncer. Tout en revenant sur ses pas, il essaya de s'imaginer en T-shirt ou en polo. N'aurait-il pas l'air ridicule avec son béret noir ? Mais, après tout, quelle importance ?

Il ramassa le *Hartford Courant*, le sortit de son emballage plastique et le déploya d'un geste théâtral, tel un magicien.

— Nous sommes aujourd'hui le... Oui, lundi 15 septembre.

Content de lui, il replia le journal sans regarder aucun des titres, et le coinça sous son bras.

— Eh, Scrapple ! lança-t-il au jack russel terrier qui revenait de sa promenade matinale. J'ai encore juste !

Le chien ne lui témoigna qu'un très vague intérêt. Toute son attention était concentrée sur le gros os qu'il rapportait, moitié en le maintenant entre ses crocs, moitié en le traînant.

— Un de ces quatre, mon vieux Scrap, tu vas avoir des ennuis avec les coyotes si tu continues à leur chiper leur bouffe.

Luc avait à peine terminé sa phrase qu'un heurt violent retentit de l'autre côté du bosquet. Effrayé, le chien lâcha son os et se précipita aux pieds de son maître, la queue entre les jambes, comme si la menace que Luc venait de proférer était en train de se réaliser.

— N'aie pas peur, Scrapple, lui dit Luc tandis qu'un autre choc ébranlait la terre. Mais qu'est-ce que c'est que ce raffut ?

Le bruit évoquait le claquement du métal contre la pierre. Luc s'engagea à travers les arbres et les taillis. Une étendue broussailleuse d'environ cinq cents mètres séparait sa propriété d'une ancienne carrière. Le propriétaire avait déserté son exploitation depuis des années, abandonnant sur place son matériel et d'énormes tas de grès brun qui attendaient d'être concassés et chargés sur des camions. Qui aurait cru que la précieuse roche ne résisterait pas aux émanations toxiques de la ville de New York ?

Peu à peu, la carrière s'était transformée en décharge. Luc avait entendu dire que Calvin Vargus et Wally Hobbs avaient été engagés pour la nettoyer. Mais, jusqu'à présent, il n'avait vu aucun changement, si ce n'étaient les gros engins jaunes garés à côté des vieux convoyeurs mangés par la rouille. Il se rappelait avoir pensé que Vargus et Hobbs — ou Calvin et Hobbs, comme tout le monde les appelait — devaient profiter de l'aubaine pour entreposer leurs machines à moindres frais.

Au-delà des arbres, Luc distinguait maintenant un bulldozer dont la pelle articulée déplaçait des rochers gros comme Rhode Island. Au pied du flanc déchiqueté de la montagne, la nature avait repris ses droits. La piste de terre qui menait à la carrière, seul accès carrossable, était presque complètement envahie par la végétation. Luc avait oublié à quel point cette clairière artificielle était isolée.

Il reconnut Calvin Vargus juché sur le siège du monstre d'acier, en train de manier les leviers de commande de la machine. Telle la mâchoire d'un prédateur géant, le godet de la pelleteuse mordit dans le roc. Calvin poussa une manette, et l'énorme bête jaune pivota pour cracher le bloc de pierre dans un fracas assourdissant.

Coiffée d'une casquette de base-ball orange, la tête de Calvin tressautait. Quand il aperçut Luc, il lui adressa un signe de la main. Luc lui rendit son salut, et s'approcha. Le bulldozer faisait un vacarme de tous les diables, qui se répercutait dans tout son corps. Luc était fasciné et Scrapple, terrorisé : il ne quittait pas son maître d'une semelle. Quel trouillard, ce chien ! Il était capable de chaparder les os des coyotes, mais il avait peur du moindre bruit inhabituel.

Le bras jaune de la machine s'empara encore d'une pelletée de caillasses, de branchages et de déchets. Un baril rouillé échappa au chargement et dégringola jusqu'au bas d'un monticule de pierraille. Lorsque le bidon s'écrasa contre une arête saillante, son couvercle s'envola, tel un Frisbee.

Luc le suivit des yeux, épaté par la vitesse et la distance qu'il prenait, si bien qu'il ne prêta guère attention au contenu du tonneau. Du coin de l'œil, il ne vit qu'un paquet de chiffons — des vieux vêtements, sans doute —, et puis un bras, dont il pensa qu'il appartenait à un mannequin. On trouvait parfois des trucs bizarres dans les décharges.

L'odeur qui se répandit lui parut, néanmoins, surprenante.

Le baril avait dégagé des relents qui n'étaient pas ceux des ordures ordinaires. Des effluves de… de charogne. Luc ne s'en alarma pas, jusqu'à ce que Scrapple se mette à pousser un long hurlement aigu qu'il ne semblait pas pouvoir contrôler. Luc réprima un frisson. Calvin immobilisa le bras du bulldozer au milieu de sa course, et coupa le moteur. Scrapple se tut soudain, et un silence inquiétant s'abattit sur la carrière. Calvin repoussa sa casquette en arrière. Luc demeura immobile, les yeux fixés sur le grand costaud qui paraissait, à présent, pétrifié dans sa cabine.

Un martèlement résonnait à ses tympans. Il lui fallut quelques secondes pour prendre conscience que ce n'étaient plus les vibrations de la pelleteuse mais les pulsations de son cœur qui battait si fort qu'il entendait à peine les oies voler dans le ciel. Des nuées d'oies qui, comme chaque matin, se dirigeaient en criaillant vers le barrage McKenzie. Au loin, on percevait aussi le vrombissement de la circulation des heures de pointe sur l'I-91. Tous les bruits ordinaires d'un jour comme les autres.

« Un jour comme les autres », songea Luc en levant les yeux vers le soleil dont les rayons tombaient sur les membres bleuâtres qui dépassaient de la barrique de deux cents litres. Il croisa le regard de Calvin, qui exprimait le même dégoût que celui qu'il ressentait, avec une nuance de panique, en plus. Mais ce qui frappa Luc Racine, c'est ce qu'il ne lut pas sur le visage de Calvin. Vargus ne paraissait pas le moins du monde étonné.

3.

Ecole nationale du FBI
Quantico, Virginie

Maggie O'Dell avait à peine posé sur son plateau le dernier *doughnut*, un beau beignet au chocolat parsemé de granulés roses et blancs, qu'elle entendit le « tsst-tsst » réprobateur de son coéquipier, l'agent spécial R.J. Tully. Elle lui décocha un regard par-dessus son épaule.

— C'est ça, ton déjeuner ? lui demanda-t-il.

— Mon dessert, répondit-elle en ajoutant sur son plateau l'un des plats du jour de la cafétéria, recouvert d'un film de Cellophane.

Selon la liste inscrite à la craie sur le tableau, il s'agissait d'un tacorito. Maggie n'avait encore jamais goûté la cuisine mexicaine façon FBI. Elle redoutait le pire.

— Le *doughnut*, ce n'est *pas* un dessert, déclara Tully.

— Tu es jaloux parce qu'il n'en reste plus pour toi.

— Objection. Les *doughnuts* se mangent au petit déjeuner, pas en dessert, riposta Tully en attendant qu'Arlene, la serveuse, ait posé sa marmite fumante de purée de maïs.

Il lui désigna ensuite le rosbif du doigt.

— Demandons à l'experte, ajouta-t-il. Les *doughnuts* se mangent au petit déjeuner, n'est-ce pas, Arlene ?

— Si j'étais aussi mince que l'agent O'Dell, je mangerais des *doughnuts* à tous les repas, répondit la serveuse.

— Merci, Arlene, dit Maggie en prenant un Pepsi Light et en indiquant d'un signe la caissière — une petite femme à tête de taupe qu'elle n'avait jamais vue — qu'elle payerait les deux repas.

— Wouahou ! cria Tully. Qu'est-ce qu'on fête ?

— Je suis de bonne humeur, aujourd'hui, c'est tout, répondit Maggie en l'entraînant vers une table près de la fenêtre.

Dehors, sur l'un des terrains de sport, six jeunes recrues terminaient leur séance d'entraînement en slalomant entre les pins.

— Les cours de cette session sont terminés, expliqua Maggie. Je ne suis sur aucune affaire cauchemardesque, je peux dormir la nuit, et je prends quelques jours de congé pour la première fois depuis... depuis au moins un siècle. J'ai l'intention de faire du jardinage. J'ai déjà acheté trois douzaines de bulbes de jonquilles que je vais planter à l'angle sud-est de mon jardin. Je vais profiter de ce magnifique automne avec Harvey. Gratter la terre et jouer à la baballe avec mon chien, quel pied ! Tu comprends, maintenant, pourquoi je suis de si bonne humeur ?

Tully observait sa collègue. Il n'avait pas l'air convaincu. Maggie avait vu une expression dubitative apparaître sur son visage, dès l'instant où elle avait prononcé le mot « jonquilles ». Tully secoua la tête.

— C'est la première fois que tu te réjouis d'être en vacances. D'habitude, quand on nous accorde un pont, tu as peur qu'on prenne du retard. Je parie que ta serviette est bourrée de dossiers. Dis-moi la vérité, O'Dell : quelle est la véritable raison de ton sourire épanoui ?

Maggie leva les yeux au ciel. Décidément, Tully, le profiler, cherchait toujours à tout élucider. Mais elle ne pouvait pas lui reprocher un défaut dont elle-même était affublée. Déformation professionnelle.

— Bon, puisque tu veux tout savoir, dit-elle, mon avocat a fini par obtenir de l'avocat de Greg le tout dernier document nécessaire au divorce. Cette fois, tout est signé.

— Donc, ça y est, c'est réglé. Et tu es contente ?

— Un peu, que je suis contente ! Tu voudrais que je sois triste ?

— Je ne sais pas, répondit Tully en haussant les épaules et en rentrant dans sa chemise sa cravate déjà tachée de café.

Puis il prit sa fourchette pour recouvrir sa tranche de rosbif de purée de pommes de terre.

Maggie le regardait faire. La manchette de sa chemise trempait dans le jus, mais il ne s'en rendait pas compte, tant il était concentré par le puits qu'il était en train de creuser dans sa purée. Elle se retint de lui signaler sa maladresse.

— Quand mon divorce a été prononcé, reprit Tully tout en maniant fourchette et couteau, je me souviens d'avoir éprouvé des sentiments très mitigés.

Il leva les yeux, fourchette en l'air, et chercha le regard de sa coéquipière, comme s'il attendait d'elle une confession, en réponse à son propre aveu.

— Ton divorce n'a pas traîné pendant presque deux ans, rétorqua Maggie. Moi, j'ai eu tout le temps de me faire à la séparation, et je t'assure que je me porte comme un charme. C'est normal que tu aies éprouvé des sentiments partagés. Toi et Caroline, vous avez Emma. Au moins, avec

Greg, nous n'avons pas d'enfant. C'est sans doute le seul aspect positif de notre mariage.

Maggie commença à déballer son *tacorito* en se demandant pourquoi Arlene utilisait autant de Cellophane. Puis, comme si c'était plus fort qu'elle, elle prit sa serviette et tamponna la tache marron sur le poignet de la chemise de Tully. Il n'était plus gêné quand elle faisait ce genre de choses. Il tendit même le bras pour éviter à sa collègue de devoir se pencher par-dessus la table.

— Au fait, comment va Emma ? demanda Maggie en revenant à son repas.

— Ça va. Elle n'arrête pas de courir : je ne la vois presque jamais. Trop d'activités extrascolaires. Sans parler des garçons. Trop de garçons.

La sonnerie du portable de Maggie les interrompit.

— Maggie O'Dell, j'écoute.

— Allô, Maggie, c'est Gwen. Je ne te dérange pas ?

— Il n'est pas encore midi, je sais, mais je suis en train de déjeuner avec Tully. Qu'est-ce qui t'arrive ?

Maggie était suffisamment liée avec Gwen Patterson pour percevoir l'anxiété que son amie s'efforçait de dissimuler sous un ton professionnel et même quelque peu pincé. Maggie et Gwen se connaissaient depuis presque dix ans. Elles s'étaient rencontrées à l'époque où Maggie était interne en médecine légale à Quantico. Gwen était alors psychologue-conseil pour le FBI. Le supérieur de Maggie, le directeur adjoint, Kyle Cunningham, faisait souvent appel à ses compétences. Malgré leur différence d'âge — Gwen était de treize ans l'aînée de Maggie —, les deux femmes avaient instantanément sympathisé.

— J'ai un petit service à te demander, dit Gwen. Tu pourrais vérifier un truc pour moi ?

— Bien sûr ! Qu'est-ce que c'est ?

— Je me fais du souci pour l'une de mes patientes. Je crains qu'elle ait des ennuis.

— O.K.

Maggie était un peu étonnée. Gwen parlait rarement de ses patients.

— Quel genre d'ennuis ?

— Je ne sais pas trop... Rien de grave, sûrement, mais je serais plus tranquille si tu pouvais me le confirmer. Elle m'a laissé un message bizarre, dans la nuit de samedi à dimanche et, depuis, je n'ai pas réussi à la joindre. Ce matin, elle n'est pas venue à notre rendez-vous hebdomadaire. C'est la première fois qu'elle loupe une séance.

— Tu as appelé son employeur ou sa famille ?

— C'est une artiste qui travaille en free-lance. Je crois qu'elle n'avait plus que sa grand-mère comme famille, et elle était justement partie l'enterrer, ce week-end. C'est aussi un peu pour ça que je m'inquiète. Tu sais qu'un enterrement peut provoquer des troubles émotionnels.

Maggie savait, oui. Plus de vingt ans s'étaient écoulés, et elle ne pouvait toujours pas assister à des funérailles sans avoir des visions de son père, ce pompier héroïque, étendu dans cette grande boîte d'acajou, ses mains brûlées enveloppées dans du plastique.

— Maggie ?

— Elle a peut-être simplement décidé de rester là-bas un ou deux jours de plus ?

— J'en doute. Au départ, elle ne voulait même pas aller à l'enterrement.

— Alors, elle est peut-être tombée en panne sur le chemin du retour ?

Maggie avait tendance à penser que son amie s'affolait pour rien. Après tout, si sa patiente venait de perdre le dernier de ses proches, il était tout à fait compréhensible qu'elle n'ait envie de voir personne, et surtout pas sa psy qui allait s'empresser de disséquer ses sentiments. Mais Maggie savait aussi que tout le monde ne réagissait pas comme elle.

— Non, c'est impossible. Elle est partie en avion et elle a loué une voiture sur place. D'ailleurs, elle ne l'a pas restituée à l'agence. J'ai aussi téléphoné à l'hôtel où elle avait réservé une chambre. On m'a dit qu'elle devait partir hier mais qu'elle n'avait pas réglé sa note ni signalé qu'elle prolongeait son séjour. Elle n'était pas sur le vol qu'elle devait prendre, hier. Ça ne lui ressemble pas. Elle a des problèmes, mais c'est quelqu'un de carré.

— Tu as dit toi-même qu'elle avait pu être perturbée par ce décès. Peut-être qu'elle a besoin de quelques jours pour faire le point avant de reprendre son rythme quotidien. Au fait, comment sais-tu qu'elle n'a pas embarqué ?

Ce n'était pas le genre de renseignement que les compagnies aériennes divulguaient facilement. Depuis des années, Gwen sermonnait Maggie sur ses abus de pouvoir. Pour une fois, c'était au tour de Maggie de prendre son amie en faute. Comment s'était-elle débrouillée pour obtenir toutes ces informations ?

— Maggie, il y a autre chose…

De nouveau, Maggie sentit l'angoisse dans la voix de Gwen, et renonça à lui faire la morale.

— Elle avait rendez-vous avec un homme. Dans son message, elle me disait qu'elle aurait voulu que je la dissuade de voir ce type. Elle a des tendances… Elle a tendance… Ecoute, Maggie, il y a certains éléments confidentiels que je ne peux pas te révéler. Disons qu'en ce qui concerne les hommes, elle a déjà fait pas mal de conneries.

Maggie jeta un coup d'œil en direction de Tully. Il était suspendu à ses lèvres. Il détourna le regard. Elle avait remarqué, depuis quelque temps, qu'il était particulièrement intéressé par tout ce qui avait un rapport avec Gwen Patterson. A moins que ce ne soit qu'une impression…

— Que disais-tu, Gwen ? Tu crois que ce gars peut lui avoir fait du mal ?

Silence. Maggie attendit. Gwen commençait-elle à se rendre compte qu'elle dramatisait ? D'ailleurs, pourquoi était-elle si protectrice envers cette femme ? Maggie n'avait jamais vu Gwen materner ses patients. Ses amis, oui, mais pas ses patients.

— Maggie, est-ce que tu peux avoir des renseignements sur ce que cette personne a fait ces derniers jours ? Tu dois bien avoir dans tes connaissances quelqu'un qui pourrait nous aider ?

Maggie regarda de nouveau Tully. Il avait fini son repas et faisait semblant de s'intéresser à un groupe de jeunes recrues en short et T-shirt trempés de sueur.

Maggie prit sa fourchette et découpa un morceau de *tacorito*. Pour quelle raison Gwen était-elle si préoccupée par cette patiente ? Selon toute vraisemblance, cette femme désirait momentanément se couper du monde pour faire le deuil de sa grand-mère. Elle était allée chercher du réconfort dans les bras d'un inconnu ; il n'y avait pas de quoi faire une montagne.

— Maggie ?

— Je vais voir ce que je peux faire. Où sa grand-mère a-t-elle été enterrée ?

— A Wallingford, dans le Connecticut. Mais ma patiente a pris une chambre au Ramada Plaza Hotel, à Meriden, juste à côté. J'ai le numéro de téléphone et l'adresse. Je t'envoie ça par fax avec quelques autres informations. Par contre, tout ce que je sais du gars avec qui elle avait rendez-vous, c'est qu'il s'appelle Sonny.

Maggie nota le prénom, puis, soudain, son estomac se contracta. Oh non, pas le Connecticut…

4.

Le shérif Henry Watermeier repoussa son chapeau en arrière et essuya la sueur qui perlait à son front.

— Putain de bordel de merde ! grommela-t-il en résistant à l'envie de faire les cent pas pour canaliser sa frustration.

Les pouces calés dans la boucle de son ceinturon, il attendait, en essayant de réfléchir et d'ignorer le bourdonnement exaspérant des mouches. Saloperies de mouches ! Des vautours en modèles réduits, voraces et persistantes, en dépit de la bâche de plastique.

Ce n'était pas la première fois que Henry était confronté à un cadavre peu ragoûtant. Pour avoir travaillé trente ans dans la police de New York, il était vacciné. Mais le Connecticut, c'était différent. Du moins, en principe. S'il avait fini par céder au désir de sa femme qui rêvait d'habiter dans un bled paumé, c'était, justement, parce qu'il pensait échapper aux horreurs et aux casse-tête. Bien sûr, les crimes tordus étaient monnaie courante dans le comté de Fairfield et sur la côte. Qui avait oublié cet imprésario qui avait écrasé seize personnes avec sa Mercedes, ou le meurtre de Martha Moxley — une affaire que l'on avait mis presque trente ans à résoudre — ou encore Alex Cross, le célèbre violeur du Connecticut ? Près de New York, les flics avaient du fil à retordre, mais, dès que l'on s'enfonçait un peu dans la campagne, la vie était beaucoup plus tranquille. Non, il ne s'attendait pas à ça, ici.

Henry avait ordonné à ses hommes de délimiter un vaste périmètre. Deux d'entre eux étaient en train de tendre des bandes jaunes d'arbre en arbre : Arliss, cigarette au bec, et ce jeunot de Truman qui invectivait comme une harpie quiconque osait s'approcher à moins de trois mètres.

— Que je ne voie pas de mégots sur le terrain, Arliss !

Le flic leva un regard étonné, comme s'il n'avait pas la moindre idée de ce dont parlait son supérieur.

— Ta clope, précisa Henry. Eteins-moi ça tout de suite.

Une lueur d'intelligence passa sur le visage d'Arliss, qui écrasa sa cigarette contre un tronc d'arbre, puis s'immobilisa, le bras en l'air, prêt à la jeter. Henry vit le gendarme rougir en soulevant son chapeau pour se coller le mégot derrière l'oreille. Le shérif sentait la moutarde lui monter au nez. Sa première affaire importante depuis qu'il était dans le comté de New Haven. Peut-être la dernière de sa carrière. Et ces péquenauds allaient le faire passer pour un incompétent.

Il lança un coup d'œil par-dessus son épaule, faisant mine de suivre l'avancement des opérations, alors que tout ce qui l'intéressait était de savoir si les caméras de Channel 8 étaient encore braquées sur lui. Tout juste : ces andouilles étaient en train de filmer son dos.

Pourquoi diable Calvin Vargus avait-il appelé les médias ? Henry n'avait encore jamais eu affaire à lui, mais ce type était bien conforme à sa réputation. Henry l'avait prié de la fermer, mais il continuait à pérorer devant cette jolie petite journaliste de Hartford. Il n'y aurait pas moyen de le faire taire, à part en le flanquant derrière les barreaux, ce qui n'était pas totalement exclu.

Henry s'exhorta au calme. Que ce couillon de Vargus aille se faire foutre ! Lui-même avait d'autres chats à fouetter. Il souleva la bâche et se força à regarder le corps ou, tout au moins, la partie du corps qui dépassait du bidon. Un chemisier de soie avec des poignets mousquetaire. Des ongles vernis. Les cheveux avaient peut-être été teints ; les racines paraissaient un peu plus foncées, bien que, sous la croûte de sang séché, ce fût difficile à dire. Elle avait dû saigner abondamment. Un coup mortel porté à la tête. Pas besoin d'être spécialiste pour déterminer la cause du décès.

Henry lâcha la bâche en se demandant, une fois de plus, si cette pauvre femme était de la région. Avant de quitter son bureau, il avait consulté la liste des personnes disparues dans le comté de New Haven. Aucune ne correspondait à la description préliminaire du cadavre : pas plus cet étudiant qui avait séché la fac, au printemps dernier, pour ne plus jamais reparaître, que ce jeune toxico qui avait probablement fait une fugue. Il ne s'agissait pas non plus de cette mamie qui était partie un beau matin acheter du lait et que personne n'avait revue, depuis. Nulle part sur la liste ne figurait une quadragénaire aux cheveux longs, aux ongles manucurés, vêtue d'un élégant chemisier de soie.

Henry respira profondément et leva les yeux vers le ciel d'un bleu éclatant que traversait un vol d'oies sauvages. Les veinardes : elles ne connaissaient pas leur bonheur. Il avait hâte d'être à la retraite, hâte de pouvoir passer ses journées sur les berges de la Connecticut River avec sa canne à pêche, une glacière pleine de Budweiser et une provision de sandwichs à la dinde fumée, au salami et au provolone. Un sandwich, il se taperait bien un sandwich, tiens ! Mais pas n'importe quel sandwich. Un du Vinny's Deli, soigneusement enveloppé dans ce papier blanc que Vinny utilisait.

Il coula un regard vers le baril. Les mouches s'immisçaient sous la bâche et leur bourdonnement s'amplifiait. Saletés de mouches ! Elles auraient fait leur nid dans les parties humides du cadavre avant même l'arrivée du légiste. Il n'y avait rien de plus dégueulasse que les mouches et leurs larves. Henry savait quels dégâts elles pouvaient causer en quelques heures. Répugnant. Et lui qui pensait aux sandwichs de Vinny ! Il en fallait plus pour lui couper l'appétit.

Sa femme, Rosie, disait qu'il était « blasé ». Si elle savait… Il n'était pas « blasé », il était « usé ». Et dire qu'il pensait terminer sa carrière peinard dans le comté de New Haven… Plus de stress, une bonne transition avant la retraite. Non, il n'avait pas signé pour un meurtre glauque dont il n'arrêterait peut-être jamais le coupable. On cancanerait, on chuchoterait dans son dos, tout le monde irait de sa petite hypothèse, et il pourrait faire une croix sur les vieux jours paisibles auxquels il aspirait.

Il se tourna vers Arliss. Un morceau de ruban jaune était collé à la semelle de ce benêt, et il le traînait derrière lui comme du papier-toilette, sans même s'en rendre compte.

Non, ce n'était pas comme ça qu'il avait espéré terminer sa carrière.

5.

R.J. Tully regardait O'Dell soulever les dossiers empilés sur son bureau.

— Mes vacances s'annoncent bien, maugréa-t-elle d'un air renfrogné.

Derrière elle, le fax de Patterson sortait, page après page, du télécopieur. Etait-ce la requête de son amie qui la faisait râler ? se demandait Tully. De toute façon, elle cherchait du boulot à emporter chez elle...

Tully se renversa contre le dossier du confortable fauteuil que O'Dell avait réussi à caser dans son minuscule espace de travail. Il avait toujours été médusé par l'ordre qui régnait dans le bureau de sa partenaire. Même si les bureaux du Service des sciences du comportement étaient grands comme des boîtes d'allumettes, O'Dell avait su rendre le sien agréable. Sur les étagères, les livres s'alignaient en rangées impeccables. Pas un seul volume ne dépassait, pas un seul bouquin n'était posé par-dessus les autres. Maintenant qu'il y prêtait attention, Tully s'aperçut même qu'ils étaient classés par ordre alphabétique.

Son bureau à lui ressemblait à un débarras. Livres, journaux et dossiers s'entassaient, pêle-mêle, sur ses rayonnages, sur sa table, par terre, et jusque sur la chaise réservée aux visiteurs. Certains jours, il ne savait même pas où mettre les pieds. Et il valait mieux ne pas regarder sous son plan de travail, où il cachait un sac de sport contenant des baskets, un short, des chaussettes de tennis pas toujours très blanches. D'ailleurs, ne serait-ce pas de là que provenait cette mystérieuse odeur qui planait dans la pièce, depuis quelque temps ?

Tully aurait aimé avoir une fenêtre. Il regrettait son bureau de Cleveland, au troisième étage, avec ses vitres en angle. Il n'avait pas gagné au change en se faisant muter à Quantico. Ici, il devait se contenter d'un placard au troisième sous-sol. L'air frais lui manquait, surtout à cette période de l'année. L'automne était, autrefois, sa saison préférée. Autrefois. Avant son divorce.

Ce divorce était devenu son principal repère dans le temps. Avant, il était beaucoup plus organisé. Enfin, moins brouillon. Depuis que Caroline l'avait quitté, sa vie était devenue une pagaille innommable. Voilà pourquoi l'attitude de O'Dell le dérangeait. Elle semblait considérer son divorce comme une forme de libération. Quelque part, il aurait aimé être comme elle...

Maggie continuait à fouiller dans ses affaires, sans se préoccuper du sifflement du télécopieur. Tully avait envie de lui dire quelque chose pour lui rendre sa bonne humeur. Une remarque du genre : « Quoi ? Tu n'as pas un système de classement par couleurs ? » Mais il vit, avant d'ouvrir la bouche, que les chemises qu'elle avait retirées de la pile portaient toutes une gommette rouge. Il réprima un sourire. Sa coéquipière était terriblement prévisible, et pourtant elle parvenait toujours à le surprendre. Par exemple, où voulait-elle en venir avec ce *doughnut* ? Elle l'avait descendu de la cafétéria et posé sur le bord de son bureau, comme pour le narguer.

Elle glissa les dossiers dans sa serviette et se retourna pour prendre le fax.

— Joan Begley, c'est le nom de la protégée de Gwen, dit-elle en mettant les pages dans l'ordre. Gwen la suit depuis plus de dix ans.

Gwen. Tully ne s'autorisait toujours pas à l'appeler par son prénom. Pour lui, elle était le Dr Gwen Patterson, psychologue, meilleure amie de sa collègue, parfois conseillère du FBI et de leur chef, le directeur adjoint, Kyle Cunningham. Cette Mme Je-sais-tout avait le don d'irriter Tully. Mais ses longues jambes et ses cheveux blond vénitien le faisaient fondre. En novembre dernier, ils étaient partis tous les deux en mission à Boston et… ils avaient échangé un baiser. D'un commun accord, ils avaient décidé qu'il s'agissait d'une regrettable erreur qu'il convenait d'oublier au plus vite. Mais Tully n'était pas sûr d'avoir oublié…

Il s'aperçut soudain que O'Dell semblait attendre une réponse. A cause de Patterson, il n'avait pas entendu la question.

— Pardon ? Qu'est-ce que tu disais ?

— Elle est partie enterrer sa grand-mère dans le Connecticut, et plus personne n'a eu de ses nouvelles depuis samedi soir.

— Le Dr Patterson la connaît personnellement ?

— Agent Tully, il aurait été très indiscret de ma part de le lui demander.

O'Dell souriait. Il roula les yeux. Sa coéquipière avait, certes, des qualités, mais, en matière de protocole, voire de simple politesse, elle faisait, d'habitude, fi de tout principe.

— Entre nous, ajouta-t-elle, je trouve moi aussi bizarre qu'elle remue ciel et terre pour une patiente.

— Qu'est-ce que tu comptes faire ?

— J'ai promis à Gwen de me renseigner.

Elle ramassa sur son bureau un autre dossier à gommette rouge, l'ouvrit, y jeta un bref coup d'œil, et le rangea dans sa serviette.

— Voyons voir. Elle m'a dit où c'était...

O'Dell parcourut rapidement les pages du fax. Etonnant, songea Tully, qu'elle ait si vite oublié ce que Patterson lui avait dit au téléphone. Etait-elle déjà dans son jardin à planter des jonquilles ? Peu probable.

— Ah, voilà ! dit-elle enfin. Elle dormait à Meriden, mais les funérailles ont eu lieu à Wallingford.

— A Wallingford ?

O'Dell vérifia sur le fax.

— Oui. Tu as des relations, là-bas ?

— Non, mais je connais la région. C'est magnifique. Tu sais à qui tu pourrais téléphoner ? A notre amie, l'inspectrice Racine. Elle est de là-bas.

— *Notre* amie ? La tienne, peut-être, mais sûrement pas la mienne.

— Je croyais que vous aviez fait la paix... Ou, en tout cas, que vous aviez conclu une trêve.

Aussi différentes que le jour et la nuit, Racine et O'Dell avaient toujours été à couteaux tirés. L'année précédente, cependant, Julia Racine avait sauvé la vie à la mère de Maggie. Depuis, Tully avait l'impression que les deux femmes faisaient un effort pour ne plus se voler dans les plumes.

— Tu sais que ma mère déjeune avec Racine une fois par mois ?

— C'est vrai ? C'est sympa.

— Ouais. Ce n'est pas moi qui irais au restaurant avec ma mère tous les mois !

— Peut-être que tu devrais.

O'Dell fronça les sourcils et reporta son attention sur le contenu du fax.

— Je pourrais peut-être, tout simplement, appeler le commissariat du coin.

Tully secoua la tête. Sa partenaire était intelligente mais terriblement obstinée.

— Pour quelle raison cette Begley fait-elle une thérapie avec le Dr Patterson ? demanda-t-il.

O'Dell le regarda par-dessus les feuilles de la télécopie.

— Gwen n'a pas voulu me le dire. Secret professionnel.

— Ça pourrait peut-être nous aider de savoir quel genre de dingue elle est.

— Quel genre de *dingue* ?

Nouveau froncement de sourcils. Tully détestait que sa collègue lui fasse remarquer son manque de professionnalisme. Même quand elle avait raison.

— Tu sais très bien ce que je veux dire. Ça nous serait sûrement utile de savoir de quoi elle est capable. Elle a peut-être des tendances suicidaires, par exemple.

— Non. Gwen était inquiète parce qu'elle avait rendez-vous avec un homme.

— Elle est dans le Connecticut depuis quand ?

O'Dell feuilleta les pages.

— Elle a quitté Washington lundi dernier. Ça fait donc une semaine.

— Elle est allée là-bas pour un enterrement, et elle a rencontré un mec en moins d'une semaine ? Qui drague à un enterrement ? Je ne suis même pas capable d'engager la conversation avec une femme à la laverie automatique.

Maggie sourit, ce qui était relativement rare quand Tully essayait de faire de l'humour. Il était assez fier de lui. Il avait presque réussi à la dérider.

— Si tu as besoin de moi, fais-moi signe, lui dit-il.

O'Dell le considérait avec un sourire malicieux, et il se demanda, une fois de plus, si le Dr Patterson avait raconté à sa meilleure amie ce qui s'était passé entre eux, à Boston. Enfin... plutôt, ce qui ne s'était pas passé.

O'Dell souriait toujours.

— Quoi ?

— Rien.

Tully se leva et déclara, pour dissiper les soupçons de Maggie :

— Sérieux, si tu as besoin d'un coup de main, n'hésite pas. Pour un motif professionnel, j'entends, pas pour planter des jonquilles. Avec mon genou, je ne peux pas jardiner.

— Je te remercie, répliqua O'Dell sans se départir de son sourire.

Elle savait, merde ! Ou alors elle se doutait de quelque chose.

6.

Wallingford, Connecticut

Lilian Hobbs adorait le lundi, seul jour de la semaine où elle pouvait laisser Rosie seule en pleine heure d'affluence, à préparer des cafés au lait, servir des croissants au fromage et encaisser le prix du *New York Times*. Ce qui ne dérangeait pas Rosie. Plus elle était débordée, mieux elle se portait. Après tout, c'était elle qui avait voulu ouvrir un café dans leur petite librairie.

« Ça fera marcher les affaires, avait-elle promis. On gagnera une clientèle de passage. »

Lilian ne tenait pas du tout à attirer les clients de passage, si bien qu'au début, elle s'était opposée à cette idée. Enfin, « opposer » était peut-être un verbe fort. En quarante-six ans, Lilian Hobbs ne s'était jamais « opposée » à quoi que ce fût. Disons plutôt qu'elle n'avait pas tout de suite saisi l'intérêt de l'initiative de sa collègue. En fait, elle redoutait que le café prenne le dessus sur la librairie, que les commères viennent s'y attabler pour se raconter leurs petites histoires au lieu d'acheter l'un des bouquins en vente sur les rayonnages.

Finalement, elle avait été obligée d'admettre que Rosie avait raison. Une fois de plus. Le café faisait tourner la boutique. Non seulement il avait fait grimper les ventes du *New York Times* et de *USA Today*, mais aussi celles des magazines, et même celles des livres de poche. Les gens entraient pour boire un espresso ou un cappuccino ; ils se retrouvaient à flâner dans les rayons, et repartaient avec un coup de cœur. Certains revenaient aussi, le soir, en sortant du travail ou le week-end, avec des amis ou leur famille. Il fallait bien reconnaître que la clientèle de passage avait du bon.

Oui, Rosie avait eu une bonne idée.

A vrai dire, Lilian avait toujours su que Rosie avait le sens des affaires. Rosie gérait le côté commercial de la librairie ; Lilian s'occupait des livres. Voilà pourquoi elles formaient un excellent partenariat, même s'il arrivait de temps à temps à Rosie de rouspéter. Lilian ne lui en voulait pas. Du moment qu'elle pouvait s'adonner à sa passion tous les jours de la semaine, de quoi aurait-elle pu se plaindre ?

Le lundi demeurait, néanmoins, un jour de fête, un peu comme un Noël hebdomadaire. Un Noël que Lilian passait assise dans l'arrière-boutique sombre et encombrée, armée d'un cutter et d'une tasse de café à la noisette. Ouvrir les cartons était pour elle comme découvrir de merveilleux cadeaux. L'odeur de l'encre et du papier la transportait dans un autre monde. Que les caisses contiennent des essais sur le XVIIIe siècle, des romans d'amour ou le dernier best-seller, peu lui importait. Elle aimait simplement voir, toucher et sentir les livres. C'était son plus grand bonheur.

Aujourd'hui, toutefois, elle n'avait pas vraiment la tête à ça. Quoi qu'elle fît, ses pensées revenaient sans cesse à Roy Morgan, le propriétaire de la brocante située juste à côté de la librairie, qui, ce matin, était arrivé au magasin hors d'haleine, en parlant comme un fou, écarlate jusqu'au lobe des oreilles, les yeux hagards. S'il n'avait pas été la personne la plus équilibrée qu'elle connaisse, Lilian aurait juré qu'il était en train de perdre la boule.

Les mots se bousculaient dans sa bouche ; il bégayait. Il s'exprimait trop vite, à un rythme saccadé. Comme un hystérique. Oui, comme quelqu'un qui avait pété un câble.

« Une femme dans un tonneau, avait-il répété à plusieurs reprises. Ils l'ont trouvée dans un baril. Dans un bidon de deux cents litres. A l'est du barrage McKenzie. Sous des rochers, dans l'ancienne carrière McCarty. »

On se serait cru dans un roman policier de Patricia Cornwell ou de Jeffery Deaver.

— Lilian ! appela Rosie, depuis le seuil de la remise. Viens voir : ils en parlent à la télé.

Lilian sortit de l'arrière-boutique. Plusieurs personnes étaient rassemblées autour d'un petit poste de télévision qui venait d'on ne savait où et qui s'était retrouvé coincé entre le présentoir des pâtisseries et le distributeur de serviettes en papier. Pour lui faire une place, le bocal ancien que Rosie aimait tant, dans lequel elle mettait les sachets de sucrettes, avait été relégué au bout du comptoir.

Dès que Lilian avait vu le téléviseur, elle avait su qu'il ne quitterait plus le magasin. D'abord un café, maintenant une télé. Elle sut aussi ce jour-là qu'il était en train de se passer quelque chose qui allait tout bouleverser. Plus rien ne serait jamais comme avant, à Wallingford, et ce qui s'annonçait ne lui disait rien de bon. Elle sentait ça comme elle sentait venir l'orage et comme elle sentait, autrefois, arriver les accès de furie de sa mère.

Sur l'écran, Calvin Vargus, l'associé de son frère, était interrogé par une journaliste petite et menue. Cette grosse brute de Calvin avait un sourire de gamin niais qui vient de dénicher un trésor.

Lilian l'écouta raconter comment il avait trouvé le bidon. Son récit était ponctué de *bips*.

« Il est tombé de la pelle du bulldozer. Bam ! Comme je vous dis. Et son *(bip)* de couvercle a giclé quand il a touché le sol. Et *(bip bip)*, j'ai vu qu'il contenait un cadavre. »

Lilian regarda la douzaine de clients regroupés autour du téléviseur, et chercha son frère des yeux. Etait-il déjà passé, comme tous les matins, boire son verre de lait, manger sa patte d'ours et se plaindre d'une douleur ou d'une autre ? S'il n'avait pas mal au dos, c'était à l'épaule ou à l'estomac. Que pensait-il de la macabre découverte de son associé ?

Walter Hobbs était installé au bout du comptoir, devant son verre de lait, à l'écart du groupe. Lilian alla s'asseoir près de lui. Il leva les yeux vers elle et se replongea dans la lecture de *Newsweek*. Visiblement, les membres d'Al Qaïda que l'on avait retrouvés morts à l'autre bout du monde l'intéressaient plus que le corps découvert dans sa propre ville.

Sans attendre la question de sa sœur, il secoua la tête et marmonna :

— Dire qu'il a fallu qu'il aille gratter dans cette maudite carrière ! Il pouvait pas la laisser tranquille, bon sang ?

7.

Luc Racine était contrarié, plus à cause de la caméra — et il en avait honte — qu'à cause du cadavre. Tout allait bien jusqu'à ce qu'ils tournent l'objectif vers lui et que la journaliste commence à l'interroger. Il était fasciné par ses yeux exorbités derrière d'épaisses lunettes. De gros yeux bleus qui lui rappelaient ceux d'un poisson exotique derrière la paroi de verre d'un aquarium. Et puis, elle avait enlevé ses lunettes, et la caméra s'était braquée sur lui comme le canon d'une mitraillette.

A présent, la journaliste le bombardait de questions et, déjà, il avait oublié son nom, alors qu'elle venait juste de se présenter aux téléspectateurs. Jennifer, peut-être... ou Jessica. Non, Jennifer. Peut-être. Il fallait qu'il fasse un effort de concentration. Mais il ne pouvait pas tout à la fois se concentrer et répondre aux questions.

— J'habite juste là, dit-il en tendant le bras. Et, non, je n'ai pas senti d'odeur anormale, ajouta-t-il en postillonnant. Non, je n'ai rien senti du tout.

La journaliste le dévisageait. La question suivante ne venait pas. Oh, mince ! Il lui avait postillonné à la figure. Il voyait bien la petite goutte blanche et luisante au milieu de son front.

— Les arbres font écran, reprit-il en agitant le bras dans l'autre direction.

Peut-être qu'elle ne s'était pas aperçue du postillon ? Pourquoi remuait-il les bras comme un débile mental ?

— Le coin est très retiré.

— Très isolé, ouais, renchérit Calvin Vargus avec un regard méprisant pour Luc.

La journaliste se tourna vers lui et lui tendit le micro en se haussant sur la pointe des pieds.

Calvin mesurait près d'un mètre quatre-vingt-dix. Tout à l'heure, en le voyant dans le bulldozer, Luc avait eu l'impression qu'il faisait partie de la machine, comme une grosse pièce d'acier solide et résistante. Calvin était taillé tout d'un bloc. Sa taille et sa nuque étaient à peine marquées. A côté de lui, la femme avait l'air d'une naine. Elle avait déjà recueilli son témoignage mais, visiblement, elle préférait sa version haute en couleur à celle de Luc. Evidemment, ce géant sans cou ne postillonnait pas et n'agitait pas les bras comme un pantin désarticulé.

Luc garda le silence. Que pouvait-il faire d'autre ? On lui avait donné sa chance et il ne l'avait pas saisie. Pourtant, il n'aurait pas dû être intimidé. Il avait déjà été filmé par la télé, pendant la « psychose de l'anthrax ». Une femme du quartier où il distribuait le courrier avait attrapé la maladie du charbon, à cause d'une enveloppe qu'il avait déposée dans sa boîte aux lettres. Le bureau de poste de Wallingford avait été fermé pendant une semaine. Tous les locaux avaient été décontaminés, et on avait soigneusement décrit aux préposés les précautions qu'ils devaient prendre au cours de leur travail. Luc avait été interviewé à la télé. La femme était décédée. Comment s'appelait-elle ? Quand cette histoire était-elle arrivée ? L'année dernière ? Ou l'année d'avant ? Ce n'était pas si vieux pour qu'il ait déjà oublié son nom.

Et voilà qu'aujourd'hui, il allait de nouveau passer à la télé parce qu'une autre femme était morte. Celle-là non plus, il ne connaissait pas son nom. Il regarda derrière lui. Les bandes jaunes délimitant la scène du crime étaient à bonne distance, bien gardées par un policier qui hurlait comme un putois dès que quelqu'un s'approchait un peu trop. Luc voyait, néanmoins, le bidon renversé et cabossé, bloqué par un rocher qui l'empêchait de rouler plus bas. Une bâche de plastique bleu recouvrait le cadavre, mais Luc ne parvenait pas à chasser de son esprit l'image du bras bleu-gris étendu hors du baril, comme si la victime essayait de s'en échapper à la nage. Il n'avait rien vu de plus que ce bras et une touffe de cheveux collés par le sang. Mais ça lui suffisait.

Un tiraillement au bas de la jambe de son pantalon l'arracha à ses réflexions. Sans regarder, il baissa le bras pour que Scrapple lui lèche la main. Il n'y eut pas de coup de langue. Luc tourna la tête vers le chien, qui se mit aussitôt sur la défensive et resserra les crocs autour du trophée qu'il venait montrer à son maître. Encore un os. Luc reporta son attention sur l'effervescence qui régnait dans la carrière.

Puis il réagit brusquement. Il aurait dû y penser plus tôt. Scrapple tenait l'os entre ses pattes et en rognait l'extrémité encore charnue... Luc sentit ses genoux flageoler.

— Oh, nom de Dieu, Scrapple ! Où as-tu trouvé ça ?

Tout autour, le silence se fit, et tous les regards convergèrent vers lui. Luc regarda la journaliste.

— Vous croyez que c'est ce que je pense ? lui demanda-t-il.

Pour toute réponse, elle se mit à vomir sur les énormes godillots de Calvin Vargus. Courbée en deux, elle leva la main devant l'objectif de la caméra, et bredouilla entre deux hoquets :

— Coupez, nom d'un chien ! Coupez !

8.

Le shérif Henry Watermeier n'avait pas besoin d'un expert pour identifier ce que Luc Racine lui tendait : un gros os auquel étaient encore attachés des os plus petits et de la chair noire en décomposition. Ce que Luc lui montrait était, sans aucun doute, un pied humain.

— Où est-ce qu'il a déniché ça ?

— Je n'en sais rien, répondit Luc.

Il ne quittait pas le shérif des yeux, et évitait de regarder la macabre trouvaille de Scrapple.

— Il me l'a apporté, mais je ne peux pas vous dire où il l'a trouvé.

Henry fit signe à l'un des gars de l'unité mobile — un grand Asiatique maigrelet dont le badge épinglé sur son uniforme bleu indiquait qu'il se prénommait Carl. Henry ne connaissait pas tous les hommes de la Section criminelle de Meriden, pour la simple et bonne raison que les criminels ne sévissaient pas dans les limites du comté de New Haven. Pour la deuxième fois de la journée, il se surprit à espérer que le meurtrier n'allait pas gâcher ses projets de retraite. Jusque-là, il avait mené une carrière exemplaire, et il entendait bien se retirer avec tous les hommages qui lui étaient dus.

Carl présenta à Luc un sac de mise sous scellés pour qu'il y dépose sa sinistre offrande.

Luc ne bougea pas. Il avait toujours les yeux rivés sur le shérif. De la tête, Henry lui fit signe de mettre l'os dans le sac. Luc tressaillit, comme un somnambule brutalement réveillé, puis s'exécuta.

Henry l'étudiait attentivement. Luc Racine était l'une des premières personnes qu'il avait rencontrées en arrivant à Wallingford. Tout le monde connaissait Luc. Il était le facteur le plus sympathique de tout le secteur, celui qui mettait un point d'honneur à se rappeler le nom de chacun des habitants du quartier. Un jour de pluie, ne trouvant personne chez Henry, Luc avait soigneusement emballé dans un sac en plastique le paquet qu'il était chargé de livrer, puis il l'avait laissé sur le porche avec un mot d'explication. Depuis cette histoire, qui était récente, Luc avait pris une retraite anticipée. Le bruit courait qu'il était atteint de la maladie d'Alzheimer.

Comment était-ce possible ? Bien qu'il eût dépassé la soixantaine, Luc paraissait plus jeune que Henry. Cela dit, à part sa calvitie naissante, Henry n'était pas mécontent de lui. Bien sûr, il avait quelques bourrelets, mais il rentrait toujours dans l'uniforme de la police de New York qu'on lui avait attribué… Seigneur, il y avait déjà trente ans ?

En tout cas, Henry trouvait qu'en apparence, Luc Racine respirait la santé. N'eût été ce regard vide, personne n'aurait soupçonné qu'il était sur le déclin.

— Je crois qu'il y en a d'autres, dit Luc en se grattant la tête.

— D'autres ? répéta Henry en cherchant à pénétrer l'expression absente de Luc.

De quoi parlait-il ? Avait-il oublié où il était et ce qui s'était passé ? Etait-ce ainsi que se traduisait la maladie ?

— D'autres os, précisa Luc. Scrap m'en a rapporté d'autres. Il me rapporte toujours des tas de trucs : des bouts de ferraille, des os, des vieilles godasses. Les os… Je croyais que c'étaient les proies des coyotes qui vivent en bas, vers l'étang.

— Vous les avez conservés ?

— Non.

— Dommage.

— Scrapple les a sûrement gardés. Je parie qu'il les a enterrés dans le jardin.

— Nous allons devoir inspecter votre propriété. Vous n'y voyez pas d'inconvénient, n'est-ce pas, Luc ?

— Non, non, aucun. Vous pensez que les os appartiennent à cette femme retrouvée morte dans le tonneau ?

Avant que Henry n'ait pu répondre, l'un de ses hommes, Charlie Newhouse, réclama l'attention générale. Charlie et deux des gars de l'unité mobile étaient en train de déplacer précautionneusement la barrique qui contenait le cadavre. La séance de photos était terminée, de même que la collecte des éléments de preuve et l'examen initial du légiste. On pouvait, à présent, transporter le corps à l'institut médico-légal, à moins que la vive excitation de Charlie Newhouse ne signifie qu'il y avait un motif de retarder l'évacuation.

Charlie Newhouse était le seul de ses hommes que Henry n'eût jamais vu excité, sauf après plusieurs bières ingurgitées à la suite d'un score exceptionnel des Yankees.

— Nous vous écoutons, déclara Henry en se joignant à ses confrères. Que se passe-t-il, Charlie ?

— Peut-être rien du tout, shérif.

Puis Charlie s'accroupit avant d'ajouter :

— Seulement, il y a d'autres bidons, là-dessous. Et je peux vous dire que ça schlingue.

9.

Adam Bonzado retira la cassette qui se trouvait dans l'autoradio, tout en conduisant d'une main. Dans chaque montée, le vieux pick-up El Camino ronflait comme s'il lui manquait une vitesse. Adam remua le tas de cassettes étalées sur le siège du passager, à la recherche de quelque chose qui corresponde à son humeur. Ses regards obliques ne tombaient que sur des cassettes de Tom Clancy. Or, ce n'était pas un jour à écouter du Clancy.

Au téléphone, le shérif Henry Watermeier lui avait paru tendu. Adam ne connaissait pas bien Henry, mais il avait senti qu'il était paniqué. Les deux hommes avaient travaillé ensemble, l'hiver précédent, lorsqu'un crâne avait été découvert sous un immeuble en démolition, dans le centre de Meriden. Tout ce qu'Adam avait pu déterminer, c'est que le type à qui appartenait ce crâne était un homme de race blanche, de petite taille, âgé de plus de quarante-deux ans mais de moins de soixante-dix-sept ans, mort depuis vingt-cinq à trente ans. Le corps avait dû être enterré ailleurs. On l'avait cherché, mais on ne l'avait pas trouvé. Adam avait dû se contenter de ce seul crâne pour établir ses maigres conclusions, basées sur des faits architecturaux plus que sur des données anthropologiques. En dépit de l'absence d'éléments significatifs, Watermeier, pour sa part, semblait persuadé que le bonhomme avait été victime de la pègre.

Adam sourit en repensant à cette enquête. Il ne croyait guère à la présence de mafieux au fin fond du Connecticut, malgré les deux ou trois rumeurs fumeuses que lui avait rapportées Watermeier. Adam avait grandi à Brooklyn, et il en connaissait un rayon sur les agissements de la mafia. Mais il savait aussi que Henry Watermeier avait été flic à New York pendant de nombreuses années. Le shérif de New Haven devait, lui aussi, connaître le milieu.

Adam Bonzado se demandait s'il avait affaire, cette fois, à une association de grands truands. Des cadavres dans des barriques rouillées enfouies sous des tonnes de grès dans une carrière abandonnée, ça ressemblait, effectivement, à la mafia. Sauf que, s'il y avait des os éparpillés un peu partout, comme l'avait dit Henry, c'est que le boulot n'avait pas été fait correctement. En général, la mafia ne commettait pas ce genre d'erreurs.

Adam attrapa une cassette coincée entre la portière et le siège, et lut ce qui était inscrit sur la tranche du boîtier. Parfait. D'une main, il sortit la cassette des Dixie Chicks de sa gangue de plastique, tout en ralentissant pour franchir un énième virage en épingle à cheveux. Puis il inséra la cassette dans l'autoradio, et monta le son.

Exactement la musique qu'il avait envie d'entendre : des chansons rythmées qui vous faisaient taper du pied. Partir à la chasse aux os lui donnait de l'entrain. Il était comme ça : il aimait les énigmes. Bien sûr, il prenait aussi du plaisir à enseigner, mais ce n'était pour lui qu'un job alimentaire. Des cadavres dans des bidons, voilà ce qui provoquait des décharges d'adrénaline.

Ses parents ne le comprenaient absolument pas. Il avait un doctorat d'anthropologie légale, il était professeur et chef de département à l'université de New Haven, mais sa mère continuait à le présenter comme un excellent joueur de concertina, comme si cette qualité avait constitué son talent le plus remarquable.

Il secoua la tête. Qu'est-ce que ça pouvait bien faire, après tout ? Il était adulte, maintenant ! Pourtant, il attachait toujours autant d'importance à ce que ses parents pensaient de lui. Il ne parvenait pas à se soustraire à leur influence. Adam Bonzado était bien obligé d'admettre qu'il avait hérité de l'esprit de révolte de son père espagnol et de l'orgueil obstiné des ancêtres polonais de sa mère.

Arrivé en haut de la montée, le pick-up s'envola dans la pente. Adam ne freina pas. Emporté par les voix sexy des Dixie Chicks, il s'offrit le plaisir d'une descente à fond la caisse, digne des montagnes russes. Le volant était rigide, mais il prenait un malin plaisir à le manier pour épouser les courbes de la route. L'intersection le prit par surprise. Il écrasa la pédale de frein. Le pick-up s'arrêta dans un crissement de pneus, à quelques centimètres du stop, quelques fractions de seconde avant le passage d'un camion.

— Oh, purée !

Il avait les doigts crispés sur le volant. Le conducteur du camion lui adressa un signe amical. Pas de poing levé, pas de doigt tendu. Le gars ne s'était peut-être aperçu de rien. Adam baissa le volume de l'autoradio.

Un levier de métal qui devait se trouver sous le siège passager avait roulé à l'avant du véhicule. Adam jeta un œil dans le rétroviseur pour s'assurer qu'il ne bloquait pas la circulation, puis il prit la barre de fer, ouvrit la glace qui le séparait de l'arrière de la voiture, et jeta l'outil dans la remorque, ce qui provoqua un claquement désagréable. Pourvu qu'il n'ait pas abîmé le revêtement qu'il venait d'installer : une bâche gaufrée en polyuréthane, facile à nettoyer, censée protéger le plateau de la rouille et de la corrosion.

Adam vérifia qu'aucun autre instrument ne traînait sur le sol, tout en se promettant de répéter, une fois de plus, à ses étudiants de ranger le matériel à l'arrière quand ils empruntaient le pick-up. Au moins, le pied-de-biche était propre. Pas de boue, pas de sang. Ils avaient pensé à le nettoyer. C'était déjà ça !

10.

Sa serviette dans une main, une canette de Pepsi Light dans l'autre, un paquet de courrier calé sous le bras, Maggie suivit Harvey jusque sur la terrasse. A peine avait-elle franchi le seuil de sa maison que le chien l'avait convaincue de passer leur premier après-midi de vacances à l'extérieur.

Après s'être libéré les mains, elle sortit les dossiers de son cartable et les posa sur la table de jardin en fer forgé, en regrettant déjà de ne pas les avoir laissés sous la pile où ils dormaient depuis des mois.

Museau à terre, Harvey reniflait la clôture. L'imposante demeure Tudor se dressait sur une propriété de plus d'un hectare, protégée par le système de sécurité électronique le plus performant et le plus onéreux qui puisse exister, ainsi que par une barrière naturelle de pins qui laissait juste entrevoir le toit des habitations voisines.

Chaque fois qu'il mettait le nez dehors, le

labrador blanc inspectait son domaine : il était incapable de jouer ou de se relaxer tant qu'il n'avait pas reniflé jusqu'au moindre centimètre carré de terrain.

Il se comportait ainsi depuis que Maggie l'avait adopté, à la suite du décès de sa maîtresse, kidnappée et assassinée par le tueur en série, Albert Stucky. La jeune femme venait d'emménager à côté de chez Maggie quand le drame s'était produit et, grâce au chien, Maggie avait retrouvé une raison de rentrer chez elle, le soir. Elle avait, du même coup, découvert l'amour inconditionnel, l'indulgence et la loyauté : autant de sentiments qu'elle n'avait pas connus dans son enfance auprès d'une mère alcoolique et suicidaire. Ni durant ses années de vie commune avec Greg.

Son inspection terminée, Harvey revint près d'elle et lui donna des coups de museau dans la main, espérant une récompense. Elle le gratta entre les oreilles, puis lui jeta un os à mâcher. Le labrador le saisit au bond et se coucha dans l'herbe pour le ronger, sans, pour autant, quitter sa maîtresse des yeux. Maggie secoua la tête en souriant. Que demander de plus ? Harvey lui offrait fidélité, affection, admiration et protection. Et dire que Tully ne comprenait pas pourquoi elle se réjouissait que son divorce soit enfin conclu !

En dix ans de mariage, Greg n'avait jamais fait preuve d'aucune de ces qualités.

Elle rassembla ses dossiers et considéra la canette de Pepsi d'un air hésitant. Jusqu'à présent, elle n'avait affronté ces documents qu'avec un verre de scotch. Elle en gardait une bouteille dans un placard, uniquement pour se prouver qu'elle n'en avait pas besoin, qu'elle n'était pas comme sa mère. Cette bouteille était une preuve, pas une *épreuve*.

Maggie se passa la langue sur les lèvres. Un petit verre ne pourrait pas lui faire de mal. Elle ne le boirait pas pur : elle ajouterait de l'eau et des glaçons. Une goutte de whisky l'aiderait à se détendre.

Elle s'aperçut soudain qu'elle était en train de plier en accordéon le bord de la première chemise de la pile. Pas de whisky, non, elle pouvait parfaitement s'en passer. Elle s'empara de la canette de Pepsi, en but une longue gorgée, et ouvrit le dossier.

Il y avait longtemps qu'elle ne s'était pas plongée dans ces papiers. Elle y avait ajouté de nouvelles pièces, une à une, tout en évitant soigneusement de relire toutes les informations. Jusqu'à présent, elle avait considéré ce « cas » comme une affaire parmi d'autres. A tel point qu'elle avait rangé les dossiers sur son bureau de Quantico, au milieu de ses profils de tueurs en série, de violeurs et de terroristes. Parce que c'était la seule façon de faire face.

Elle avait rassemblé divers documents et articles, téléchargé quelques fichiers, mais elle ne possédait aucune photo de lui car elle n'en avait pas cherché. En tant qu'agent du FBI, elle aurait pu se faire envoyer un cliché de l'album du lycée ou demander une copie de son permis de conduire. Mais une photo aurait fait de lui un être trop réel.

Maggie trouva l'enveloppe que sa mère lui avait remise en décembre dernier, l'enveloppe qui avait lancé cette… cette spirale… cette… peu importait !

L'année précédente, quand sa mère lui avait appris qu'elle avait un frère, elle n'avait pas voulu le croire. Ce ne pouvait être qu'un mensonge, une nouvelle stratégie d'ivrogne pour punir Maggie d'avoir aimé son père. Sa mère était capable d'une telle cruauté. Maggie en avait fait les frais, dans son enfance. Tous ses suicides ratés n'avaient pour but que de la faire souffrir. Si bien qu'elle n'avait pas fait grand cas des propos de sa mère lorsque celle-ci, soûle, dans une crise de colère, lui avait raconté que son père avait un fils illégitime. Sa mère ne lui avait pas donné l'enveloppe tout de suite. Avec l'enveloppe, il n'était plus possible de fuir la vérité.

Maggie l'ouvrit délicatement, et en retira un bristol qu'elle manipula comme s'il s'était agi d'un objet fragile et infiniment précieux. Ces gestes étaient devenus un rituel. Sa mère avait une belle écriture. Les lettres étaient calligraphiées, les i surmontés d'un petit rond.

Il s'appelait Patrick, comme l'oncle de Maggie, le frère unique de son père, que Maggie n'avait jamais connu : le légendaire Patrick qui n'était jamais revenu du Viêt-nam. A croire que les fils O'Dell étaient tous des héros. Maggie n'avait que douze ans quand un excès de bravoure avait coûté la vie à son père. Aujourd'hui encore, elle maudissait son héroïsme.

Elle remit la carte dans l'enveloppe. Elle n'avait pas besoin de la voir. Elle connaissait l'adresse par cœur. Depuis bientôt un an que sa mère la lui avait donnée, elle n'avait pas changé. Maggie s'était renseignée. Il habitait toujours à West Haven, dans le Connecticut, à une quarantaine de kilomètres seulement de l'endroit où la cliente de Gwen avait disparu.

Le téléphone portable de Maggie se mit à sonner. Elle sursauta. Harvey abandonna son os et vint se poster en face d'elle. Une habitude. Pour Harvey, la sonnerie du téléphone signifiait généralement que sa maîtresse allait devoir le quitter.

— Maggie O'Dell, j'écoute, dit-elle en regrettant de ne pas avoir pensé à éteindre son mobile.

— O'Dell, tu as écouté la radio ou regardé le journal télévisé ?

C'était Tully.

— Je viens juste d'arriver chez moi, et je suis en vacances.

— On a découvert le corps d'une femme, près de Wallingford, dans le Connecticut.

— Homicide ?

— Il y a de fortes chances. On l'a retrouvée dans un bidon, au fond d'une carrière.

— Oh, mon Dieu ! Tu penses que c'est la patiente de Gwen ?

— Je n'en sais rien. Il peut s'agir d'une coïncidence, mais c'est quand même bizarre, tu ne trouves pas ?

Maggie ne croyait pas aux coïncidences et, maintenant, elle se sentait coupable : elle s'en voulait de ne pas avoir pris les propos de Gwen plus au sérieux. Depuis ce matin, elle n'avait encore entrepris aucune démarche pour avoir des nouvelles de Joan Begley.

— Comment se fait-il qu'on en parle jusque chez nous ?

— Il doit y avoir d'autres cadavres dans la carrière. Une douzaine, peut-être.

Maggie reconnaissait cette inflexion dans la voix de Tully. Il menait déjà sa petite enquête. Il tournait et retournait dans sa tête tous les aspects de l'affaire. Autre déformation professionnelle. Non, c'était plus qu'une déformation professionnelle. Un état difficile à décrire, qui commençait aussi à prendre possession de Maggie. Comme une démangeaison, une pulsion, une obsession... Et si l'un des corps était celui de Joan Begley ?

Gwen était son amie depuis des années, mais jamais encore elle ne lui avait adressé une telle requête. Au lieu de faire tout ce qui était en son pouvoir, Maggie avait ignoré son anxiété. Par pur égoïsme. Parce qu'elle n'avait pas envie de penser à celui qui vivait dans le Connecticut.

— Tully ?

— Oui ?

Elle savait qu'il ne serait pas surpris. Il comprendrait. Sinon, pourquoi lui aurait-il téléphoné ?

— Tu peux garder Harvey pendant quelques jours ?

11.

Il était dans un sale pétrin. Sale pétrin. Comment cela avait-il pu se produire ?

Il appuya sur la pédale de frein, et observa la voiture devant lui. Il devait garder ses distances. Regarder droit devant lui. Juste quelques coups d'œil furtifs dans le rétroviseur. Un gros 4x4 lui collait au train, avec deux idiots à son bord qui s'étiraient le cou pour mieux voir. Mais il n'y avait rien à voir. C'était trop loin. Trop d'arbres. De la route, on ne voyait rien. Il le savait, et pourtant, il devait s'interdire de regarder. *Ne regarde pas.*

Il y avait une dizaine de bagnoles de flics sur le bas-côté. Et les camionnettes des médias. Comment cela avait-il pu se produire ? A la radio et à la télé, on ne parlait plus que de ça. Cette bimbo anorexique qui annonçait gaiement qu'on n'avait encore jamais vu pareille horreur le rendait fou de rage.

Qu'est-ce qui avait pris à cette andouille de Calvin Vargus ? Avait-il besoin de déblayer la carrière maintenant ? Alors qu'elle était en friche depuis plus de cinq ans ? Alors que le propriétaire s'en souciait comme d'une guigne ? Il ne conservait l'exploitation que pour avoir droit à une réduction d'impôts. Il n'habitait même pas dans la région. La carrière appartenait à un avocat de Boston qui n'y avait probablement jamais mis les pieds. Pourquoi ce connard de Vargus avait-il subitement décidé de changer les rochers de place ? Savait-il quelque chose ? Avait-il des soupçons ? Voulait-il sa perte ? Est-ce qu'il était au courant ? Il savait ? Mais comment aurait-il pu savoir ? Non, c'était impossible. Tout simplement inconcevable. Il ne savait pas. Il ne pouvait pas savoir.

Respire. Il devait respirer. Il ne pouvait pas respirer. Il sentit des sueurs froides, et il n'était même pas minuit. Des picotements dans les doigts. Un frisson lui parcourut l'échine. Il devait se maîtriser. *Stop, stop, stop.* Stopper la panique avant qu'elle ne lui griffe l'estomac.

Tout en gardant les yeux sur la route, il fouilla dans le sac polochon posé sur le siège du passager. La voiture de devant roulait au pas. Ses passagers se dévissaient la tête, eux aussi. Stupides badauds. Qu'espéraient-ils voir ? Ils n'avaient pas encore compris qu'ils ne verraient rien à travers les arbres. Bande de connards ! *Sales connards ! Cassez-vous, cassez-vous, cassez-vous !*

Il avait la nausée, des crampes d'estomac. La panique allait bientôt lui lacérer le ventre, telle la lame d'un poignard. Ses muscles se contractèrent. Un réflexe préventif pour se préparer à la douleur, à la peur, à l'agonie. La sueur ruisselait le long de son dos. Ses doigts cherchaient désespérément dans le sac.

Il trouva enfin le flacon de plastique et l'arracha du sac bourré à craquer. Ses mains tremblaient, mais il parvint à dévisser le bouchon de sécurité tout en conduisant. Comme s'il mourait de soif, il engloutit le liquide blanc et crayeux sans se soucier de respecter la dose recommandée. Une fois que la douleur s'était installée, il fallait agir plus vite qu'elle. Par précaution, il avala une dernière gorgée en faisant la grimace. Ce truc lui donnait envie de vomir et, s'il y pensait trop, il allait être malade, c'était sûr.

N'y pense pas ! Arrête de penser !

Ce goût était associé à son enfance, à une chambre sombre et mal aérée, à la main glaciale de sa mère sur son front et à sa voix apaisante : « Ça va aller mieux, je te le promets. »

Il revissa le bouchon et s'essuya la bouche du revers de la manche. Puis il attendit, le regard rivé sur les feux arrière du véhicule qui le précédait, rougeoyants comme des yeux de démon. Les crétins dans la voiture avaient le nez collé aux vitres. Il avait envie de klaxonner, mais il ne pouvait pas se permettre d'attirer l'attention sur lui. Il devait être patient. Attendre que la circulation se fluidifie. *Calme, calme, calme.*

Peut-être que ce n'était pas Vargus. Et voilà qu'il se remettait à gamberger. Et si c'était l'autre, ce Racine ? Luc Racine. Luc avec un « c », à en croire le bandeau au bas de l'écran télé. Ce nom lui disait quelque chose. Ce type aussi. L'avait-il déjà vu quelque part ? Oui, il en était presque sûr. Mais où ? *Où, où, où ?* Où avait-il pu le voir ? Ce vieux l'aurait-il suivi ? Etait-ce lui qui était allé raconter des trucs à Vargus ? Que mijotaient-ils, ces deux-là ? Etaient-ils allés creuser dans la carrière dans l'espoir d'y découvrir quelque chose... ou plutôt *quelqu'un* ?

Mais comment avaient-ils su ? Vargus n'était qu'une brute sans cervelle. L'autre, alors ? Ce Racine était peut-être un peu plus futé. Il devait se douter de quelque chose. Ouais, Luc Racine devait savoir. Il avait été prudent, pourtant. Très prudent. *Très, très, très prudent.* Oui, très prudent. Il avait toujours pris soin de tout laisser dans l'état où il l'avait trouvé. Le matériel, tout. Personne ne pouvait le soupçonner. Personne, non.

Enfin, bref, peu importait, pour le moment. Il ne pourrait plus jamais se servir de la vieille carrière. *Plus jamais, jamais, jamais.* L'endroit grouillait de flics et de journalistes. Et lui, il était là, coincé au milieu de la file de voitures, comme ces ânes à l'affût de sensations fortes. Il y avait encore plus de monde qu'en automne, quand tous les citadins encombraient les routes pour admirer la forêt. Bientôt ce serait l'automne. Dans quelques semaines. Et ils envahiraient de nouveau la région. Comme s'ils n'avaient jamais vu les feuilles changer de couleur. *Bande de gros bêtas.* Pour l'instant, en tout cas, il était exactement comme eux. Mais lui, il fallait absolument qu'il voie ce qui se passait, qu'il évalue l'ampleur des dégâts.

Il put enfin bifurquer sur un axe secondaire. Personne ne le suivit. En montant le long de la route tortueuse, il sentit son dos se décontracter. Un petit peu. Il fallait qu'il se calme, qu'il se détende. Il ne pouvait pas céder à la panique. Ni à la douleur. Il devait réfléchir. S'il n'était pas vigilant, la terreur et la douleur allaient le paralyser. *Non, non, non.* Cette satanée douleur était la même que lorsqu'il était petit : une douleur qui pouvait surgir n'importe quand, avec des lancinements atroces, comme s'il avait des clous dans le ventre, comme si on lui plantait un couteau dans l'abdomen.

Il fallait absolument arrêter d'y penser. Il avait des choses à faire. Comment pourrait-il se mettre au travail s'il se laissait posséder par la douleur ? Comment allait-il procéder ? Qu'allait-il faire, maintenant qu'il n'avait plus de lieu sûr ?

12.

Adam Bonzado regardait les pièces que le technicien de l'identité judiciaire nommé Carl avait étalées sur une bâche en plastique. Certaines étaient déjà sous scellés, étiquetées selon le lieu où elles avaient été ramassées. Carl en avait même identifié quelques-unes. Pour Adam, il était clair, au premier coup d'œil, que les os provenaient d'au moins deux corps différents.

— C'est le chien qui a rapporté ça, dit Carl en désignant ce qui ressemblait fort à un pied gauche.

Adam le souleva délicatement entre ses mains pourvues d'une double paire de gants, et l'examina sous tous les angles. La plupart des phalanges manquaient. Les métatarsiens et certains tarsiens étaient encore maintenus ensemble par des restes de tissus. Le calcanéum, l'os du talon, était à peu près en place.

— On a le reste du corps ?

— Non, et je doute qu'on le trouve. Plusieurs des bidons étaient mangés par la rouille. Les coyotes ont dû se régaler. Il y a sûrement des os éparpillés dans tout le comté.

— De quoi avez-vous besoin pour identifier quelqu'un ? demanda le shérif Watermeier en se penchant au-dessus de la bâche.

— Ça dépend. Ici, nous avons encore des tissus, répondit Adam en rendant le pied à Carl. Sans doute assez pour une analyse génétique. Mais, si nous n'avons pas d'échantillons auxquels comparer l'ADN, ça ne nous avancera pas à grand-chose.

— Voyons si j'ai bonne mémoire, dit Watermeier sur un ton las. Quand une personne a disparu et qu'on trouve un corps, ça ne sert à rien d'isoler l'ADN du corps si on ne peut pas le comparer avec l'empreinte génétique du disparu, prélevée sur des cheveux, par exemple.

— Exactement. Mais on peut aussi procéder dans le sens inverse. C'est ce que nous avons fait pour identifier les victimes du World Trade Center.

— Comment ça, dans le sens inverse ?

— Admettons qu'un individu ait disparu et que nous ne possédions pas son empreinte génétique. On peut alors demander aux parents, aux frères et aux sœurs de se soumettre à un test sanguin, et voir s'il y a des similitudes avec l'ADN du corps que l'on pense être celui du disparu. C'est un peu compliqué, mais ça marche.

— En d'autres termes, reprit Watermeier, on ne saura peut-être jamais à qui est ce panard ?

— Si nous trouvons d'autres parties du corps et que nous sommes en mesure de déterminer qu'elles appartiennent à la même personne, je pourrai sans doute établir un début de profil : définir le sexe, éventuellement un âge approximatif. Ça vous permettra déjà de dresser des parallèles avec certaines personnes portées disparues.

— Vous savez combien de gens disparaissent chaque année, Bonzado ?

Adam haussa les épaules.

— C'est vrai. Vous avez raison : on ne saura peut-être jamais d'où vient ce pied, admit-il.

Carl apporta d'autres os. La teinte noir rougeâtre de certains indiquait qu'ils avaient été enterrés et avaient absorbé de la terre. Adam tendit le doigt vers un élément blanc de petite taille.

— A mon avis, ça, ce n'est pas un os, déclara-t-il.

— Non ? dit Carl en le prenant entre ses doigts pour l'examiner de plus près. Vous êtes sûr ? demanda-t-il en le tendant à Adam.

— On va voir, répliqua celui-ci en portant la chose blanche à sa bouche pour la toucher du bout de la langue.

— Oh, putain, Bonzado, qu'est-ce que vous faites ?

— Contrairement à la pierre, l'os est poreux, expliqua Adam. L'os colle à la langue.

Il jeta le débris blanc au sol, et reprit :

— Ça, c'est de la pierre.

— Si tout le monde est d'accord, dit Carl en grimaçant de dégoût, je suggère que vous goûtiez les autres pièces. Je vous les fais passer, si vous voulez.

— Au fait, dit Adam en se tournant vers Watermeier, ça vous dérangerait que je fasse venir quelques-uns de mes élèves pour qu'ils me donnent un coup de main ?

— Je ne peux pas vous autoriser à faire un cours ici, Bonzado.

— Non, je le conçois parfaitement. Je vous proposais juste l'aide de deux ou trois étudiants de dernière année. Je veux parler d'une aide *physique*. Ça ne serait pas superflu d'avoir des bras pour déterrer et transporter ce que nous allons trouver dans la carrière. Réfléchissez, Henry : si Carl a déjà récolté tout ça rien qu'en grattant en surface, imaginez ce qui doit être enfoui plus profond !

— Vous avez raison, répondit Watermeier en soulevant son chapeau pour gratter sa chevelure grisonnante et clairsemée.

Le shérif, qui, d'ordinaire, se tenait droit comme un piquet, avait les épaules affaissées, ce qui révélait à quel point il était fatigué.

— Combien y a-t-il de barriques ? demanda-t-il.

— On ne sait pas encore exactement. Dix, douze, peut-être. J'ai demandé à l'équipe de l'identité judiciaire de commencer par prendre des photos et ramasser ce qui est visible à l'œil nu. Parce que, quand on va se mettre à creuser, on va tout mettre sens dessus dessous, et on risque d'enfouir des indices.

— Vous avez bien fait.

— On va avoir besoin d'une excavatrice pour dégager les bidons. Et, de toute manière, il faut qu'on attende Stolz. Il est à Hartford, en ce moment. Il assiste à un procès. Il ne pourra probablement pas être là avant demain matin. Il avait délégué un de ses assistants pour s'occuper du premier bidon, mais, maintenant, il dit qu'il préfère s'occuper lui-même du reste. On ne peut pas l'en blâmer. J'ai demandé à la police nationale de m'envoyer quelques hommes en renfort pour monter la garde, cette nuit. Il ne manquerait plus que ces chacals de journalistes essayent de se faufiler sur le périmètre. Je ne veux prendre aucun risque. Ça ne m'étonnerait pas qu'on ait bientôt le gouverneur sur le dos.

— A ce point ?

Watermeier s'avança vers Adam, et regarda autour de lui pour s'assurer que personne n'écoutait.

— Certains des bidons sont complètement pourris, et on peut voir à l'intérieur.

— Et ?

— Et ce n'est pas joli, joli, Bonzado, chuchota Watermeier. Je suis aguerri, pourtant, mais j'ai rarement vu quelque chose d'aussi répugnant.

13.

Luc Racine était assis devant la télé. Il aimait bien cette émission qui passait tous les soirs à la même heure. Une série rediffusée cent fois mais dont chaque épisode lui semblait nouveau. Luc ne se souvenait pas du nom des personnages, à l'exception du vieux, le père, avec qui il se trouvait des ressemblances. Le gars avait un jack russel terrier, lui aussi… Ah oui, il s'appelait Eddie. Non, c'était le chien qui s'appelait Eddie. Mince, il avait oublié le nom du maître.

Luc parcourut le salon des yeux en se disant qu'il fallait allumer la lumière. Seul l'écran de télé dispensait un peu de clarté dans la pièce. Quand la nuit était-elle tombée ? Luc avait l'impression qu'il venait juste de déjeuner. Il détestait l'obscurité. Il redoutait le jour où il ne saurait plus comment allumer la lumière. Il avait déjà eu des ennuis avec cet appareil dans la cuisine. Cet appareil, ce truc… pour faire cuire les aliments. Zut ! Il ne savait plus comment ça s'appelait.

Il se leva, alluma deux lampes, puis regarda autour de lui à la recherche de la télécommande. Il ne la remettait jamais à sa place… Bon, tant pis. De toute façon, il n'avait pas besoin de changer de chaîne : il avait envie de regarder cette émission qu'il aimait tant. Il se rassit et reporta son attention sur le petit écran, tout en caressant machinalement la tête de Scrapple. Le chien était épuisé par ses aventures de la journée. On était encore lundi, non ?

Luc sursauta en entendant la sonnerie du téléphone. Elle le surprenait toujours. Heureusement, le combiné était à portée de main.

— Allô ?

— Salut, Pop. Le sergent du département m'a dit qu'il t'avait vu au journal télévisé.

— Comment j'étais ?

— Pop, qu'est-ce qui se passe, bordel ?

— Jul, tu parles mal…

— Il paraît que tu as découvert un cadavre dans la vieille carrière McCarty, c'est vrai ?

— Calvin Vargus déplaçait des blocs de rocaille avec son bulldozer. Il a trouvé une femme dans un tonneau.

— Sans déconner ? Qui c'est ?

— Je n'en sais rien. Il se passe chez nous des choses aussi horribles qu'à Washington, hein ?

— Sois prudent, papa. Je n'aime pas te savoir tout seul dans ce coin isolé.

Luc avait les yeux fixés sur le poste de télé.

— *Frasier*, dit-il en voyant le titre de la série s'afficher à l'écran.

— Quoi, Pop ?

Cette fois, il eut l'impression que l'on avait appuyé sur un interrupteur dans son cerveau. Il cligna des yeux, regarda autour de lui et fut saisi d'effroi. Dehors, il faisait nuit noire. Il avait horreur du noir. A l'intérieur, des livres étaient alignés sur des étagères, des journaux étaient empilés dans un coin, des photos étaient scotchées sur les murs, une veste était suspendue à la porte. Rien de tout cela ne lui paraissait familier. Où était-il ?

— Pop, ça va ?

Quelqu'un lui criait dans l'oreille.

— Papa, qu'est-ce qui se passe ?

On lui hurlait dans l'oreille comme au travers d'un tuyau. Les mots résonnaient. Et puis, ils furent interrompus par un aboiement. Une suite d'aboiements.

De temps en temps, Luc avait l'impression de se réveiller d'un profond sommeil. Cette fois, c'était Scrapple qui l'avait ramené à la réalité. Assis en face de lui, le chien le regardait en jappant.

— Pop, tu es là ?

— Oui, Jul, je suis là.

— Ça va ?

— Bien sûr que ça va !

Silence à l'autre bout de la ligne. Il ne voulait pas qu'elle s'inquiète. Il ne fallait pas qu'elle sache.

— Ecoute, papa... (Elle avait une voix douce, comme quand elle était petite : une petite fille si mignonne, si timide) Papa, je vais venir te voir dès que je pourrai me libérer. D'ici un jour ou deux, d'accord ?

— Jul, ce n'est pas la peine. Tout va bien.

— Je te rappellerai pour te dire à quel moment j'arrive, O.K. ?

— Je ne veux pas que tu chamboules ton emploi du temps pour moi.

— Merde, le signal d'appel ! Il faut que je te quitte, papa. Fais bien attention à toi. Je te rappelle très vite.

— Toi aussi, prends bien soin de toi. Je t'aime, Jul.

Elle avait déjà raccroché.

La prochaine fois qu'elle téléphonerait, il devrait se montrer plus convaincant. Il avait très envie de la voir, mais il ne fallait pas qu'elle vienne. Il ne supporterait pas qu'elle ait honte de son père, encore moins qu'elle ait pitié de lui.

Du regard, il fit le tour de la pièce, et se sentit rassuré : il reconnaissait toutes ces affaires. Il pouvait regarder la télé tranquillement. Mais... Venait-il de voir passer une ombre derrière la vitre ou avait-il rêvé ?

Non, ce n'était pas possible, il n'avait pas entendu une portière claquer. Personne ne se promenait dans le quartier, à cette heure-ci. C'était le stress de la journée. Son imagination lui jouait des tours.

Il se leva pour baisser les stores et vérifier que la porte était bien fermée à clé. Scrapple était posté devant la fenêtre, les oreilles dressées, la queue entre les jambes. Ce n'était donc pas pour le tirer de sa torpeur que le chien avait aboyé ? Avait-il vu quelqu'un, lui aussi ?

14.

Il était presque minuit.

A plat ventre au bord de la falaise, caché par les arbres, il observait les flics qui montaient la garde dans la carrière, leurs lampes torches à la main. Presque tous les camions des chaînes de télé étaient partis. Ceux qui restaient étaient surmontés de projecteurs dont les faisceaux stroboscopiques balayaient le terrain. Que s'attendaient-ils à voir surgir ?

La fatigue l'avait emporté sur la colère. Des spasmes lui contractaient encore l'estomac. Il y avait longtemps qu'il n'avait pas autant vomi. Des années. Il détestait perdre ainsi le contrôle. *Je déteste, je déteste, je déteste.* Mais le fait de les voir violer sa cachette secrète le rendait malade, et il ne pouvait pas maîtriser les crampes qui lui déchiraient le ventre.

Tout ça à cause d'un seul bonhomme. Un seul bonhomme qui lui voulait du mal. Il distinguait la maison du vieux, au loin, la lumière jaune qui filtrait au travers des stores de la pièce de devant. Pour être allé regarder, il savait que c'était le salon. Il avait mémorisé l'emplacement du canapé, au milieu de ce grand espace vide, face à la fenêtre principale devant laquelle était installé un poste de télévision sur un chariot à roulettes bon marché. De telle sorte que le vieux puisse en même temps regarder ses émissions et surveiller l'allée de sa maison.

Quand il avait vu Luc Racine à la télé, tout à l'heure, il avait reconnu ce vieux qu'il croisait en ville de temps en temps, mais il savait aussi qu'il l'avait vu ailleurs. Toute la journée, il avait essayé de se rappeler où. En vain. Et puis, tout à coup, il avait eu comme un éclair.

C'était samedi soir qu'il l'avait vu. Le vieux se baladait dans Hubbard Park avec son petit clébard ridicule, en pleine nuit, en plein orage. Comment avait-il pu l'oublier ? Oui, maintenant, il se rappelait parfaitement son drôle de béret noir sur ses cheveux gris. Il avait indiqué à Joan la direction de West Peak.

Bien sûr, il avait fait très attention à ce que le vieux ne le voie pas. Il avait attendu qu'il se soit éloigné. Du coup, il avait pris du retard. Il détestait être en retard.

A croire qu'il n'avait pas pris suffisamment de précautions. Le vieux savait. Avait-il vu quelque chose ? S'était-il caché dans l'ombre pour l'espionner ? Qu'avait-il vu ? Et comment savait-il ce qu'il y avait dans la carrière ?

Non, non, non. Tout ça n'avait aucun sens. Sinon, le shérif l'aurait arrêté. A quoi jouaient-ils ? A quoi rimait toute cette histoire ? *Et pourquoi, pourquoi, pourquoi ?* Pourquoi le vieux lui aurait-il voulu du mal ?

Qu'est-ce que c'était que ce bordel ? Il détestait le bordel. Sa mère l'avait toujours obligé à nettoyer ses cochonneries et, s'il n'était pas assez rapide, elle lui collait le nez dans son propre vomi.

— Tu as tout salopé : tu nettoies.

Il entendait encore sa voix perçante ; il la revoyait… elle le dominait de toute sa hauteur.

Il fallait qu'il répare ses bêtises, et vite.

15.

Mardi 16 septembre

Maggie récupéra son ordinateur portable qui arrivait sur le tapis roulant de l'aéroport. Elle composa ensuite un numéro de téléphone et se cala l'appareil entre l'épaule et l'oreille, tout en rangeant son ordinateur dans sa sacoche. Chaque fois, elle avait du mal à fermer les bandes de Velcro.

— Allô ?

— Gwen, c'est Maggie. Je suis contente que tu répondes.

— Où es-tu ? Au bord de la rivière Potomac ? Il y a un de ces boucans…

— Non, non, je ne suis pas sur la rivière Potomac. C'est pire que ça : je suis à l'aéroport, au contrôle de sécurité des départs nationaux.

Maggie sourit en voyant l'une des fonctionnaires de la police de l'air et des frontières froncer les sourcils. Apparemment, son humour n'était pas apprécié par tout le monde. De sa baguette magique, la femme lui fit signe de passer sur le côté.

— Oh, mince ! Deux minutes, s'il te plaît, Gwen.

— Ecartez les bras, s'il vous plaît ! lança la douanière.

Maggie posa son ordinateur sur une chaise, son téléphone par-dessus, et suivit les instructions qu'elle connaissait par cœur. Elle n'échappait jamais à l'inspection corporelle. Et, bien entendu, la baguette magique se mit aussitôt à sonner. Elle sortit donc ses clés et son badge de sa poche, et les jeta sur sa sacoche.

— Asseyez-vous et enlevez vos chaussures.

Maggie ôta ses escarpins en cuir plats, et présenta la plante de ses pieds à la baguette. Elle avait le sourire aux lèvres, ce qui n'amena aucune lueur d'amabilité sur le visage de la fonctionnaire de police. D'un mouvement de la tête, elle libéra Maggie et retourna au portique de contrôle pour intercepter le prochain terroriste en puissance ou le prochain couillon de service. Maggie reprit son téléphone.

— Tu es toujours là, Gwen ?

— Maggie, tu es agent du FBI : il n'y a pas mieux placé que toi pour savoir qu'on ne plaisante pas avec la sécurité dans les aéroports. Pourquoi faut-il toujours que tu nargues les douaniers ?

— Je ne les nargue pas. Seulement, je refuse de laisser ma gaieté naturelle dans la soute à bagages.

— Je croyais que tu étais en congé. Où Cunningham t'a-t-il encore expédiée ?

— Je m'envole pour le Connecticut.

Silence. Un silence si long que Maggie s'étonna.

— Gwen ?

— Tu as appris quelque chose à propos de Joan ?

— Non, pas encore, répondit Maggie en cherchant la porte 11.

Bien entendu, c'était celle où les passagers embarquaient déjà.

— Je me suis dit que le plus simple était d'aller voir sur place, reprit-elle. Qui sait, je vais peut-être la trouver au bord de la piscine du Ramada Plaza Hotel, en train de siroter des *piñas coladas*.

— Maggie, je ne t'en demandais pas tant ! Je pensais que tu pourrais te renseigner par téléphone. Je ne voulais surtout pas gâcher tes vacances.

— Aucun problème. Un petit voyage ne me fera pas de mal. D'habitude, tu es la première à me conseiller de partir.

Où donc avait-elle mis sa carte d'embarquement ? D'ordinaire, elle la glissait dans la poche de sa veste.

— Je te conseille de partir, c'est vrai, mais pour te reposer. A quand remontent tes dernières vraies vacances ?

— Je ne sais pas. Je suis allée à Kansas City, l'an dernier, répondit Maggie en fouillant dans les multiples poches de la sacoche de son ordinateur.

Cette carte d'embarquement était forcément quelque part. L'esprit brouillon de Tully déteignait-il sur elle ?

— A Kansas City ? C'était il y a deux ans, et tu y es allée pour un séminaire professionnel. Ce n'était pas des vacances. Est-ce que tu sais, au moins, ce que signifie le mot « vacances » ?

— Parfaitement. Les vacances, c'est quand tu chopes des coups de soleil parce que tu es restée trop longtemps sur la plage à t'enfiler des *piñas coladas* avec des petites ombrelles roses, et que tu as du sable à des endroits où je n'aime pas avoir du sable. Franchement, ça ne m'intéresse pas.

— Chercher une personne disparue, par contre, c'est un super projet de vacances. Enfin, bon, puisque tu seras dans le Connecticut, tu pourras peut-être en profiter pour passer dire bonjour à qui tu sais.

— Ah, la voilà ! dit Maggie, soulagée d'avoir retrouvé sa carte d'embarquement, et ignorant délibérément l'allusion au « qui tu sais » de Gwen, un certain assistant du district attorney de Boston. Gwen, reprit-elle, es-tu sûre de m'avoir tout dit au sujet de Joan Begley ?

Gwen garda le silence.

— Gwen ?

— Je t'ai faxé tout ce que j'avais.

— Ecoute... il y a quelque chose que... Je préfère te le dire avant que tu l'apprennes par les médias : hier matin, on a découvert le corps d'une femme dans une carrière près de Wallingford.

— Oh, mon Dieu ! C'est Joan, n'est-ce pas ?

Maggie détestait la panique qui perçait dans la voix de son amie. Gwen était une femme forte.

— On ne sait pas encore qui c'est. Je ne voulais pas t'affoler, mais on en parle déjà sur toutes les chaînes de télé. La victime n'a pas encore été identifiée. J'essaye de joindre le shérif qui dirige l'enquête. Il doit me rappeler, mais je suppose que je ne fais pas partie de ses priorités.

Maggie cala de nouveau son portable pour tendre à une hôtesse sa carte d'embarquement et ses papiers d'identité.

— Gwen, je dois embarquer. Je te passe un coup de fil dès que j'ai du nouveau, O.K. ?

— Maggie, je te remercie pour tout ce que tu fais pour moi. J'espère que ce n'est pas Joan, mais j'ai un mauvais pressentiment.

— Essaye de ne pas t'inquiéter tant qu'on n'est sûr de rien. Je te rappelle.

Maggie rangea son portable, tandis que l'hôtesse déchirait son coupon d'embarquement.

A bord, elle se remit à ouvrir les fermetures Eclair de sa sacoche — pourquoi était-elle aussi mal organisée ? —, à la recherche du livre qu'elle avait acheté à la librairie de l'aéroport : le dernier thriller juridique de Lisa Scottoline, un auteur dont les ouvrages précédents étaient parvenus à la distraire de son angoisse lorsqu'elle se trouvait à plus de mille mètres au-dessus de la terre ferme, dans une carlingue d'acier sur laquelle elle n'avait aucun contrôle. Le livre se trouvait dans une poche latérale, avec l'enveloppe qu'elle avait décidé d'emporter à la dernière minute.

Maggie rangea sa sacoche dans le compartiment à bagages, et se faufila jusqu'au siège près du hublot. Sa voisine, une petite femme aux cheveux argentés, se leva pour la laisser passer. Maggie s'installa, et contempla longuement l'enveloppe avant d'entamer sa lecture.

Ses pensées s'envolèrent vers Nick Morelli, le « qui tu sais » évoqué par Gwen. Pourquoi n'irait-elle pas le voir, effectivement ? Nick vivait à Boston, à environ une heure de route de la ville où elle se rendait. Maggie avait mené une enquête avec lui, dans le Nebraska, quelques années auparavant. Leur début d'aventure avait tourné court, car elle ne voulait pas s'investir dans une relation tant que son divorce n'était pas prononcé, non pas par principe ni pour éviter des ennuis, mais parce qu'elle redoutait de s'exposer sur le plan affectif. Honnêtement, elle n'avait jamais été sûre des sentiments qu'elle éprouvait pour Nick. Trop de fougue. Ils n'avaient pas d'intérêts communs, mais un courant intense passait entre eux. Exactement l'inverse de ses rapports avec Greg. Peut-être était-ce, d'ailleurs, la raison pour laquelle elle avait été irrésistiblement attirée par Nick.

L'année précédente, quelques jours avant Thanksgiving, elle avait appelé Nick chez lui. Une femme lui avait répondu qu'il était sous la douche. Depuis, Maggie gardait ses distances. Quand il lui téléphonait, elle était assez brève. Quand il lui laissait des messages, elle ne le rappelait pas. Elle n'avait jamais espéré quoi que ce soit de sérieux avec lui ; néanmoins, elle avait été un peu blessée qu'il eût une autre femme dans sa vie...

Le discours habituel de l'hôtesse de l'air l'arracha à ses réflexions. Maggie n'écouta les consignes de sécurité que d'une oreille distraite. Sa voisine, en revanche, se mit à fouiller nerveusement dans la poche du siège qui se trouvait devant elle, à la recherche du carton usé sur lequel était décrite la conduite à tenir en cas de crash. Maggie prit le sien et le tendit à la vieille dame, qui la remercia vivement avant de poser l'index sur le schéma correspondant aux instructions de l'hôtesse.

Maggie ouvrit son livre, coinça l'enveloppe dans la jaquette, et se plongea dans la lecture.

16.

Lilian Hobbs déposa une brassée de livres sur la table où Rosie était en train de disposer un nouveau choix d'ouvrages. Rosie avait encore eu une excellente idée, mais Lilian avait l'esprit ailleurs. Comment se concentrer avec les estafettes des médias qui défilaient sans cesse dans la rue ? Voilà qui était beaucoup plus excitant que la vue habituelle sur les stèles derrière le mur de brique du cimetière de Center Street.

Ce matin, elles avaient servi cinq ou six journalistes, tout en regardant *Good Morning America* sur leur nouveau téléviseur portatif. Avec un peu de chance, elles prépareraient bientôt le café pour Diane Sawyer ou Charlie Gibson. En fait, Lilian était certaine de reconnaître ce reporter qui venait de commander un double espresso. Elle l'avait vu sur *Fox News* mais son nom lui échappait.

Elle commença à ranger les livres, tout en gardant un œil sur la vitrine. Rosie avait suggéré de placer en évidence une sélection de romans policiers et de thrillers mettant en scène des tueurs en série. Un tantinet macabre, peut-être, mais de circonstance. Pour Rosie, en tout cas, une opportunité de réaliser des ventes. Lilian avait d'abord argué que certaines personnes risquaient de juger cette initiative de mauvais goût. Puis elle avait fini par se rallier à l'opinion de sa collègue. Après tout, elle n'avait pas si souvent l'occasion de faire la promotion de ses auteurs préférés.

Lilian adorait les romans à suspense, et il arrivait très souvent que les événements de la *vraie vie* lui rappellent une histoire qu'elle avait lue. Les cadavres découverts dans la carrière lui semblaient tout droit sortis de l'imagination d'une Patricia Cornwell ou d'un Jeffery Deaver. A vrai dire, Lilian se sentait plus à l'aise dans la fiction que dans la réalité. Les livres étaient des puzzles dont les pièces s'assemblaient une à une pour vous entraîner vers un point culminant puis vous mener à une conclusion propre et nette. Ou, si ce n'était pas à une conclusion propre et nette, à une chute qui faisait sens. Alors que, dans la vie, les conclusions étaient rarement propres et nettes. Et, parfois, même, on ne comprenait rien à rien. Ne serait-il pas merveilleux que les situations réelles se dénouent en deux ou trois pages ?

Lilian s'interrompit dans sa tâche et souleva la couverture d'un livre. Elle connaissait cette série sur le bout des doigts : les personnages, les intrigues et le mode opératoire des assassins. Elle pouvait même citer quelques-uns de ses passages favoris.

Elle secoua la tête. Les cadavres de la carrière n'étaient pas l'invention d'un écrivain. La réalité était parfois beaucoup plus étrange que la fiction. Lilian prit soudain conscience qu'elle considérait les événements survenus près de chez elle comme s'il s'était agi d'une énigme romanesque. Elle réagissait exactement de la même façon que lorsqu'elle lisait un livre. Elle cherchait les indices et les mettait bout à bout. Elle avait même commencé à établir un profil du tueur ; à partir des détails dont elle disposait, elle avait défini certains traits de personnalité, certaines déviances, brossant une esquisse de portrait-robot à la manière de ses grands maîtres : Cornwell, Deaver et Patterson. Afin de ne pas se faire traiter de folle, elle n'avait parlé de cela à personne, pas même à Rosie, sa principale source d'informations en tant qu'épouse du shérif.

Elle confectionna une pyramide de livres de poche, puis choisit les six titres qu'elle placerait debout sur les présentoirs en plastique récemment acquis. *Mystic River*, de Dennis Lehane, qui était plutôt austère avec sa couverture blanc et bleu métallique, irait entre *Bones*, de Jan Burke, à la jaquette noir et blanc, et l'édition originale de *Plumes de sang*, rouge et blanc, de John Philpin et Patricia Sierra — un ouvrage difficile à trouver. Enfin, Lilian allait prouver à Rosie que ses achats compulsifs n'étaient pas totalement dépourvus de bon sens commercial.

Le carillon de la porte tintinnabula. Lilian regarda par-dessus son épaule. Son frère, Wally, lui fit un signe de la main. Elle lui rendit son salut, puis se raidit en voyant qu'il était accompagné de Calvin Vargus. Ce dernier semblait remplir la boutique avec ses larges épaules, sa nuque épaisse et son rire tonitruant. D'une main grosse comme une raquette, il assena une claque dans le dos de Wally.

Lilian reprit son occupation. Elle n'avait pas envie de savoir ce qui les amusait. Ces deux-là étaient constamment en train d'échanger des plaisanteries qu'eux seuls comprenaient. Et Lilian détestait la façon dont Calvin malmenait son frère, lequel, bien sûr, refusait obstinément de reconnaître qu'il était « malmené ».

Wally et son associé entretenaient des rapports bizarres. Au collège, Calvin était déjà une terreur dans la cour de récréation. En grandissant, il était devenu encore plus vicieux. Wally, l'éternel souffre-douleur dont tous les gamins se moquaient, paraissait, aujourd'hui, content d'être dans le camp de la brute tyrannique.

Lilian essuya nerveusement ses lunettes. Elle n'était pas la seule à trouver que son frère et Calvin formaient une drôle d'équipe. Tout le monde les surnommait Calvin et Hobbs, en référence au petit garçon rêveur de la B.D. et à son tigre domestique. Un tigre en peluche qui ne prenait vie que lorsqu'il était seul avec Calvin.

Elle considéra d'un œil désapprobateur le manège coutumier du gros dur et de sa victime. Elle avait honte de la faiblesse de son frère, qui encaissait sans broncher les brimades de son acolyte. A croire qu'il aimait attirer l'attention sur lui, même si c'était pour son ridicule qu'on le regardait. Pour quelle autre raison aurait-il supporté cet abruti de Calvin ? Certes, il avait de l'entraînement : leur mère n'avait jamais été tendre.

Lilian aurait aimé intervenir en faveur de Wally. Mais que pouvait-elle faire ? Si elle prenait sa défense, elle subirait le même sort que lui, comme à l'époque où leur mère la houspillait quand elle tentait de s'interposer entre elle et son petit frère. Heureusement, Lilian avait trouvé refuge dans la littérature, dans un monde fantastique qui n'appartenait qu'à elle, peuplé d'amis imaginaires. Wally, le pauvre, n'avait pas eu cette chance...

Curieux, songea Lilian, qu'un meurtre ait déterré ces vieux souvenirs. « Déterré... Oh ! Quel mauvais jeu de mots ! » se dit-elle en réprimant un sourire.

Calvin se vantait d'avoir découvert le premier corps. Depuis vingt-quatre heures, il ne cessait de fanfaronner et, chaque fois, son récit s'enrichissait de nouveaux détails.

— J'ai vu tout de suite qu'elle était morte, clamait-il de sa voix de stentor à un nouvel auditoire avide de descriptions scabreuses. Elle avait le crâne explosé. Y avait du sang partout. Fallait voir comme ça pissait du tonneau. Des litres et des litres de sang. Heureusement que cette vieille branche de Wally n'était pas là. Il en aurait gerbé son petit déjeuner. Il est tellement sensible, pas vrai, Wally ?

Calvin ébouriffa les cheveux de son associé, de sa grosse main qui faisait paraître Wally aussi vulnérable qu'un enfant.

Lilian roula les yeux. Avec un sourire niais, son frère demeurait planté à côté de Calvin.

— Voilà qui met de l'animation dans notre café ! dit Rosie en s'approchant de Lilian.

— Tu crois qu'on devrait les mettre à la porte ? demanda Lilian.

— Non, ne t'inquiète pas, répondit Rosie. Les gens adorent ce genre d'histoires. Regarde-les, ajouta-t-elle en se tournant vers le petit groupe qui s'était formé autour de Calvin et Wally. Et puis, c'est plutôt bon pour les affaires qu'on vienne à la pêche aux nouvelles dans notre librairie. Ça ne te dérange pas, hein ?

— Non, bien sûr que non. Mais Henry va être furieux.

— Premièrement, ce n'est pas son magasin, rétorqua Rosie sèchement. Et, deuxièmement, il aura la paix si c'est chez nous qu'on vient se renseigner.

Lilian s'abstint de mentionner que les informations de Calvin Vargus étaient sûrement déformées ou inventées de toutes pièces. Le visage de Rosie se radoucit. Depuis vingt-quatre heures, de nouvelles rides étaient apparues au coin de sa bouche et sur son front. Néanmoins, Lilian voyait toujours dans son amie la reine de beauté du lycée. Rosie était encore une belle femme, une femme séduisante sur laquelle les années ne semblaient pas avoir de prise. Au contraire, l'âge lui donnait une physionomie intéressante.

Lilian comprit soudain ce qui avait ramené le sourire sur les traits de sa collègue. Son grand gaillard de mari venait d'entrer dans la librairie. Tous les regards convergèrent vers lui et, tandis qu'il se frayait un passage jusqu'au comptoir, il fut assailli par une pluie de questions.

— Il faut que j'aille à sa rescousse, chuchota Rosie en souriant.

Tout en la regardant embrasser Henry, un bel homme aux allures de John Wayne, Lilian remarqua que son frère, Wally, s'éclipsait discrètement par la porte de derrière. Il n'avait pas pris sa patte d'ours ni son verre de lait ? Voilà qui était surprenant…

17.

Henry se faufila entre les reporters et les photographes. La jolie petite journaliste aux grosses lunettes ne lui laissait aucun répit. Tout à l'heure, elle l'attendait à la librairie, comme si elle savait qu'il s'y arrêtait chaque matin. A présent, elle était avec un cameraman. Henry savait que la caméra tournait parce que, dans ce cas-là, elle enlevait ses lorgnons. Il se demandait, d'ailleurs, comment elle avait pu devenir journaliste télé avec de pareils culs de bouteille.

— Shérif Watermeier, peut-il vraiment y avoir plus d'une centaine de corps enfouis dans la carrière ?

— Une centaine de corps ? répéta-t-il en rigolant.

La réponse n'était pas adaptée, mais tout ce cirque était grotesque.

— Espérons que non, répondit-il finalement.

— Selon les rumeurs, certaines victimes auraient été cannibalisées. Qu'en pensez-vous, shérif ?

Henry cacha de son mieux sa stupéfaction.

— Nous répondrons à vos questions plus tard dans la journée, quand nous en saurons plus, répliqua-t-il en continuant à marcher, sans se retourner, en dépit des questions qu'on lui lançait de partout, des clic-clac des appareils photo et du ronronnement des caméras vidéo.

Tôt ou tard, il devrait donner une conférence de presse : il n'y couperait pas. Dans la matinée, il avait reçu un appel de Randal Graham, l'assistant du gouverneur, qui lui avait recommandé avec insistance de dédramatiser la situation. Selon Randal, le gouverneur trouvait extrêmement fâcheuse l'expression de « pires crimes en série qu'ait jamais connus le Connecticut », employée par les médias. Henry aurait volontiers rétorqué à cette fouine de Graham que les médias avaient entièrement raison et que, si le gouverneur voulait minimiser le tapage, il n'avait qu'à se déplacer pour le faire lui-même. Au lieu de cela, le shérif avait assuré à l'assistant qu'il était maître du jeu. En d'autres termes, il avait menti.

Sur les hautes herbes encore humides, les gouttes de rosée scintillaient dans le soleil matinal. Henry était parvenu à l'entrée de la carrière. Il n'entendait plus le vacarme des équipes de télé. Les rochers et les arbres constituaient une bonne isolation sonore. Du regard, il parcourut les lieux.

Le vieux convoyeur rouillé et le bulldozer jaune de Calvin et Hobbs lui apparaissaient comme des intrus dans ce sanctuaire. L'endroit était magnifique avec ces saillies rocheuses découpées dans la paroi de la montagne, abritées par un rideau de pins, ces chênes au feuillage orangé et ces noyers. L'assassin avait offert à ses victimes une dernière demeure de choix.

Bonzado et ses élèves déchargeaient du matériel d'un pick-up. Les trois étudiants — une fille et deux garçons — avaient l'air de grands nigauds à côté de leur professeur qui était aujourd'hui vêtu d'une chemise hawaïenne bleu et rose, d'un bermuda kaki et de chaussures de marche montantes. Henry esquissa un sourire. Au fond, il aimait bien Bonzado. Adam était un peu jeune, mais Henry lui faisait confiance, bien plus qu'à certains de ses hommes, dont la plupart n'avaient jamais vu ne fût-ce qu'un accidenté de la route. Henry savait qu'il pouvait se reposer sur les techniciens de l'identité judiciaire mais, avec ses subalternes, c'était une autre histoire.

Comme par hasard, Truman était en train d'insulter un journaliste. Merde ! Le type était un envoyé spécial de *NBC News*. Génial ! La police de New Haven allait faire bonne impression, ce soir, dans *Nightly News*.

Quelle sale affaire, tout de même... Pour une fois, même Rosie n'y voyait rien de positif. Henry avait absolument besoin de quelqu'un pour l'épauler dans cette enquête, d'un expert que personne n'oserait contredire. Surtout pas d'un Stolz, songea-t-il en observant le médecin légiste en costume, cravate et mocassins de cuir qui se frayait un chemin entre les reporters. Ses élégantes chaussures allaient, d'ailleurs, lui valoir... Et hop, pas manqué ! Stolz glissa sur l'herbe mouillée et perdit l'équilibre. Henry dissimula son sourire et faillit éclater de rire en voyant Bonzado qui se retenait, lui aussi, de pouffer.

Son mobile vibra dans la poche de sa chemise. Il s'en empara. Beverly avait reçu pour instruction de ne lui transmettre que les appels importants. Henry espérait que ce n'était pas de nouveau Graham. Il aurait dû préciser à sa secrétaire que Graham figurait sur la liste des gens qui devaient rappeler ultérieurement.

— Watermeier, beugla-t-il dans le téléphone.

— Shérif Watermeier, je suis Maggie O'Dell, agent spécial du FBI.

— Je n'ai pas le souvenir d'avoir demandé l'intervention du FBI, agent O'Dell.

— En fait, je pense que nous pourrions nous aider mutuellement, shérif Watermeier.

— Comment ça ?

— Je suis profiler, et il semble que vous ayez affaire à un tueur en série.

Une offre inespérée. Exactement ce dont il avait besoin. Une soi-disant spécialiste qui voulait sa part du gâteau. Les paysans du coin ne pourraient qu'approuver leur shérif d'avoir fait intervenir les fédéraux, même s'ils haïssaient les étrangers. Cette O'Dell tombait à pic. Si l'enquête foirait, ce serait sa faute à elle.

— En quoi puis-je vous rendre service, agent O'Dell ?

— Je suis à la recherche d'une personne qui a disparu.

— Je n'ai pas vraiment le temps. J'ai d'autres chats à fouetter, voyez-vous.

— Vous ne m'avez pas comprise, shérif Watermeier. J'espère que je me trompe, mais je crains que vous n'ayez déjà retrouvé cette personne.

18.

Maggie leva le pied en se reprochant de ne pas avoir remarqué, avant de quitter l'aéroport, que les freins de la voiture faisaient un drôle de bruit. Elle n'aurait pas dû se laisser refiler cette Ford Escort blanche trop bien astiquée. Elle détestait les voitures de location. La carrosserie était toujours rutilante mais, dans l'habitacle, il était impossible d'effacer les traces des précédents occupants. Celui qui avait conduit l'Escort avant elle était un fumeur qui transpirait des mains. Ce qui n'était pas très gênant. Il avait suffi de passer un coup de lingette sur le volant, d'introduire dans la voiture un cornet de frites odorantes et de rouler vitres baissées. En revanche, le couinement des freins était beaucoup plus ennuyeux, d'autant plus que Maggie avait l'impression qu'elle allait devoir les solliciter.

Les montées en zigzag et les descentes à pic la rendaient nerveuse. Apparemment, il n'y avait pas, dans la région, une seule route droite et plate. Un petit détail que ni Watermeier ni Tully n'avaient jugé utile de lui préciser. Pourtant, Tully lui avait fait des recommandations interminables avant son départ, pire qu'un père qui voit sa fille quitter la maison pour vivre sa vie. Maggie avait tenté de l'interrompre pour lui dire qu'elle était grande, qu'elle ne se perdrait pas, qu'elle achèterait une carte. D'un regard sévère, son collègue lui avait fait comprendre qu'elle devait l'écouter jusqu'au bout.

Qui aurait cru que ce même R.J. Tully, qui prenait des notes sur des tickets de caisse et des serviettes en papier, était terriblement maniaque quand il s'agissait d'établir des itinéraires routiers ? Maggie sourit. Au bout de deux ans de partenariat, Tully se sentait enfin à l'aise avec elle. Il était naturel et ne prenait plus de gants. Désormais, il la considérait comme son égale, et elle aimait ça.

Elle regarda le plan dessiné par Tully, étalé sur le siège passager, et essaya de repérer l'endroit indiqué par Watermeier. Quand elle leva les yeux, une étendue d'eau apparut au détour d'un virage. Le barrage McKenzie, signalait un panneau. Bien. Maintenant, elle devait prendre Whippoorwill Drive. La route grimpait au-dessus du lac artificiel. Deux montées et une descente plus loin, les bas-côtés étaient encombrés de camions de télé et de police, ainsi que de nombreuses berlines banalisées.

Un officier en uniforme lui fit signe de poursuivre son chemin. Elle s'arrêta devant lui. Il continua à agiter les bras.

— Circulez, s'il vous plaît, madame : il n'y a rien à voir, et je ne répondrai pas à vos questions.

— Agent spécial du FBI Maggie O'Dell, lui dit-elle en lui tendant son badge par la vitre.

Il demeura de marbre, les deux mains sur son holster, nullement impressionné.

— Je viens d'avoir le shérif Henry Watermeier au téléphone, ajouta-t-elle.

Le flic sortit un talkie-walkie de sa poche, prit le badge de Maggie et l'éleva à la lumière, comme s'il doutait de son authenticité.

— Ouais, ici Trotter. J'ai une femme dans une bagnole de location qui prétend être du FBI et qui vient soi-disant d'avoir Watermeier au téléphone.

Maggie ne saisit pas un traître mot de ce que l'interlocuteur de Trotter répondait.

— Une certaine Margaret O'Dell, dit-il en élevant de nouveau le badge devant ses yeux.

Cette fois, l'expression de son visage changea. Il rendit le badge à la jeune femme, et lui indiqua courtoisement où elle pouvait se garer.

— Vous allez être obligée de continuer à pied, dit-il en tendant l'index vers un chemin de terre envahi par la végétation, qu'elle n'aurait peut-être pas remarqué si on ne le lui avait pas montré. Le shérif Watermeier vous attend.

Sur quoi, l'officier Trotter se dirigea vers le véhicule suivant : une jeep noire immatriculée à Rhode Island. La dernière attraction du Connecticut attirait les touristes.

Maggie aurait reconnu Watermeier, même sans son uniforme. Il ressemblait à John Wayne — le John Wayne svelte de ses premiers films — qui aurait troqué son chapeau de cow-boy contre un chapeau de shérif, et aurait oublié son foulard poussiéreux. Le col de sa chemise marron était déboutonné, et il ne portait pas de cravate. Ses manches étaient retroussées jusqu'aux coudes, son chapeau enfoncé sur son front.

Quand il vit Maggie, il souleva les bandes jaunes délimitant le périmètre, et attendit patiemment qu'elle se glisse dessous. Pas de sourire, pas de présentations, pas de haussement de sourcils. Il entra directement dans le vif du sujet, comme s'il avait l'habitude de collaborer avec la jeune femme depuis toujours.

— Nous sommes encore en train de ratisser le terrain. Nous n'avons pas ouvert d'autres barils. Nous allons devoir déplacer des rochers pour les atteindre tous. Pas de précipitation : je ne tiens pas à détruire des indices.

— Vous avez entièrement raison.

— Alors, comme ça, il va falloir remuer ciel et terre pour retrouver votre disparue ? lança-t-il à Maggie avec un regard méfiant.

— Pardon ?

— Je me suis renseigné sur vous, O'Dell.

Il attendit une éventuelle protestation avant de continuer :

— Nous ne sommes pas à l'âge de pierre, ici. Nous réagissons vite.

— Je n'en doute pas, shérif Watermeier.

— Bon, tout ça pour dire que je sais que vous venez de Quantico. Si le FBI s'en mêle, je suppose que la personne que vous recherchez n'est pas n'importe qui. Je me trompe ?

— Tous les gens que nous recherchons ont la même importance, shérif Watermeier.

Il la dévisagea avec un début de sourire au coin des lèvres, et n'insista pas davantage sur ce point.

— Vous avez déjà vu ça ? demanda-t-il en se mettant à marcher en direction de la carrière.

Puis il ralentit le pas en s'apercevant que Maggie ne pouvait pas le suivre.

— Je veux dire : ce taré aurait-il déjà sévi dans d'autres Etats ?

— J'ai regardé dans VICAP[1]. Apparemment, non.

— Le Dr Stolz, dit le shérif en désignant du doigt un petit homme chauve en costume, n'a pas encore examiné la femme que nous avons découverte hier. Vous pourrez assister à l'autopsie, si le cœur vous en dit. Mais je préfère vous prévenir : elle est dans un sale état. Je crains que vous ne puissiez l'identifier de visu.

— La personne que je cherche possède certains signes particuliers. Si ce n'est pas elle, je pourrai, au moins, m'en rendre compte.

— C'est l'enfer, ici. Certains bidons ont craqué, et on ne sait pas quoi en faire. Le légiste voudrait examiner les corps sur place. Mais je ne suis pas sûr que ce soit une bonne idée. Si on commence à étaler les cadavres… Enfin, bref. Donc, vous travaillez pour le FBI depuis dix ans. Vous avez déjà vu des cas pareils ?

— Il y a eu des meurtres en série similaires dans le Kansas, en 98 ou 99, je crois. L'assassin s'appelait John Robinson.

— Ça me dit quelque chose. Le tueur d'Internet, c'est ça ?

1. VICAP : Violent Criminal Apprehension Program, programme d'appréhension des criminels violents (N.d.T.)

— Oui. Il correspondait avec des femmes sur le Net, puis il les attirait dans sa ferme. Après les avoir tuées, il mettait les corps dans des bidons.

Maggie regarda par terre. Sous l'herbe, qui lui arrivait aux genoux, le sol était rocailleux.

— Je n'ai pas pris part à cette enquête, dit-elle, mais, si j'ai bonne mémoire, les bidons ont été découverts dans une grange. Par conséquent, les manipulations ont dû être moins délicates qu'aujourd'hui. Vous avez une idée du nombre de barriques enfouies ici ?

— Au moins une douzaine, peut-être plus. Elles ne contiennent peut-être pas toutes des cadavres mais nous avons regardé à l'intérieur de plusieurs bidons. Moche, vraiment moche (Watermeier repoussa son chapeau en arrière et s'essuya le front). Dans l'un des bidons, il ne reste plus qu'un squelette. Dans un autre… (il secoua la tête et indiqua le baril qu'il souhaitait montrer à Maggie en priorité), le corps a l'air assez bien conservé. D'après ce que nous avons pu voir. En tout cas, laissez-moi vous dire qu'on a affaire à un dérangé de première.

Le shérif s'immobilisa et attendit que Maggie l'eût rejoint. Un peu plus loin, un groupe était penché au-dessus d'un bidon qui venait d'être extrait de sous un amas de rochers. A quatre pattes, les mains gantées de latex, des techniciens de l'identité judiciaire inspectaient le sol. Maggie était impressionnée par la méticulosité dont Watermeier faisait preuve. Dans les petites localités, la police autorisait trop souvent tout un tas de gens à venir piétiner le périmètre : le conseiller municipal, par exemple, ou le maire et ses adjoints. Et ce que le shérif considérait comme une fine manœuvre politique n'avait, généralement, pour résultat que de contaminer la scène du crime.

Maggie prit soudain conscience que Watermeier voulait lui dire quelque chose en privé, avant de rejoindre les autres. Elle s'avança vers lui.

— J'ai bossé pendant plus de trente ans dans la police new-yorkaise. Je ne suis pas un bleu, déclara-t-il en la regardant dans les yeux.

Elle hocha la tête.

— Ma femme et moi, poursuivit-il, nous sommes venus nous installer ici il y a quatre ans. Elle tient une petite librairie dans le centre de Wallingford. J'ai été élu parce que les habitants de la ville voulaient un shérif qui ait de l'expérience. Nous aimons beaucoup la région. C'est là que nous voudrions prendre notre retraite, d'ici un an ou deux.

Watermeier s'interrompit pour regarder autour de lui. Maggie croisa les bras et prit un air patient. Elle savait qu'il n'en avait pas terminé.

Il reporta enfin son attention sur elle. Dans ses yeux, Maggie lisait la détermination, la frustration, un peu de colère, et surtout une lueur de panique.

— C'est moche, vraiment moche, répéta-t-il en tendant la main vers le baril autour duquel ses confrères étaient rassemblés. Ça fait peut-être des années que ce salopard enterre des corps dans des bidons. Je vais être honnête avec vous, O'Dell : je ne suis pas sûr de pouvoir vous aider à retrouver la personne que vous cherchez, mais moi, je veux bien de votre aide. Il faut absolument qu'on mette la main sur cette ordure. Je ne suis pas du genre à faire des supputations mais je parierais que ce psychopathe habite dans le coin. Et, si je ne parviens pas à le coincer, je peux faire une croix sur ma paisible retraite à la campagne.

Watermeier attendit une réponse en évitant, cette fois, le regard de Maggie, comme s'il ne voulait pas montrer toute la confiance qu'il déposait à ses pieds, tout l'espoir qu'il plaçait entre les mains de cette femme qu'il rencontrait pour la première fois, de cette femme qui était venue se mêler de l'enquête sans que personne ne l'y ait invitée.

Réelle détresse ou stratégie démagogique ? se demanda Maggie. Quoi qu'il en soit, il était clair que le shérif Watermeier avait pris sur lui pour formuler sa requête.

Elle se tourna vers le groupe qui faisait cercle autour du bidon, et déclara simplement, tout en le rejoignant :

— Je crois qu'il est temps que nous nous mettions au travail.

Watermeier lui emboîta le pas en s'efforçant de contenir ses longues enjambées, de façon qu'ils puissent marcher côte à côte.

19.

Après avoir présenté l'agent spécial Maggie O'Dell à ses confrères, Henry se tint en retrait, tandis qu'elle échangeait quelques mots avec les uns et les autres. Bien entendu, ce fut Bonzado qui eut droit à la poignée de main la plus longue. Dans sa chemise hawaïenne, il avait l'air d'un surfer californien plus que d'un éminent professeur d'anthropologie. Henry le trouvait un peu farfelu mais il devait reconnaître qu'il n'était jamais arrogant, bien qu'il n'eût pas son pareil pour identifier un tas d'os. Ce type était tout simplement brillant. En le voyant, Stolz avait décoché à Henry un regard qui signifiait : « Qui c'est encore ce gugusse ? » mais Henry n'en avait pas fait cas. A présent, le légiste semblait furieux de la présence du FBI. Sans doute craignait-il que l'on ait mis en doute ses propres compétences.

Henry n'en avait que faire. Il y avait belle lurette qu'il n'était plus gouverné que par un seul principe : moi d'abord, les autres ensuite.

Un sac mortuaire était étendu sous la gueule béante de l'un des bidons qui s'était fracassé sous les assauts du bulldozer de Vargus. Henry aurait volontiers envoyé la malheureuse victime rejoindre à la morgue la femme découverte la veille, mais Stolz tenait absolument à examiner sur place le contenu des barils fracturés, de crainte que le transport n'endommage les fragiles dépouilles. Henry n'approuvait pas cette façon de procéder, mais il préférait laisser Stolz agir à sa guise. Comme ça, s'il commettait une erreur, il en assumerait seul la responsabilité.

Du corps qui se trouvait dans le bidon, on ne voyait que la tête, les épaules, une masse de cheveux gris et le haut d'un complet bleu marine. Stolz et Bonzado, munis de leurs gants de latex, plongèrent les mains dans le baril, et tâtonnèrent à la recherche d'une prise solide. Une corde avait été attachée autour de la barrique. Deux des hommes de Henry la tenaient fermement, prêts à tirer dessus.

Henry tendit un petit pot de Vicks Vaporub à l'agent O'Dell. La puanteur serait encore plus intenable quand ils auraient dégagé le cadavre de sa gangue de métal. Maggie déclina l'offre d'un « non, merci ». Cette femme n'avait pas l'air d'être une frimeuse, songea Henry. Non, elle devait être habituée à la pestilence de la mort, si tant est que l'on puisse s'habituer à cette odeur putride et suffocante. La chair humaine en décomposition avait une odeur particulière, différente de celle de la charogne, une odeur que Henry détestait, à laquelle il ne s'était jamais accoutumé. Il remit, pourtant, le pot de Vicks dans sa poche sans s'en servir lui-même et sans en proposer à Stolz ou à Bonzado. Les trois étudiants se tenaient à l'écart, probablement sur ordre de leur professeur, qui avait assuré à Henry qu'ils ne gêneraient en rien les opérations.

Lentement, ils extirpèrent le corps de la barrique, et Henry grinça des dents en entendant l'abject bruit de succion qui accompagnait l'intervention. Le macchabée était encore frais. Le spectacle n'allait pas être joli. Henry coula un regard en direction de O'Dell. Elle ne semblait pas mal à l'aise ; curieuse, mais pas mal à l'aise. Elle en avait certainement vu d'autres.

La jeune femme ne devait pas mesurer beaucoup plus qu'un mètre soixante. Elle était menue mais paraissait sportive. Un peu trop séduisante, peut-être, pour coller au stéréotype que Henry se faisait des agents féminins du FBI. Néanmoins, il aimait l'assurance qu'elle dégageait. Il avait déjà remarqué, durant leur conversation téléphonique, qu'il avait affaire à quelqu'un de solide qui ne se plaçait pas, pour autant, au-dessus des autres.

Une chance… Il ne se serait pas laissé aller aux confidences qu'il lui avait faites si elle s'était pointée avec cet air prétentieux qu'affichaient, d'ordinaire, les fédéraux.

Peut-être était-ce absurde de miser autant sur une femme qu'il ne connaissait ni d'Eve ni d'Adam… En tout cas, l'agent spécial Margaret O'Dell lui serait utile si les choses tournaient mal. Trente ans de carrière, un parcours sans faute… La retraite, mince, la retraite ! Si le gouverneur venait poser des questions, il n'aurait qu'à s'adresser à cet agent spécial.

— Eh, attention ! cria Stolz à Bonzado, tandis que les membres inférieurs se dégageaient du bidon avec un « pop ».

Le légiste lâcha prise, et le corps échappa aux deux hommes pour s'écraser sur la housse mortuaire. La tête produisit un bruit creux en frappant le sol caillouteux. Le sommet du crâne se fendit.

— Oh, punaise ! hurla Stolz. Il va falloir qu'on trouve une autre solution. Comment je vais savoir quelles sont les blessures infligées par le tueur, moi, maintenant ?

Henry se mordit la langue pour ne pas dire au médecin que cette mauvaise idée était la sienne. On n'en était qu'au deuxième baril, et Stolz montrait déjà son incompétence. Henry se félicita d'avoir fait intervenir Bonzado et O'Dell. Ils pourraient témoigner des boulettes du légiste.

Alors que tout le monde se concertait pour mettre au point une nouvelle méthode, O'Dell s'agenouilla auprès du cadavre. Outre sa toute récente fracture du crâne, le corps semblait indemne. Le costume bleu marine était à peine froissé.

— Ce malheureux m'a l'air d'être en bon état, dit Henry.

— En trop bon état, même : je ne vois pas de sang, fit remarquer Bonzado en s'écartant pour laisser le passage à Carl qui s'approchait avec un appareil photo.

Les étudiants s'avancèrent. Plus téméraire que ses camarades, la fille osa lancer un regard par-dessus l'épaule de son professeur. Les deux garçons semblaient se retenir de vomir. Un appareil photo pendait mollement au bras du plus âgé. Henry se demanda si ces deux grands dadais ne regrettaient pas d'avoir choisi « médecine ».

— Beau costume, dit Carl en posant son appareil photo pour saisir, au moyen d'une pince, un fil qui se trouvait sur la veste du cadavre.

— Le corps n'a pas commencé à se liquéfier, constata Stolz qui s'était accroupi en face de O'Dell.

— On dirait que le crâne a été découpé, déclara la jeune femme en se mettant à quatre pattes.

— Il s'est fracassé sur les rochers, répliqua le légiste.

— Non, je ne pense pas. Regardez, dit-elle en se poussant pour que Stolz voie mieux.

Puis elle leva la tête vers Henry qui, pour la première fois depuis qu'il l'observait, crut déceler un certain malaise dans son regard.

— On dirait que le crâne a été scié, reprit-elle. Avec une scie à amputation ou une scie Stryker.

— Une scie Stryker ?

Tout à coup, Stolz semblait se réveiller.

O'Dell se redressa et contourna un rocher pour aller regarder à l'intérieur du crâne. Une calotte s'en était partiellement détachée, comme un couvercle ou une perruque. La jeune femme avait pratiquement le nez sur le scalp quand elle déclara :

— Quel que soit l'outil utilisé, les marques sont très fines. La lame n'a pas brouté.

— Brouté ? répéta Henry sur un ton interrogateur, en jetant un regard à la ronde.

Bonzado considérait Maggie avec admiration.

— C'est un terme technique, expliqua-t-il. Les lames fines, notamment celles des scies à métaux, ont tendance à vibrer, surtout en début de coupe.

« Il ne peut pas s'empêcher de faire le prof », songea Henry, bien que Bonzado ne fût en rien condescendant, comme Stolz aurait pu l'être.

— Si je ne m'abuse, poursuivit Maggie, le crâne est vide.

— Scie Stryker ? Crâne vide ? Qu'est-ce que vous racontez ? Etes-vous en train de nous dire qu'il n'y a pas de cerveau ?

Stolz se leva et enjamba le corps pour se placer à côté de Maggie. En d'autres circonstances, Henry se serait moqué de la subite effervescence de ce petit bonhomme d'ordinaire apathique. Mais cette affaire lui paraissait de plus en plus tordue, et il n'était pas d'humeur à rire.

— Si vous avez pris suffisamment de photos, dit Stolz en contenant ses émotions derrière l'une de ces grimaces qui lui étaient propres, essayons de le retourner et de l'emballer dans le sac sans causer plus de dégâts.

Henry demeura en retrait, incapable de détacher les yeux du légiste anormalement agité. Il était un peu gêné de rester inactif, mais Stolz pouvait se contenter de l'aide de Bonzado et de ses deux élèves. Même l'agent O'Dell remonta ses manches et s'empara d'une épaule. A cinq, ils ne risquaient plus de faire tomber le corps. Lorsqu'ils le retournèrent, Henry eut l'impression que son estomac se retournait.

— Oh, mon Dieu ! murmura-t-il dans un souffle.

Tous les regards se braquèrent sur lui.

— C'est Steve Earlman.

— Vous le connaissez ? demanda Maggie.

Henry s'appuya sur un rocher avant que ses genoux ne se dérobent.

— Non seulement je le connais mais j'ai porté son cercueil, en mai dernier.

20.

Maggie voyait, à présent, les épingles qui maintenaient la cravate et les revers du veston de Steve Earlman. Elle souleva l'une des paupières du mort. Un petit disque en plastique convexe reposait dans l'orbite. Les pompes funèbres avaient souvent recours à cet artifice pour donner une meilleure définition au globe oculaire et pour que les yeux restent fermés.

— On dirait une incision d'autopsie, dit le Dr Stolz en enlevant ses lunettes et en les glissant dans sa poche.

— Impossible, répliqua le shérif Watermeier. Il n'y a pas eu d'autopsie.

— Vous en êtes sûr ? demanda Maggie en examinant le reste du corps, tandis que le légiste tapotait la calotte crânienne.

Le costume était d'une propreté remarquable. A croire que le cadavre avait été directement transféré du cercueil dans le bidon scellé.

— Je suis presque certaine qu'on a utilisé une scie Stryker, déclara Maggie.

— Absolument. Une scie à os, renchérit Stolz.

— Je peux vous affirmer qu'il n'y a pas eu d'autopsie, répéta Watermeier.

— Une intervention chirurgicale, alors ? suggéra Adam Bonzado qui s'était accroupi auprès du Dr Stolz pour regarder à l'intérieur du crâne.

— Non plus, répondit Henry à voix basse. Steve est décédé d'une tumeur au cerveau inopérable.

Maggie coula un regard en direction du shérif qui semblait sur le point de se trouver mal. Elle savait ce que l'on ressentait en découvrant qu'un proche avait été victime d'un crime haineux. Il y avait à peine un an de cela, elle avait elle-même ouvert une housse mortuaire renfermant la dépouille de l'un de ses amis ; il avait le front troué d'une balle. Jamais elle n'oublierait les yeux vides de l'agent spécial Richard Delaney. Rien ne vous préparait à un tel choc, ni les ateliers pratiques de Quantico ni l'expérience. Un sentiment d'impuissance et de rage vous prenait forcément aux tripes.

Watermeier ôta son chapeau et essuya de sa manche la sueur qui lui coulait sur le visage. Pour sa part, Maggie avait presque froid. Le soleil disparaissait derrière les arbres et les montagnes.

Le shérif remit son chapeau. Cette fois, il ne l'enfonça pas sur son front.

Maggie s'approcha de la Thermos rouge et blanc que les techniciens de l'identité judiciaire avaient posée sur un rocher. Elle y porta la main, et attendit le signe d'assentiment de Carl. Puis elle dévissa le bouchon, avala une longue gorgée d'eau, et tendit la Thermos au shérif Watermeier d'un geste aussi naturel que possible. Sans hésitation, il but une généreuse rasade et passa la bouteille à son voisin.

— Tout le monde était au courant ? lui demanda Maggie.

— De quoi donc ? dit-il en s'apercevant que c'était à lui qu'elle s'adressait.

— M. Earlman avait-il parlé de sa tumeur à son entourage ?

— Oh, oui ! Il ne s'en cachait pas. Mais il ne s'en plaignait pas non plus.

— En a-t-on fait mention en public ? La personne qui a fait un discours pour les funérailles a-t-elle précisé qu'il était mort de cette tumeur ?

Watermeier se gratta la tête sous son chapeau.

— Je ne me souviens pas, mais tout le monde connaissait Steve. C'était le boucher de Wallingford. Il avait repris le commerce du vieux Ralph Shelby, et il avait gardé le nom sur l'enseigne. Steve était un gars modeste et honnête. Il travaillait encore tous les jours, alors qu'il était déjà malade depuis longtemps. Il a tenu à servir ses clients jusqu'au bout. Quand il est mort, la boucherie a fermé. Quelqu'un a racheté tout le matériel, mais personne n'a pris sa succession. La boutique a été transformée en bazar.

Le Dr Stolz leva les yeux vers Maggie.

— Où voulez-vous en venir, agent O'Dell ?

— S'il ne s'agit pas d'une intervention chirurgicale, c'est que l'incision a été pratiquée *post mortem*.

— Forcément.

— Lors de la cérémonie, le cercueil était-il ouvert ? demanda Maggie.

Watermeier acquiesça d'un hochement de tête.

— Donc, l'incision a été effectuée après les obsèques.

— Quelqu'un aurait exhumé le corps ? murmura le shérif, visiblement horrifié par cette éventualité.

— Quand et comment a-t-on pu faire ça ? demanda Stolz. Un caveau scellé, ce n'est pas ce qu'il y a de plus facile à violer.

— Tous les cercueils ne sont pas enterrés dans des caveaux, lui rappela Bonzado. Pour ça, il faut que la famille soit prête à débourser de sept cents à mille dollars supplémentaires.

— Le corps a pu être dérobé avant l'inhumation, suggéra Maggie.

— On serait venu le voler aux pompes funèbres ? dit Bonzado en se relevant et en s'époussetant les genoux.

Pour un professeur d'anthropologie légale, il avait un drôle d'accoutrement, songea Maggie, non sans un regard appréciateur pour ses jambes musclées et bronzées. Ses genoux étaient maculés d'une poussière rougeâtre. Une tige verte était accrochée dans les bouclettes de sa chaussette... La jeune femme reporta son attention sur les vêtements du mort. Présentaient-ils des traces similaires ?

— Il y a peut-être eu échange de corps dans les locaux des pompes funèbres, reprit-elle en palpant le lainage léger du costume, humide et gluant, bien que propre, en apparence.

Le crâne avait été découpé après les obsèques. Si le cercueil avait été ouvert durant la cérémonie, tout le monde aurait remarqué l'écoulement de liquide d'embaumement. En outre, ni la veste ni le pantalon ne présentaient de trace de terre ou d'herbe.

— J'ai porté le cercueil, dit Watermeier d'une voix lointaine. Il était lourd. Steve était dedans.

Maggie regarda le shérif qui se frottait la tempe vigoureusement, les yeux plissés, comme pour chasser certaines images.

— Toutes les hypothèses doivent être envisagées, dit-elle. Il va falloir découvrir qui a pu avoir accès au cercueil et à la tombe. J'espère que le costume nous fournira des indices.

Stolz la dévisageait d'un air sceptique. Elle n'était sur les lieux que depuis une heure et, déjà, il la considérait comme *persona non grata*. Maggie s'en rendit compte, mais peu lui importait. Elle avait l'habitude.

— En général, les morts sont habillés de vêtements propres, n'est-ce pas ? reprit-elle.

Stolz hocha la tête.

— On trouvera peut-être sur le costume des cheveux ou des fibres provenant de l'assassin, poursuivit-elle. Il n'a pas pu ouvrir le crâne sans toucher au reste du corps.

— Peut-être qu'il vend des organes à des facs de médecine, suggéra l'étudiante de Bonzado, tout en aidant Carl dans la recherche d'éléments de preuve qui auraient pu s'échapper du baril.

Pleine de zèle, la jeune fille présenta à Carl un sachet en plastique ouvert, afin qu'il y dépose un échantillon de terre qu'il tenait entre des pinces.

Maggie constata avec surprise que Carl avait déjà rempli deux sacs de mise sous scellés. L'un contenait une touffe de cheveux ou de poils ; l'autre, un morceau de papier blanc froissé.

— Qu'est-ce que c'est que ça ? demanda-t-elle en désignant la boulette de papier.

— Pas une lettre, si c'est ce que vous espériez, répondit Carl en lui tendant le sachet. Ce n'est pas du papier de papeterie.

Maggie leva le sac vers la lumière.

— Papier paraffiné, dit-elle.

— Revenons à nos moutons, grommela Stolz. Donc, l'assassin a prélevé le cerveau. Les tueurs en série prennent souvent à leurs victimes un vêtement, un bijou, un organe…

Il regarda Bonzado, Carl, Watermeier, et enfin Maggie.

— En guise de trophée, conclut-il.

— Oui, les serial killers ont souvent cette manie, reconnut Maggie. Sauf qu'ici, nous avons un petit problème.

Tout le monde se tourna vers elle.

— M. Earlman n'a pas été assassiné.

21.

Tout en l'aidant à porter les sandwichs et les sodas, Adam Bonzado observait Simon du coin de l'œil. Ramona et Joe étaient emballés par le projet, mais Simon... Ce garçon nonchalant, au teint terreux, était difficile à cerner. Toujours prompt à rendre service, il s'était, bien sûr, proposé pour assurer le repas de toute l'équipe.

Adam et son élève se faufilèrent entre les reporters et les cameramen dont le nombre ne cessait d'augmenter. L'officier Trotter, secondé par les renforts de la police nationale, s'employait à maintenir les journalistes derrière les bandes jaunes qui, malheureusement, ne faisaient pas barrage aux questions.

— Jennifer Carpenter de WVXB Channel 12. Quand allons-nous avoir un communiqué officiel, professeur ?

Adam reconnut la jolie blonde aux gros lorgnons.

— Je ne peux pas vous le dire, mademoiselle Carpenter. Demandez au shérif.

— Qu'avez-vous découvert ? Pourquoi le cachez-vous au public ?

— Nous ne cachons rien ! affirma Bonzado, tandis que la jeune femme enlevait ses lunettes.

La caméra tournait. Mince ! Il n'aurait pas pu se taire ?

— Nous essayons simplement d'évaluer la situation, reprit-il. Vous serez tous informés en temps voulu.

Sur ce, il tourna les talons et se dirigea vers la carrière. Simon l'attendait un peu plus loin.

— Des rapaces, dit-il à son élève.

— Je crois qu'elle vous aime bien.

Adam regarda Simon, dans l'attente de la suite de la boutade. Ses étudiants le mettaient souvent en boîte parce qu'il vivait seul. Mais Simon avait une expression sérieuse. Adam savait qu'il était plus âgé que ses camarades ; il avait repris ses études sur le tard.

— Ah ouais ? Tu crois ? En tout cas, elle n'est pas du tout mon genre.

En revanche, il trouvait l'agent spécial Maggie O'Dell tout à fait à son goût. Non seulement elle avait de beaux yeux marron, elle portait superbement l'uniforme bleu marine du FBI, mais, en plus, elle respirait l'intelligence. Et elle savait qu'une lame « broutait » ! Elle avait tous les atouts pour le séduire. Il y avait longtemps qu'Adam n'avait pas regardé les doigts d'une femme pour savoir si elle portait une alliance.

« La solitude ne te vaut rien », lui répétait sa mère, chaque fois qu'elle en avait l'occasion. Mais elle pouvait dire ce qu'elle voulait : il avait décidé qu'après Kate, il n'y aurait pas d'autre femme dans sa vie. Comment aurait-il pu combler le vide qu'elle avait laissé ? En se noyant, elle l'avait entraîné avec elle dans un abysse sans fond. Aujourd'hui encore, il ne pouvait pas penser à elle sans sentir sous ses doigts son corps froid et inerte, sans sentir sur ses épaules la pression de toutes ces mains qui essayaient de l'arracher à elle alors qu'il tentait désespérément de la ranimer.

— Ça va, monsieur Bonzado ?

— Ça va, répondit-il en feignant la distraction.

Puis il se rappela tout à coup qu'il avait réellement oublié quelque chose.

— A quelle heure tu reprends le boulot ?

Simon consulta sa montre.

— En fin d'après-midi. J'ai encore le temps.

— Tu as toujours mes clés ?

— Oh… Oui, excusez-moi.

Simon prit les sacs de sandwichs dans une main et plongea l'autre dans la poche de son jean.

— Ça t'ennuierait de retourner au pick-up ?

Comme d'habitude, Simon avait l'air ravi de pouvoir se rendre utile.

— J'ai un pied-de-biche qui pourrait nous aider à ouvrir les barils. Ça ne t'embête pas d'aller le chercher ?

— Non, non, pas du tout, répondit Simon en tendant les sacs à Adam.

Il attendit que celui-ci les ait tous bien en main avant de demander :

— Il est toujours sous le siège ?

— Non, je l'ai mis à l'arrière. Avec tout le matériel qu'on a chargé, il doit être au fond du plateau.

Tandis que Simon faisait demi-tour, Adam prit une profonde inspiration pour chasser le souvenir de Kate. Henry lui fit un signe de la main, puis vint à sa rencontre et lui prit une partie des sacs avant qu'il ne les laisse tomber.

— Eh, tout le monde, c'est l'heure de manger ! cria-t-il.

Les uns se débarrassèrent de leurs outils, les autres déposèrent des sachets scellés dans des containers, et tous se rassemblèrent, comme si rien n'était plus normal que de pique-niquer dans une carrière truffée de corps en décomposition.

— Où les avez-vous achetés ? demanda l'agent O'Dell en déballant un sandwich.

— Au Vinny's Deli.

— Vinny fait les meilleurs sandwichs de tout le Connecticut, déclara Henry.

Adam se doutait bien qu'elle n'avait pas posé la question parce que le sandwich lui mettait l'eau à la bouche. Elle examinait attentivement le papier blanc dans lequel il était enveloppé.

— On dirait le papier que vous avez ramassé : c'est le même, dit-elle en regardant Carl.

— C'est vrai.

— De quoi parlez-vous ? demanda Henry, vexé que l'on ne s'intéresse pas à son traiteur préféré.

— De ce papier blanc paraffiné, répondit Maggie. On en a trouvé un morceau dans le bidon de M. Earlman.

— C'est un papier d'usage courant, O'Dell.

— Je ne crois pas, shérif. Je pense même qu'il s'agit d'un article assez spécial.

— Et alors ? Ça veut dire que le tueur bouffe des sandwichs pendant qu'il débite ses victimes ?

Adam se demanda si c'était à cause de la fatigue que Henry avait ainsi rougi et haussé le ton. Le soleil d'automne, qui chauffait les rochers et faisait transpirer, était peut-être trop fort pour cet homme qui approchait de la retraite. Ou bien était-ce la panique qui le rendait irritable ? Pourtant, jusque-là, il était demeuré d'un calme presque olympien.

Debout devant l'agent spécial, la dominant de toute sa hauteur, Watermeier attendait une réponse. Sans paraître le moins du monde intimidée par son imposante stature, Maggie déchira un morceau de papier et le mit dans sa poche. Tout le monde la regardait sans oser manger. Adam ne comprenait pas pourquoi le shérif était subitement si agressif envers l'agent O'Dell. N'était-ce pas lui qui l'avait invitée à prendre part à l'enquête ?

— Vous croyez que ce truc-là a de l'importance ? demanda Henry d'une voix plus posée.

— Ce sont parfois des choses très ordinaires qui nous mettent sur la piste. Des détails que nous aurions tendance à considérer comme insignifiants. Le tueur en série John Joubert ligotait ses jeunes victimes avec une corde en fibres très particulières, fabriquée en Corée, je crois. En tout cas, ce n'était pas le type de corde que tout le monde a chez soi. Lorsque Joubert a été arrêté pour conduite suspecte, on a retrouvé des rouleaux de cette même corde dans le coffre de sa voiture. Il avait été moniteur chez les scouts. Voilà pourquoi il possédait ces rouleaux de corde. Il ne se doutait certainement pas qu'il se ferait piéger à cause de ça. J'ignore ce que signifie précisément ce papier blanc, mais je suis prête à parier que notre tueur en possède un certain stock.

— Bien, bien..., dit Henry d'un air peu convaincu. Mais à quoi ce papier lui sert-il ?

— Il faudrait que je voie les autres victimes, mais je crois pouvoir avancer...

La jeune femme marqua une pause, comme si elle hésitait à livrer son opinion.

— Je dirais qu'il s'en sert d'emballage provisoire.

— Pour emballer quoi ? lança Henry avec impatience.

— Le cerveau de M. Earlman, par exemple.

22.

Maggie accepta le soda que lui tendait le shérif. Elle aurait préféré un Pepsi Light, mais elle ne pouvait pas refuser cette offre de réconciliation. Watermeier la rejoignit sur le gros rocher où elle était assise.

— Quand on en aura fini, tout à l'heure, il faudra que je prenne une minute pour lancer un os à ces piranhas de journalistes. (Le shérif sourit, content de son trait d'humour.) Stolz veut faire l'autopsie de la femme qu'on a découverte hier, en fin de journée. Ça vous convient ?

— Oui, bien sûr.

Puis Watermeier garda le silence. Maggie se demandait s'il avait autre chose à lui dire.

— C'est beau, ici, hein ?

Elle se tourna vers lui, surprise. Elle ne s'attendait pas à une telle remarque de la part de cet ancien flic de New York devenu shérif d'une petite bourgade.

Elle suivit son regard. Le lieu était paisible, en effet. Les arbres avaient revêtu leurs couleurs automnales. Du lierre d'un rouge flamboyant grimpait sur les troncs. Les hautes herbes étaient parsemées de petites fleurs jaunes. Et le ciel était d'un bleu qui semblait artificiel.

— Oui, répondit-elle. C'est magnifique.

— Tout le monde est prêt ? lança soudain Watermeier, rompant ce bref instant de sérénité.

Ils se levèrent tous les deux, puis rejoignirent Bonzado et ses étudiants réunis autour d'un bidon.

Cette fois, la jeune femme se couvrit le nez du revers de sa veste. La barre de fer venait à peine d'être introduite sous le couvercle que, déjà, la puanteur était suffocante.

Bonzado avait un mal fou à ouvrir le baril dont les grincements évoquaient à Maggie l'ouverture d'une boîte de café sous vide.

— Oh, purée, celui-là est bien mûr ! dit le professeur en s'essuyant le visage avec le bas de sa chemise, révélant des abdos en forme de tablette de chocolat.

Maggie détourna le regard. En quelques heures, c'était la deuxième fois qu'elle se laissait distraire par le physique de Bonzado.

Tous attendaient. Personne ne proposa au professeur de prendre la relève. L'étudiant nommé Joe se tenait à distance. La fille, Ramona, semblait intéressée mais sur ses gardes. Le plus âgé des trois élèves de Bonzado, Simon, demeurait droit comme un piquet, une truelle dans une main, un appareil photo dans l'autre. Il paraissait choqué.

— Et si on découpait la tôle ? suggéra Watermeier.

— Avec quoi ? demanda Stolz en s'épongeant le front. On ne ferait qu'abîmer encore plus le corps. Voyons au moins ce que ces bidons contiennent avant de les transporter. Je ne veux pas d'une douzaine de barriques pleines de pourriture dans mon labo. O.K., Henry ? On peut regarder ce qu'il y a dedans ? Je sais que ça prend du temps, mais on ne va pas tout trimbaler si ça n'en vaut pas la peine, vous êtes d'accord ?

— Comme vous voudrez. C'est vous qui décidez.

— Je n'ai jamais dit...

Stolz s'interrompit. Un essaim de mouches noires s'était échappé de la mince fente entre le couvercle et le baril.

— Oh, nom de Dieu ! maugréa Watermeier en reculant d'un pas.

Bonzado hésita, puis assena un coup de barre de fer sur le couvercle pour le refermer.

— On devrait capturer quelques-unes de ces mouches, vous ne croyez pas ? dit-il en regardant Maggie, puis Carl qui cherchait déjà un récipient adéquat. Ramona et Simon, vous pouvez donner un coup de main à Carl ?

La jeune femme bondit littéralement pour rejoindre Carl. Simon demeura immobile, comme s'il n'avait pas entendu.

— Simon ?

— Ouais, j'y vais.

Maggie le regarda poser lentement sa truelle et son appareil photo. Bonzado était peut-être un peu trop exigeant avec ses étudiants, songea-t-elle. Les pauvres… Eux qui avaient dû s'imaginer entre les quatre murs d'un laboratoire stérile, en train d'examiner des os blancs et propres !

Bonzado souleva de nouveau le couvercle. Carl et Ramona tendirent un filet de fortune. Simon tenait une boîte. Il la ferma vivement, dès que quelques mouches y eurent pénétré. Puis il tendit le récipient hermétique à Carl, et reprit sa posture précédente, truelle dans une main, appareil photo dans l'autre.

Ignorant les insectes, Bonzado poursuivit sa tâche. Le couvercle finit par céder et roula sur le sol, libérant d'autres nuées de mouches ainsi qu'une repoussante odeur d'œuf pourri. Joe et l'un des hommes de Henry s'éloignèrent à la hâte. Joe vomit avant de parvenir jusqu'aux arbres. Même Watermeier et Carl reculèrent. Le shérif mit son chapeau devant son nez.

— Oh, putain..., grommela-t-il dans son couvre-chef.

Maggie grimpa sur les rochers.

— Quelqu'un a une lampe torche ? demanda-t-elle.

Bonzado posa son levier et fouilla dans sa boîte à outils en faisant beaucoup de bruit. Etait-ce pour se calmer ? se demanda Maggie. Mais non : quand il lui tendit un stylo lumineux, elle constata qu'il était parfaitement maître de lui. Sa main ne tremblait pas, et il la regardait dans les yeux.

— Comment ces saletés de mouches sont-elles rentrées là-dedans ? demanda Watermeier. Le bidon était bien fermé, vous avez vu ? On a eu toutes les peines du monde à l'ouvrir. Est-ce qu'elles se sont infiltrées par la fente ?

— Possible, répondit Maggie. A moins que le corps n'ait été exposé à l'air libre avant qu'on le mette dans le tonneau.

Elle dirigea le faisceau de la lampe dans le trou noir, mais ne vit rien de plus que la tache de lumière qu'elle projetait. Le soleil déclinait, et les branches créaient des ombres donnant l'impression qu'il y avait du mouvement dans le baril.

— Dans ce cas, elles devraient être crevées depuis longtemps, fit remarquer Watermeier.

— Elles ont pondu et les larves ont éclos, répliqua Maggie en se concentrant sur les lambeaux de tissu, les cheveux emmêlés et la chaussure que lui révélait enfin sa lampe.

— Les mouches à viande sont rapides et efficaces, dit Bonzado. Elles sentent le sang jusqu'à cinq kilomètres. Elles sont parfois sur le corps avant qu'il ait refroidi, avant même qu'il soit mort.

Maggie observa les visages des uns et des autres. Tout le monde avait repris des couleurs et écoutait sans sourciller les morbides explications du professeur.

— Celui-là va être crade, annonça Watermeier en regardant dans le bidon avec une autre lampe. La décomposition est bien avancée.

— Super ! dit Stolz en enfilant sa veste.

Une légère brise s'était levée. En dépit de son insistance pour ouvrir les barriques, le légiste ne paraissait pas pressé d'en voir le contenu.

— Voilà quelque chose d'intéressant, déclara Bonzado. Le macchabée a un drôle de motif sur le dos.

— Un tatouage ? demanda Stolz.

Maggie s'approcha. La torche de Bonzado montrait un quadrillage rouge vif sur le dos de la victime — ou sur ce qu'il restait de son dos.

Les mouches avaient dévoré des pans entiers de chair. Sur le devant du corps, les dégâts devaient être pires. Maggie savait par expérience que les mouches s'attaquaient d'abord aux zones chaudes et humides.

— Ce n'est que de la *livor mortis*, dit Stolz sur un ton détaché. Elle… ou il est mort allongé sur quelque chose qui présentait ce motif. Le sang a suivi les reliefs. Oh, purée, qu'est-ce que ça schlingue ! (Il recula en secouant la tête d'un air dégoûté.) Henry, arrêtons-nous là pour aujourd'hui. Je dois retourner au labo pour commencer les autopsies.

— Et celui-là, on en fait quoi ? demanda Watermeier en désignant un bidon cabossé.

Maggie n'avait pas encore vu ce qu'il renfermait. Ils avaient dû l'ouvrir avant son arrivée.

— Que Bonzado l'emporte, répondit Stolz en se dirigeant vers la route. Il n'y a que des os, là-dedans. Les squelettes, ce n'est pas mon rayon.

Maggie boutonna sa veste. Le froid commençait à la gagner. Bonzado et ses étudiants préparaient le tonneau pour le transport. Henry leur indiqua la piste de terre par laquelle ils pouvaient avancer leur véhicule. C'est alors que Maggie remarqua un bout de papier blanc qui dépassait de sous le couvercle de la barrique.

— Venez voir ! lança-t-elle au technicien.

— Ça alors ! dit Carl en s'accroupissant près d'elle.

A l'aide d'une pince, il ramassa délicatement le morceau de papier, tandis que Maggie soulevait le couvercle.

Il s'agissait du même papier blanc paraffiné que le fragment découvert précédemment.

Maggie sentit soudain qu'on lui poussait le coude. Elle se retourna. Un jack russel terrier lui lécha la main.

— Si Watermeier voit que ce chien est revenu…, dit Carl.

— Racine, je vous avais prévenu !

— Trop tard.

— Qu'est-ce que je vous avais dit, Racine ? hurla Watermeier en direction d'un vieil homme qui venait de surgir d'entre les arbres. Je ne veux pas voir ce clébard ici !

— Excusez-moi, shérif. Il n'en fait qu'à sa tête. Viens, Scrapple.

Le chien était assis aux pieds de Maggie et se laissait caresser avec un plaisir évident.

— Débrouillez-vous comme vous voulez, Racine. Attachez-le, s'il le faut. Mais que ce chien ne revienne pas divaguer ici !

Maggie leva la tête et sourit au vieil homme qui se balançait d'un pied sur l'autre, l'air embarrassé.

Puis elle se rappela tout à coup que, selon les dires de Tully, l'inspectrice Racine était de la région.

— Julia Racine, c'est votre fille ?

— Je ne sais pas, murmura le vieil homme.

Maggie se redressa, certaine d'avoir mal entendu.

— Pardon ?

— Si, je sais. Jul. Elle s'appelle Julia, dit le vieux sur un ton gêné.

Il avait les mêmes yeux bleus que sa fille. Il se gratta la tête sous son béret noir.

— Oui, c'est ça. Inspectrice Julia Racine de… de la police de Washington. Oui, madame, c'est ma fille, Jul.

23.

Luc Racine cherchait une clé sur son trousseau, tandis que Scrapple s'impatientait devant la porte. Le terrier lui en voulait. Chaque fois que Luc tentait de le caresser, il s'esquivait.

— Je ne veux pas que tu ailles les embêter, d'accord ? répéta-t-il au chien pour la troisième fois. Même s'ils sont déjà morts.

Les yeux rivés sur la porte, le chien ne lui témoigna aucune attention.

Luc allait se faire pardonner. Il trouverait sûrement dans le réfrigérateur autre chose que du lait tourné. De nouveau, il examina chacune de ses clés en tentant de se concentrer, de se souvenir. Il n'y avait pas si longtemps, il n'avait pas besoin de réfléchir pour savoir laquelle était la clé de la maison. Mais, depuis quelques jours, il devait passer par tout un raisonnement de déduction.

Il eut soudain une illumination, tourna la poignée, et sourit lorsque la porte s'ouvrit. Il ne la fermait plus à clé, de crainte d'oublier ses clés et de ne plus pouvoir rentrer chez lui. Un frisson de soulagement le parcourut.

Perdre la mémoire n'aurait pas été aussi terrible s'il ne s'était pas rendu compte que ses facultés s'amenuisaient. C'était ça, le pire. Se débattre avec les lacets de ses chaussures, faire des boucles et des nœuds qui ne tenaient pas, tout en sachant qu'autrefois, lacer ses chaussures n'était qu'un simple automatisme. Un gamin de cinq ans savait faire ça. Il n'y avait rien de plus facile… N'empêche que, maintenant, Luc ne portait plus que des charentaises.

Et dire qu'il avait oublié le nom de Jul. Il était impardonnable. « Tu ne te rappelles pas le nom de ta fille, mais le nom de ce connard de chien, ça, tu t'en souviens », lui aurait reproché Julia.

La maison était froide, comme si une fenêtre était ouverte. L'été était fini. Les feuilles des chênes étaient devenues rouges. Le soir, il faisait de plus en plus frais et, à la nuit tombée, on entendait les criquets.

Luc s'immobilisa au milieu du salon et regarda lentement autour de lui. Quelque chose clochait. Ce n'était pas comme l'autre soir. Non, c'était… quelque chose n'était pas à sa place. Il eut comme la chair de poule.

En revenant de la carrière, il avait éprouvé la même sensation. Comme si quelqu'un le surveillait, l'espionnait... Sur le chemin, il avait entendu des craquements derrière lui. Scrapple aussi les avait perçus. Il avait grogné, puis filé vers la maison, la queue entre les jambes, les oreilles rabattues, sans attendre Luc. Au bout de quelques mètres, il avait ralenti parce qu'il était peureux et qu'il comptait sur son maître pour le protéger. Ce chien n'était pas normal. Les chiens étaient censés protéger leur maître.

Luc parcourut de nouveau la pièce du regard, puis alla voir par la fenêtre si personne n'était caché derrière les arbres. Scrapple s'était couché sur son tapis favori. Un comportement rassurant. Luc alla verrouiller la porte d'entrée, puis vérifia que la porte de la cuisine était fermée à clé. C'était sans doute son imagination qui travaillait, bien qu'il n'eût jamais entendu dire que la maladie dont il était atteint entraînât des hallucinations ou un syndrome de paranoïa. Mais, s'il ne se rappelait pas le nom de sa fille, comment pouvait-il se rappeler ce qu'il avait lu ou entendu sur sa maladie ?

Il secoua la tête, dégoûté de lui-même. Puis il ouvrit le réfrigérateur qui devait bien contenir quelques restes pour son repas et celui de Scrapple.

Une vague de panique s'empara de lui lorsque ses yeux se posèrent sur le rayon du haut. Qu'est-ce que ce truc foutait là ? « Calme-toi, se dit-il. Ce n'est rien. Rien du tout. Rien qu'un de tes maudits trous de mémoire. » Il s'empara de la télécommande posée sur la dernière étagère.

— Et moi qui la cherchais partout.

24.

Henry avait proposé à O'Dell de le suivre jusqu'à la morgue. Elle devait le trouver attentionné, alors qu'en fait, il voulait surtout reporter sur elle une éventuelle attaque des piranhas. Il savait que Stolz ne lui aurait été d'aucun secours, face aux médias. Qui plus est, il était parti depuis longtemps.

— Dites-moi, agent O'Dell, d'après ce que vous avez vu, dans quel sens dois-je orienter mes recherches ? Et je vous en prie, épargnez-moi les généralités.

— Les généralités ?

— Ouais : un homme d'une vingtaine d'années, de race blanche ; un asocial que sa mère a traumatisé et qui ne sait pas traiter une femme autrement que par la violence.

— Dans ce schéma, comment expliqueriez-vous la mutilation de Steve Earlman ?

Merde ! Il avait oublié Steve. Pauvre Steve. Il n'avait vraiment pas envie de penser à lui.

— O.K., les généralités, alors ?

— Il est encore trop tôt pour que je puisse vous donner une description physique, bien que, oui, il y ait de fortes chances pour que ce soit un homme de race blanche, entre vingt et trente ans. Il dispose d'un 4x4 ou d'un pick-up. Il vit probablement seul à l'extérieur de la ville, dans un rayon de cinquante kilomètres autour de la carrière.

Henry se tourna vers O'Dell en s'efforçant de masquer sa surprise et son admiration.

— Tout cela est un peu prématuré, reprit la jeune femme, mais l'endroit qu'il a choisi pour se débarrasser des corps en dit long sur lui. Beaucoup de tueurs en série ne prennent pas la peine de dissimuler leurs victimes. Au contraire, certains sont même fiers d'eux et tiennent à exposer leurs œuvres. Ça fait partie d'un rituel. Le fait que les gens soient choqués par ce qu'ils sont capables de faire leur procure une forme d'excitation. Notre gars, lui, se donne du mal pour cacher les corps de ses victimes. Il ne veut pas qu'on les retrouve. Je me demande même s'il n'a pas honte de lui. Pour cette raison, je pense qu'il est atteint de psychose paranoïaque. Quand il saura que nous avons découvert sa cachette, il se sentira menacé, pourchassé, et il risque de commettre un acte irrationnel.

— Autrement dit, il risque de faire une erreur qui nous permettra de l'épingler ?

— Oui. Il peut, effectivement, relâcher sa vigilance et laisser derrière lui un indice qui nous mettra sur sa piste. Mais il peut aussi paniquer et tuer quelqu'un qu'il soupçonnera de lui vouloir du mal.

— Ce n'est pas exactement ce que j'avais envie d'entendre, déclara Henry en regrettant presque d'avoir questionné l'agent O'Dell.

Il avait déjà le gouverneur sur le dos. Que ferait-il si ce tueur cinglé récidivait ? Oh, Seigneur... Il n'avait même pas envisagé cette éventualité.

Alors qu'ils débouchaient sur le bord de la route, il constata que les renforts étaient arrivés. Deux officiers prenaient la relève de Trotter. Ils allaient assurer la garde de nuit. Randal Graham, le sous-fifre du gouverneur, avait proposé d'envoyer la garde nationale, mais Henry avait décliné l'offre, de crainte d'effrayer la population locale.

— Shérif Watermeier, que se passe-t-il ?

Les journalistes les prirent d'assaut avant même qu'ils aient franchi les limites du périmètre de sécurité.

— Combien de corps avez-vous découverts ?

— Est-il vrai qu'un tueur en série rôde dans les parages ?

— Quand connaîtrons-nous les noms des victimes ?

— Depuis quand l'assassin sévit-il ?

— Minute !

Watermeier leva une main et posa l'autre sur le bras de O'Dell pour lui faire comprendre qu'elle devait rester à son côté. Elle lui décocha un regard à la fois surpris et courroucé, comme pour lui signifier qu'elle n'avait pas l'intention de s'adresser aux médias. Tant pis pour elle. Henry voulait prendre sa retraite dans une communauté où il serait respecté et, pour cela, il devait persuader cette communauté qu'il faisait tout son possible pour la protéger.

— Je ne peux pas encore entrer dans les détails, déclara-t-il. La seule chose que je puisse vous dire, c'est que des barriques de deux cents litres sont enfouies dans la carrière (il ralentit son débit afin que ses propos ne soient pas déformés, par la suite). Certains de ces bidons contiennent des corps. C'est tout ce que je peux révéler pour l'instant. Sachez, néanmoins, que nous avons pris toutes les mesures nécessaires. Des spécialistes sont sur les lieux et nous avons...

— Et l'assassin, shérif ? Un tueur en série menace les habitants de la région. Comment allez-vous procéder pour l'arrêter ?

Seigneur ! Ces abrutis allaient semer la panique. Henry enfonça son chapeau sur ses yeux, comme pour parer de nouvelles flèches empoisonnées, et dans l'espoir de montrer à ces crétins qu'il ne se laisserait pas gagner par leur hystérie.

— Nous avons déployé des moyens pour appréhender le coupable, affirma-t-il en mentant sans vergogne.

Les corps n'avaient été découverts que la veille. Comment aurait-il pu posséder déjà une liste de suspects ?

— L'agent spécial Maggie O'Dell nous sera d'une aide précieuse, poursuivit-il en la poussant en avant. Mme O'Dell est profiler au FBI ; elle est spécialisée dans la recherche des criminels. Nous nous sommes assuré la collaboration des experts les plus performants. C'est tout pour l'instant.

Sur quoi, il passa son bras sous celui de O'Dell et l'entraîna sur les traces de Trotter, qui leur ouvrit un chemin à travers la foule.

— Vous avez des suspects, shérif ?

— Quand nous communiquerez-vous de plus amples informations ? Avez-vous dressé un portrait-robot de l'assassin ?

— J'ai dit : c'est tout pour aujourd'hui, grommela Henry en se frayant un passage entre les caméras.

Dès qu'ils eurent traversé la route, O'Dell dégagea son bras et se dirigea sans un mot jusqu'à sa Ford Escort. Elle était furieuse ? Il n'en avait que faire. Demain, elle foutrait probablement le camp. Elle n'était là que pour retrouver sa chère disparue, et il y avait de fortes chances pour que cette malheureuse attende à la morgue.

25.

Maggie avait l'habitude des autopsies. Grâce à sa formation initiale en médecine légale, elle était capable d'y participer. Placer le corps dans les cales, prélever des échantillons de fluides ou peser des organes ne lui posait pas de problèmes. Mais elle savait aussi qu'elle devait parfois s'abstenir d'intervenir. Tel était le cas aujourd'hui. Le Dr Stolz le lui avait fait clairement comprendre. Les mains gantées, elle attendait donc au côté de Watermeier, à qui elle en voulait encore pour sa déclaration intempestive aux médias. De toute façon, elle repartirait dès le lendemain pour Washington. Plus vite cette séance à la morgue serait terminée, mieux elle s'en porterait.

Le buste de la victime avait été entaillé. Maggie s'exhortait à la patience tandis que le légiste nettoyait la blessure, mais elle avait hâte d'observer l'incision.

Stolz dut sentir ses trépignements intérieurs.

— Ce n'est pas cette blessure à la poitrine qui a entraîné la mort, dit-il en écartant les longs cheveux de la jeune femme, collés par le sang.

Le côté du crâne présentait une longue estafilade en forme de croissant.

— Voilà ce qui l'a tuée, déclara-t-il.

— La poitrine a tout de même beaucoup saigné, répliqua Maggie en choisissant ses mots pour ne pas le contredire radicalement. Vous êtes sûr qu'on ne l'a pas frappée à la tête seulement pour l'assommer ?

Stolz regarda le shérif Watermeier en pinçant les lèvres, comme s'il se retenait de dire ce qu'il pensait. Puis il se remit à éponger le torse du cadavre.

— S'il a commencé à la charcuter immédiatement après l'avoir tuée, il est normal que l'hémorragie ait été abondante. La coupure est profonde. Il a dû toucher de grosses artères. Peut-être même le cœur.

— Attendez, intervint Watermeier. Si la blessure est si profonde que ça, il y a des chances pour qu'elle soit la cause du décès, non ?

Stolz le fusilla du regard.

— Pas si l'incision a été pratiquée au couteau, rétorqua-t-il en soulevant un pan de chair. Il a fait ça comme un cochon. Le travail n'est pas aussi précis que sur M. Earlman.

— Quel organe a-t-il pris, cette fois ? demanda Watermeier, ôtant les mots de la bouche de Maggie.

— On va voir.

D'une main, Stolz écarta les coins de la blessure. De l'autre, il s'empara du tuyau fixé à la table d'acier, et aspergea le buste de la victime.

— Je parierais pour le cœur, dit-il. Ou un poumon. Le genre de trucs qui plaisent aux dingues. Tiens, tiens... Alors, là... C'est la première fois que je vois ça.

Tout en tirant sur le bord de la plaie, le légiste recula pour permettre à Watermeier et à Maggie de constater par eux-mêmes. Le shérif se pencha en avant et se gratta la tête. L'anatomie était pour lui un mystère. En revanche, un coup d'œil suffit à Maggie. Et elle n'eut pas besoin de sortir la photo que Gwen lui avait transmise pour savoir qu'il ne s'agissait pas de Joan Begley.

— Je ne comprends pas, avoua enfin Watermeier en interrogeant Stolz et O'Dell du regard, conscient d'être le seul dans l'obscurité.

— Cette femme a dû avoir un cancer du sein, expliqua Stolz. L'assassin lui a enlevé ses implants mammaires.

Au lieu d'être soulagée de ne pas avoir à annoncer à Gwen que sa patiente avait été assassinée, Maggie sentit l'angoisse monter en elle. Si Joan Begley n'était pas morte, où était-elle ?

26.

Joan Begley fut réveillée par le roucoulement des pigeons. Du moins était-ce ce qu'il lui semblait entendre. Ses paupières étaient collées. Elle avait la bouche pâteuse. Le cerveau embruméLes roucoulements lui rappelaient les matins d'été dans la ferme laitière de Granny. Elle avait du mal à s'extirper de son lourd sommeil. L'air frais qui soufflait au-dessus d'elle sentait la prairie. Un bourdonnement lointain la berçait. Elle était bien.

Un cliquètement la tira de sa somnolence. Un cliquètement, puis le ronflement d'un moteur. Elle ouvrit les yeux, puis se redressa pour s'asseoir. Les lanières de cuir qui retenaient ses poignets la ramenèrent à la triste réalité.

Elle était attachée dans un lit. L'avait-il conduite à l'hôpital ? La pièce était faiblement éclairée. Derrière les grandes fenêtres, il faisait noir. Elle regarda autour d'elle. Des murs de rondins et de planches. Des vitres opaques. Au-dessus du lit, un ventilateur produisait la brise dont elle avait rêvé. Le bourdonnement provenait d'un gros congélateur. Elle se trouvait dans une cabane ou dans une grange aménagée. Elle était terrorisée, mais elle devait reconnaître que cet endroit était presque douillet, en dépit de cette entêtante odeur de désinfectant mêlée à un parfum de lilas.

Où l'avait-il emmenée ? Pourquoi ?

De nouveau, elle parcourut la pièce du regard. Sa vision était brouillée. Les objets posés sur des étagères lui apparaissaient flous, allongés et distordus, comme dans un tableau de Van Gogh. Elle avait peut-être des hallucinations. Oui, elle devait être dans un rêve, dans un mauvais rêve.

Malgré les toiles d'araignées qui lui engluaient le cerveau, elle essaya de réfléchir. Elle devait garder son calme. Elle avait suffisamment paniqué comme ça. Il fallait économiser le peu d'énergie qu'il lui restait. La nuit dernière… ou était-ce la nuit d'avant ? Elle ignorait depuis combien de jours elle était là. En tout cas, il l'avait droguée. Poliment, il l'avait priée de boire le contenu d'un flacon.

« Ça ne te fera pas de mal, avait-il promis de sa voix de petit garçon qu'elle trouvait si craquante lors de leurs premières rencontres. Tu verras, ça a le goût du sirop pour la toux. »

Elle avait refusé. Il l'avait alors empoignée par les cheveux et lui avait bloqué la tête en arrière. Elle avait été surprise par sa force, sa violence... sa folie. Elle avait griffé, donné des coups de pied, craché, toussé, mais il l'avait forcée à avaler le liquide. Non, ce fou furieux n'était pas le Sonny qu'elle croyait connaître.

Des larmes coulèrent de ses yeux. Pourquoi la séquestrait-il ? Pourquoi lui avait-il fait absorber ce produit ? Qu'allait-il faire d'elle ? Si elle criait, entendrait-on ses appels à l'aide ?

La porte était sans doute verrouillée. De toute façon, pour y parvenir, il aurait d'abord fallu qu'elle se libère de ses entraves. Elle s'aperçut que ses chevilles étaient également attachées aux barreaux du lit. Non, pas de panique. Elle allait tenter de lui parler. Parler, oui, il fallait qu'ils parlent. Mais où était-il ? Etait-elle seule ? Que manigançait-il ? Elle savait qu'il ne l'avait pas violée. Mais, si le sexe ne l'intéressait pas, que voulait-il d'elle ?

Dans l'espoir de trouver une réponse, elle se remit à examiner la pièce. Des bocaux de toutes tailles étaient alignés sur des étagères, ainsi que des pots de faïence avec des fermetures métalliques, des récipients en plastique et des bouteilles de verre. Sur une table près du lit, des méduses fluorescentes flottaient à la surface d'un aquarium illuminé. De l'autre côté du lit se trouvait une seconde table sur laquelle étaient posés des bols décorés de coquillages.

Des photos en noir et blanc punaisées aux murs montraient un enfant en compagnie de ses parents. S'agissait-il de Sonny ? Cet endroit devait être un atelier ou une maison de campagne. Non, elle n'avait aucune raison d'avoir peur. Elle allait parler à Sonny et tenter de comprendre ce qu'il voulait d'elle.

Rassérénée, elle se rallongea. Au moins, elle était confortablement installée. La drogue qu'il lui avait administrée n'était qu'un somnifère. Elle n'avait ni migraine ni nausées. Elle allait l'attendre et, quand il reviendrait, ils discuteraient. Peu à peu, elle se relaxa. Jusqu'à ce que son regard s'arrête sur l'étagère au-dessus de sa tête.

Malgré les sangles de cuir, elle se redressa d'un bond et se contorsionna pour mieux voir. Trois crânes semblaient fixer sur elle leurs orbites creuses.

Oh, mon Dieu ! Où était-elle ?

Elle se tourna vers les bocaux, mais elle était trop loin pour distinguer autre chose que des masses gélatineuses. Elle regarda l'aquarium dont le fond était illuminé. Seules les méduses translucides ondoyaient à la surface. A part elles, Joan ne distinguait pas un seul poisson, pas de petits cailloux colorés, pas de plantes aquatiques. Elle s'étira pour les observer de plus près. Les méduses flottaient-elles toujours ainsi ?

Elle remarqua alors que ces méduses portaient des numéros. Une suite de chiffres, comme un numéro de série, un code d'identification.

Un cri lui échappa quand elle reconnut ce qu'elle avait déjà vu chez un chirurgien esthétique. Des implants mammaires.

27.

Le Dr Stolz ne cachait pas son mécontentement. A plusieurs reprises, il avait décoché au shérif des regards furibonds qui n'avaient pas échappé à Maggie.

Watermeier venait d'annoncer qu'il devait partir mais qu'elle pouvait assister à la fin de l'autopsie. Maggie s'était préparée à ce que le légiste la chasse, mais il s'était contenté de marmonner quelque chose dans son masque.

Elle ne savait pas vraiment pourquoi elle restait là. Peut-être espérait-elle que le corps de cette jeune femme allait lui livrer des indications concernant l'endroit où elle devait chercher Joan Begley.

Les mains dans les poches de sa blouse, elle demeurait devant la table de dissection et supportait très mal de rester inactive. Quelques instants auparavant, son bras s'était instinctivement tendu vers un forceps, mais elle s'était très vite reprise. Heureusement, Stolz ne l'avait pas vue.

Il était lent. Lent et méticuleux. Ses mouvements étaient précis, maîtrisés. Il découpait le pourtour de la cavité thoracique avec soin, tel un pêcheur éventrant soigneusement un poisson avant de le vider. Maggie n'avait pas l'habitude de voir les légistes procéder avec autant de respect pour les victimes. Stolz se comportait peut-être ainsi parce qu'elle était là. Au début de l'autopsie, elle avait redouté qu'il n'emploie la méthode Rokitansky, qui consistait à extraire les viscères en bloc. Dieu merci, il appliquait la technique Virchow, prélevant et examinant chaque organe séparément.

Elle le regarda tailler dans la chair, le coude plié, la main allant en avant et en arrière, comme s'il sciait une planche. Puis il plongea ses doigts gantés dans le thorax, et en retira le poumon droit qu'il posa sur la balance.

— Poumon droit, six cent quatre-vingts grammes, lança-t-il en direction d'un petit magnétophone.

Il plaça ensuite l'organe dans un bocal de formol et préleva le poumon gauche.

— Poumon gauche, cinq cent dix grammes. Deux poumons de couleur rose.

Maggie n'était pas d'accord. Le poumon gauche n'était pas aussi rose que le droit. Mais elle ne fit aucun commentaire. La différence de couleur n'était peut-être pas assez marquée pour être significative. Aucun des deux poumons n'avait été touché par les outils ayant servi à l'ablation des implants mammaires. Visiblement, la femme ne fumait pas. La légère décoloration du poumon gauche indiquait seulement qu'elle avait dû respirer l'air vicié d'une agglomération urbaine.

Le Dr Stolz prit une seringue sur un plateau d'instruments, la retourna entre ses mains, puis la troqua contre une plus grande, et y adapta une aiguille qu'il introduisit dans le cœur. Il était évident que le cœur avait été entaillé. Maggie voyait nettement la lésion près du point où le légiste avait piqué son aiguille. Satisfait, il étiqueta son prélèvement et posa la seringue sur un autre plateau. Laissant le cœur en place, il passa à l'estomac.

Maggie gardait toujours le silence.

De tous les mystères du corps humain, l'estomac était, à ses yeux, le plus étrange. Il suffisait, pour ouvrir cette petite poche rose et molle, de l'effleurer de la lame du scalpel. Stolz manipulait l'organe avec une délicatesse qui étonna la jeune femme. Après l'avoir déposé dans un haricot en acier inoxydable, il le fendit précautionneusement. Puis, du bout des doigts, il écarta les parois. Il s'empara ensuite d'une louche en métal pour transférer le contenu de l'estomac dans une petite cuvette.

Maggie fit le tour de la table pour s'approcher. Stolz ne s'en offusqua pas. Il semblait, à présent, désireux de partager ses observations avec elle.

— Encore bien plein, dit-il en continuant à manier la louche. Une chance. Avec ça, on va peut-être pouvoir estimer l'heure du décès. Le séjour dans ce bidon a détruit presque tous les autres indicateurs.

Il avait enfin trouvé quelque chose qui lui permît d'étaler sa science.

— C'est du poivron vert ? demanda Maggie.

— Poivron vert, oignon et chorizo. Ça ressemble à une pizza. Pas digérée. Donc, elle a été tuée peu après avoir pris son repas.

— Combien de temps après ? Deux heures ?

Maggie savait que 95 % des aliments transitaient hors de l'estomac dans les deux heures suivant l'ingestion, bien que divers paramètres, dont le stress, puissent accélérer ou ralentir le processus.

— Il n'y a pas grand-chose dans l'intestin grêle, poursuivit Stolz, les doigts de nouveau plongés dans le corps, tâtonnant dans l'enchevêtrement des entrailles. Je dirais : une heure ou deux.

— Question suivante : s'agit-il d'une pizza surgelée ou fraîche ?

Le légiste écarquilla les yeux.

— Quelle importance ?

— Si c'est une pizza fraîche, il y a des chances pour qu'elle ait mangé au restaurant avant d'être assassinée. Ce qui nous donne un début de piste.

— Franchement, c'est impossible à déterminer. Bien que…

Stolz remua le contenu de la bassine avec un ustensile semblable à un couteau à beurre.

— Les couleurs, notamment celles des légumes, me paraissent particulièrement vives, ce qui pourrait signifier, si je me fie à mon expérience, qu'il s'agit de produits frais, non congelés

Maggie sortit un petit carnet de sa poche, et y jeta quelques notes. Quand elle releva la tête, Stolz la dévisageait, les bras croisés sur la poitrine. La colère était revenue sur ses traits, et cette colère semblait dirigée contre Maggie, la seule personne présente pour éprouver sa patience.

— Vous n'êtes pas sérieuse, j'espère ? dit-il. Vous pensez que l'assassin a invité sa victime à la pizzéria, puis qu'il l'a assommée pour lui prendre ses prothèses de seins ? C'est absurde.

— Pourquoi serait-ce si absurde, docteur Stolz ?

Maggie commençait, elle aussi, à sentir la moutarde lui monter au nez.

— Tout d'abord, parce que ça impliquerait que le tueur habite la région.

— Et alors ? Qu'y a-t-il d'impossible à cela ?

— On est au fin fond du Connecticut, agent O'Dell, pas sur la côte ou à New York. Ce gars est peut-être taré, mais il n'est tout de même pas idiot au point d'enterrer ses cadavres à côté de chez lui.

— Richard Craft s'est débarrassé de sa victime tout près de chez lui.

— Qui ?

— Richard Craft, le type qui a tué sa femme et l'a passée au broyeur.

L'expression arrogante de Stolz se transformait peu à peu en un masque de confusion.

— En pleine tempête de neige, si je ne m'abuse, continua Maggie, et à quelques pas de sa maison, à Newtown, dans le Connecticut. A quelques kilomètres à l'ouest de Wallingford, n'est-ce pas ?

28.

Lilian demeurait incrédule devant le récit de Henry. Bien sûr, ce que le shérif leur racontait, à Rosie et à elle, était strictement confidentiel. Et Lilian savait qu'il ne leur disait pas tout. En voyant la mine affolée et épuisée de son mari, Rosie avait suggéré d'avancer quelque peu l'heure de fermeture de la librairie, ce qui ne lui était encore jamais arrivé. Ils étaient, maintenant, assis tous les trois devant des tasses de décaféiné. Lilian ne pouvait s'empêcher de penser que cette histoire était beaucoup plus captivante que tout ce qu'elle avait lu. Deaver et Cornwell étaient battus à plate couture. A la limite, seuls Stephen King ou Dean Koontz auraient été capables d'imaginer de telles horreurs.

— Mon chéri, dit Rosie en posant sa petite main sur la grosse patte de son époux, c'est peut-être un clochard qui a fait ça et qui a ensuite quitté la région.

— Non. D'après O'Dell, c'est un paranoïaque. En général, ces types se cantonnent en territoire connu, justement parce qu'ils sont paranos. J'ai passé en revue tous les gens qui vivent seuls dans la campagne. Aucun de ceux auxquels je pense n'a pu faire ça.

— La profiler a dit qu'il habitait dans le coin ?

Le cœur de Lilian avait fait un bond. Tout cela était beaucoup trop réel. Elle préférait y penser en termes de fiction.

— Ouais. Et il prend certainement son pied à voir le résultat de son travail à la télé.

— S'il est parano, il ne prend sûrement pas son pied, objecta Rosie. Au contraire, il doit être terrifié.

Henry considéra sa femme avec étonnement, stupéfait par son bon sens. En effet, il n'y avait pas besoin d'être Sherlock Holmes pour deviner que ce type devait être sérieusement contrarié.

— Oui, renchérit Lilian, il doit avoir très peur. Vous ne craignez pas qu'il s'en prenne à l'un d'entre vous ?

— O'Dell dit qu'il risque de paniquer, mais je ne pense pas qu'il commette l'erreur de s'attaquer à la police.

Lilian était fière d'avoir tiré la même conclusion que le profiler. Décidément, on apprenait beaucoup en lisant.

— Je parie que l'agent spécial a dit que c'était un solitaire, un homme banal qui vaque à ses occupations sans se faire remarquer.

Elle fouilla dans sa mémoire, passant ses lectures en revue.

— Quelqu'un qui passe inaperçu, ajouta-t-elle.

Henry et Rosie l'écoutaient en buvant leur café.

— Un gars sympa. Il travaille de ses mains. C'est un ouvrier qui a accès à toutes sortes d'outils. Il éprouve le besoin de tuer parce qu'il a eu des mauvaises relations avec sa mère, qui était sûrement très autoritaire et très possessive.

Son auditoire la regardait avec des yeux ronds.

— Comment sais-tu tout ça ? demanda Henry sur un ton suspicieux.

— Je lis beaucoup de romans policiers et de thrillers.

— C'est vrai, elle dévore les bouquins, affirma Rosie, comme pour se porter garante de son associée.

Lilian se tourna vers Henry qui l'étudiait avec un air soupçonneux. Alors qu'elle ne s'y attendait pas, elle sentit le rouge lui monter aux joues. Nerveusement, elle remonta ses lunettes sur son nez, et ramena ses cheveux derrière ses oreilles. Pensait-il réellement qu'elle savait qui était l'assassin ?

— Je crois que je devrais lire plus, dit enfin Henry avec un sourire. Je ferais un meilleur enquêteur. N'empêche que, pendant un petit moment, j'ai vraiment eu l'impression que tu décrivais quelqu'un que tu connaissais bien.

— Ah bon ? dit Lilian en essayant de se souvenir du personnage de roman dont elle avait brossé le portrait.

Sa gorge se serra soudain. Elle savait qui correspondait à son profil. Ce n'était pas un personnage imaginaire, mais quelqu'un de bien réel. Son frère, Wally, possédait toutes les caractéristiques qu'elle avait énumérées.

29.

Il était tard lorsque Maggie arriva au Ramada Plaza Hotel, épuisée par cette longue journée. Les muscles de sa nuque étaient noués. Elle avait les paupières lourdes. Et elle se demandait si son imagination ne lui jouait pas des tours. Sur le parking, en sortant ses bagages de la voiture, elle avait eu l'impression d'être observée. Elle avait regardé partout mais n'avait vu personne.

Tout en patientant devant la réception — en face de Cindy, la réceptionniste stagiaire, comme indiquait son badge —, elle chercha ce qu'elle allait dire à Gwen au téléphone. Elle n'avait pas perdu son temps, aujourd'hui, mais elle n'en savait pas plus au sujet de Joan Begley. A son avis, cette femme se terrait dans sa chambre d'hôtel pour fuir la réalité.

Cindy tapait sur son ordinateur le numéro de la carte de crédit de Maggie. Elle refuserait sans doute de lui donner le numéro de la chambre de Joan. Maggie ne le lui demanderait pas, de toute façon. Elle ne voulait pas se faire remarquer ni semer la panique en exhibant son badge du FBI.

— L'une de mes amies a pris une chambre ici, dit-elle. Je peux lui laisser un message ?

— Bien sûr, répondit Cindy en lui tendant un stylo, une carte et une enveloppe au logo de l'hôtel.

Maggie nota son nom et son numéro de portable sur la carte, puis le nom de Joan Begley sur l'enveloppe. Elle la ferma sans la cacheter, et la rendit à Cindy. La jeune fille y jeta un œil, consulta son écran, et griffonna un numéro sous le nom.

— Voici votre carte-clé, madame O'Dell. Le numéro de votre chambre est ici. Les ascenseurs se trouvent juste là, à l'angle, sur votre droite. Désirez-vous que j'appelle quelqu'un pour vous aider à porter vos bagages ?

— Ce n'est pas la peine, je vous remercie, répondit Maggie en passant sur son épaule la bride de sa housse à vêtements.

Puis elle ramassa la sacoche contenant son ordinateur, s'éloigna de quelques pas, et se retourna brusquement.

— Oh, j'ai oublié de préciser à mon amie à quelle heure nous avons rendez-vous, demain. Je peux ajouter quelque chose sur le mot ?

— Certainement, répondit Cindy en posant l'enveloppe sur le comptoir.

Maggie l'ouvrit et fit semblant d'écrire sur la carte. Cette fois, elle colla l'enveloppe.

— Merci beaucoup.

— Je vous en prie.

Cindy ne s'était pas aperçue qu'elle venait de communiquer à Maggie le numéro de la suite de Joan Begley.

Dans sa chambre, Maggie jeta ses sacs sur le lit, se déchaussa, enleva sa veste et déboutonna le col de son chemisier. Puis, munie du seau à glace et de sa carte-clé, elle ressortit dans le couloir et prit l'ascenseur. Au sixième étage, elle s'arrêta devant le distributeur de glaçons, remplit le seau en plastique et gagna la porte 624. Là, elle attendit en suçant un glaçon. Depuis le sandwich pris sur le pouce à la carrière, elle n'avait rien mangé. Tout à l'heure, elle passerait peut-être une commande au room service.

Le « ding » de l'ascenseur retentit derrière elle. Un jeune homme en veste blanche et pantalon noir en sortit, un plateau à bout de bras. Maggie attendit qu'il l'eût apporté au fond du couloir pour insérer sa carte-clé dans la fente de la serrure.

— Mince, alors ! bougonna-t-elle suffisamment fort pour qu'il l'entende.

— Vous avez un problème, madame ?

— Ma carte ne fonctionne pas. C'est la deuxième fois, ce soir.

— Vous permettez que j'essaye ?

Le jeune homme inséra lui-même la carte dans la fente. Un voyant rouge clignota. Il fit une seconde tentative, plus lentement.

— Allez demander à la réception. On vous donnera une autre carte.

— Oh ! là, là ! soupira Maggie en jetant un coup d'œil sur le badge du garçon. Vous ne pouvez pas m'ouvrir, Ricardo ? Je suis vannée : je n'ai pas envie de redescendre.

— Si, bien sûr, pas de problème.

Ricardo fouilla dans sa poche, et en sortit un passe avec lequel il ouvrit la porte.

— Je vous remercie, lui dit Maggie en s'avançant sur le seuil de la chambre.

Puis elle lui fit un petit signe de la main, et attendit qu'il ait disparu à l'angle du couloir pour refermer la porte. Elle commençait à être bonne à ce petit jeu.

La première chose qui lui vint à l'esprit fut que Joan Begley devait bien gagner sa vie. Il n'y avait pas beaucoup d'artistes qui pouvaient se payer une suite. Puis, au premier coup d'œil, elle vit qu'elle n'y avait pas mis les pieds depuis au moins deux jours. Trois *USA Today,* offerts à titre gracieux par l'hôtel, étaient empilés sur la table basse du salon sans avoir été lus, de toute évidence. A côté, une carte valable pour une semaine de petits déjeuners continentaux ; tous les jours étaient cochés, à l'exception du dimanche. Une facture datée du dimanche 14 septembre avait été déposée dans la chambre, ainsi qu'une autre mise à jour le lundi, et une troisième le mardi.

Des corsages et des tailleurs étaient suspendus dans le placard près de la porte. Une veste était posée sur le dossier d'une chaise. Maggie en palpa les poches, et y trouva un porte-chéquier en cuir qu'elle s'empressa d'ouvrir. Par chance, Joan Begley remplissait le talon de ses chèques. Elle en avait fait peu, depuis son arrivée dans le Connecticut. Le premier, d'un montant de mille dollars, était à l'ordre de Marley and Marley et portait la mention « acompte enterrement ». Le deuxième avait servi à payer un « casse-croûte » au Stop & Shop. Avec le troisième, Joan avait pris de l'essence au DB Mart.

Le quatrième et dernier chèque, daté du samedi 13 septembre, avait été fait à la pizzéria Fellini, en règlement d'un « dîner avec Marley ».

Maggie revint en arrière. Joan était allée au restaurant avec l'un des directeurs des pompes funèbres ? Discutait-on funérailles autour d'une table ? Pourquoi pas ? S'il s'agissait d'un rendez-vous galant, ce Marley aurait certainement invité Joan.

Samedi 13 septembre. Si Gwen avait raison, Joan avait disparu ce soir-là. Mais, si son carnet de chèques était là, c'est qu'elle était passée à l'hôtel après le restaurant. Pour se changer ? Marley était-il l'homme dont elle avait parlé à Gwen ?

Tout en repensant à l'autopsie, Maggie remit le chéquier où elle l'avait trouvé. La femme du bidon numéro un avait été tuée peu après avoir mangé une pizza — peut-être à la pizzéria Fellini, peut-être avec quelqu'un, peut-être avec son assassin. Après réflexion, Maggie reprit le chéquier et le glissa dans la poche de son pantalon.

Puis elle continua son inspection. Une luxueuse valise s'étalait ouverte sur le meuble à bagages, et deux paires de chaussures avaient été glissées dessous. Divers articles de toilette et de maquillage étaient éparpillés dans la salle de bains. Une chemise de nuit pendait au loquet de la porte.

Debout au milieu de la chambre, Maggie se frotta les yeux. Il était évident que Joan Begley n'était pas partie en escapade amoureuse. Elle n'aurait pas laissé toutes ses affaires dans sa suite. Non, elle avait l'intention de revenir au Ramada Plaza, mais sa chambre n'avait pas été occupée depuis plusieurs jours. Que lui était-il arrivé ?

De nouveau, Maggie fit le tour des deux pièces, à la recherche d'un indice. Le bloc à côté du téléphone. Bingo ! Des marques étaient visibles sur la première page. Elle trouva un crayon dans le tiroir et passa la mine inclinée sur la feuille. Comme par magie, des lettres et des chiffres se dessinèrent en blanc sur gris. Le lieu et l'heure d'un rendez-vous : Hubbard Park, Percival Park Road, West Peak, 23 h 30.

Maggie déchira la page et la glissa dans sa poche. Sur le pas de la porte, elle se retourna pour regarder la suite une dernière fois.

— Où es-tu, Joan Begley ? demanda-t-elle avant d'éteindre la lumière.

30.

— Parle-moi de ta maladie, dit-il en s'asseyant au bord du lit.

Joan s'était assoupie. La lumière l'avait réveillée en sursaut. *Il* était enfin de retour. Aveuglée, elle cligna des yeux pour le voir. Il la scrutait attentivement. Une odeur de terre mouillée et de transpiration émanait de ses habits. D'où venait-il ? S'était-il employé à creuser sa tombe ?

— Pardon ? dit-elle en voulant lever les bras pour se frotter les yeux.

Les lanières de cuir firent resurgir sa panique. Tous ses muscles étaient douloureux. Elle essaya de lever les mains pour écarter les mèches qui lui collaient au visage. Sa peau était sèche. Des croûtes s'étaient formées au coin de ses paupières et de ses lèvres. Peut-être qu'elle n'avait plus de larmes, plus de salive. Etait-ce possible ? Pouvait-on pleurer jusqu'à tarir sa réserve de larmes ?

La peur lui nouait la gorge. Elle sentait le regard

de l'homme posé sur elle. Son estomac gargouilla, et elle prit conscience qu'elle avait faim.

— Quelle heure est-il ?

Elle s'efforçait de rester calme. Si elle cachait soigneusement sa terreur, il maîtriserait peut-être sa folie.

— Parle-moi de ta maladie, de ta déficience hormonale.

— Quoi ?

— Tu sais, tes problèmes hormonaux. Quelle est la glande qui ne fonctionne pas ?

— Je ne comprends pas.

Elle mentait. Elle savait parfaitement de quoi il parlait. Elle lui avait raconté qu'elle ne pouvait pas contrôler son poids à cause d'un dysfonctionnement hormonal, parce qu'elle avait honte d'avouer qu'elle était incapable de se discipliner. Dans quoi s'était-elle fourrée avec ces idioties ? Elle regarda les bocaux sur les étagères et les crânes au-dessus d'elle. Etait-ce cela qu'il voulait d'elle ?

— Dis-moi quelle glande te fait souffrir. L'hypophyse ? La thyroïde ?

Il s'exprimait d'une voix douce et mélodieuse, comme pour l'inciter à se confier.

— Tu sais, cette hormone qui te fait grossir. Ou plutôt l'insuffisance de cette hormone, c'est ça ? Tu m'en as parlé, l'autre jour. Tu ne te souviens pas ? Je crois que tu m'as dit que c'était un dérèglement de la thyroïde, mais je n'en suis plus certain. C'est la thyroïde ?

Joan ne parvenait pas à quitter des yeux les bocaux alignés sur les étagères, de toutes les formes et de toutes les hauteurs : des bocaux à conserve et des bocaux à cornichons dont les étiquettes d'origine avaient été remplacées. De loin, elle ne voyait que des masses globuleuses, et n'osait pas imaginer ce dont il s'agissait. Et voilà qu'il la tarabustait de questions sur sa thyroïde... Avait-il déjà préparé un bocal à son intention ?

— Je ne sais pas, balbutia-t-elle. Enfin, je veux dire... *ils* ne savent pas.

Ses lèvres tremblaient. Elle tira les couvertures sur ses épaules en espérant lui faire croire qu'elle avait froid. Il ne fallait surtout pas qu'il perçoive son état de panique.

— Il me semble que tu m'as dit que c'était la thyroïde.

Il avait une voix et une moue de petit garçon.

— Non, non, ce n'est pas la thyroïde. Non, non, pas du tout.

Elle essayait de paraître convaincante.

— On m'a fait passer des examens, et les médecins n'ont trouvé aucune anomalie au niveau de la thyroïde. En fait, c'est plutôt un manque d'autodiscipline.

— D'autodiscipline ?

Son front se plissa, et il prit une expression perplexe. Dans la lumière bleutée diffusée par l'aquarium, il avait l'air d'un gamin. Il était assis en tailleur, un pied ramené sous ses fesses, les mains entre ses cuisses. Ses yeux étaient lourds de fatigue, ses cheveux ébouriffés, comme s'il venait de se réveiller.

Réfléchissait-il à la façon dont il pourrait embouteiller un manque d'autodiscipline ? Allait-il chercher une autre réponse ? Joan entrevit un éclair de métal. Son estomac vide se contracta. Elle vit qu'il tenait un grand couteau dans ses mains cachées entre ses jambes.

Joan balaya la pièce du regard, et retint un cri d'horreur.

Il voulait sa thyroïde. Allait-il la tuer avant ou après l'opération ?

— Moi, je ne te trouve pas grosse, dit-il.

Il baissa les yeux sur ses mains, puis les releva vers elle et esquissa un sourire timide. Il était soudain redevenu calme, gentil, attentionné, soucieux de lui faire plaisir, comme le jour où elle l'avait rencontré.

— Merci, répondit-elle en s'efforçant de lui rendre son sourire.

— Il arrive que les médecins se trompent, tu sais ?

Il avait l'air triste, à présent. Il se leva.

Joan se prépara à affronter le pire.

— Les médecins ne savent pas tout, ajouta-t-il en quittant tranquillement la pièce.

31.

Mercredi 17 septembre

Minuit était passé depuis longtemps, et la nausée persistait.

Il lui restait encore une heure avant de partir travailler. La journée allait être longue. Il lui était déjà arrivé d'avoir des journées très remplies sans que ça lui pose le moindre problème. Mais, aujourd'hui, ce serait difficile. Il n'avait pas dormi de la nuit, comme dans son enfance, lorsqu'il attendait minuit, heure à laquelle sa mère lui apportait sa potion médicinale faite maison, qui ne faisait qu'amplifier ses souffrances. Hier, toute la journée, il avait dû lutter contre l'envie de vomir, comme quand il était petit. Ce n'était pas grave. Il s'en était remis plus d'une fois. Il s'en remettrait cette fois encore.

Si seulement il s'était occupé d'elle immédiatement, comme il l'avait prévu… Il avait, pourtant, emporté la tronçonneuse pour la découper pièce par pièce, dans l'espoir de trouver ce qu'il cherchait. Pourquoi s'était-il ravisé à la dernière minute ? Il avait pris une mauvaise décision. *Stupide, stupide, stupide décision.*

Il s'était dit qu'il ne fallait pas se presser. Mieux valait attendre qu'elle lui révèle où résidait cette précieuse déficience hormonale, afin qu'il puisse faire du meilleur boulot. Parce qu'il avait horreur de saloper le boulot. La tronçonneuse n'était pas son outil préféré. Ça faisait trop de saletés... Et puis, il était bien embêté, maintenant. Que ferait-il de son corps quand il en aurait terminé, avec tous ces méchants qui rôdaient dans la carrière ?

Mais ce n'était pas le moment de penser à ça. S'il se faisait du souci, son estomac le torturerait toute la journée.

Il racla la mayonnaise au fond du pot. Le cling-cling du couteau contre le verre l'irrita, lui qui avait déjà les nerfs à fleur de peau. Comment allait-il faire ?

Non, non, non. Il se débrouillerait. D'une manière ou d'une autre.

Il étala la mayonnaise sur une tranche de pain de mie, lentement, de façon à ne pas déchirer la mie blanche et moelleuse, de façon à tartiner uniformément toute sa surface, jusque dans les angles, mais sans toucher la croûte. Puis il sortit de leur emballage deux tranches de fromage américain, et les disposa sur le pain en veillant à ce qu'elles ne dépassent pas des bords, qu'elles ne touchent pas la croûte. Au centre, les tranches se chevauchaient. Il reprit le couteau, découpa le morceau qui était en trop et le posa à côté.

Puis il ouvrit le placard pour prendre, derrière le Pepto-Bismol et le sirop pour la toux, la bouteille brune que sa mère avait toujours cachée là. Il dévissa le bouchon, saupoudra le fromage de quelques cristaux, et remit le flacon à sa place.

Après avoir soigneusement tartiné une autre tranche de pain, il confectionna son sandwich. Enfin, le plus important, il enleva la croûte et coupa le sandwich en deux, dans la diagonale. Et voilà. Parfait.

Parfait, parfait, parfait.

Il enveloppa ce dîner dans une feuille de papier blanc paraffiné, et le posa sur le plateau où se trouvaient déjà une canette de Coca, un sachet de chips individuel et une barre de Snickers. Exactement le même repas que sa mère lui préparait chaque jour, aussi loin qu'il se souvienne. Le repas idéal qui ne variait presque jamais. Il se sentait toujours mieux, après. Mais, cette fois, le plateau-repas n'était pas pour lui. Il était pour son invitée.

Son invitée... Un sourire se dessina sur ses lèvres. Il n'avait jamais eu d'invité. Personne n'avait jamais dormi chez lui. Sa mère ne l'aurait pas permis. Cette invitée-là n'était qu'un contretemps, une erreur... Il n'aimait pas faire des erreurs... Mais il n'était pas mécontent d'avoir quelqu'un sur qui exercer son autorité, pour une fois. Il allait en profiter. Pendant un petit moment, au moins. Jusqu'à ce qu'il ait trouvé une solution pour se débarrasser des parties dont il n'avait pas besoin.

Une idée lui vint tout à coup à l'esprit. Il n'aurait qu'à la mettre dans le congélateur. Oui, elle devait bien rentrer dans l'un des congélateurs.

32.

Luc Racine était assis sur une chaise pliante, au deuxième rang du funérarium. Le premier rang était réservé mais encore inoccupé, si bien que Luc voyait très bien le cercueil. Trop bien. Il voyait l'épaisse couche de fond de teint sur le visage de la morte, le rose — trop de rose — que l'on avait appliqué sur ses joues. Cette pauvre femme portait-elle du rouge à lèvres aussi vif, de son vivant ? On aurait pu croire qu'elle portait un masque.

Luc sortit son petit carnet et son stylo de la poche de sa chemise. Sur une page vierge, il inscrivit la date, puis, dessous : « Pas de fard. Aucun maquillage. » Et il souligna « aucun ». Il referma le calepin et regarda autour de lui.

Marley se tenait près de la porte ; il attendait quelqu'un. La journaliste, peut-être ? Luc l'avait aperçue à l'accueil, en arrivant. Dieu merci, elle ne l'avait pas reconnu. Sans ses lunettes, elle devait être myope comme une taupe.

Marley avait pris sa pose de directeur des pompes funèbres : les épaules en arrière, le dos droit, les mains croisées devant lui, le menton relevé, l'air fort et autoritaire. Luc avait souvent eu l'occasion de l'observer. En un clin d'œil, Marley savait se composer une attitude de circonstance. Il était bon comédien. Il pouvait entrer dans une colère noire à l'encontre de ses employés, et afficher, dans la seconde qui suivait, une complète compassion. *Complète*, ce qui ne signifiait pas *sincère*. Luc savait que Jake Marley n'était pas sincère. Il faisait seulement son boulot, et il le faisait à la perfection. Ses mimiques étaient indispensables dans la profession qu'il exerçait, comme il était indispensable pour Luc, à l'époque où il était facteur, de mémoriser des dizaines et des dizaines d'adresses.

Certes, Marley se comportait comme on l'attendait de lui, mais Luc le trouvait... hmm... il n'avait pas le mot juste. Il lui arrivait de perdre les mots, aussi. Il se gratta le menton pour essayer de trouver celui qu'il cherchait.

Mince ! Il avait oublié de se raser.

Il regarda ses pieds. Il avait gardé ses pantoufles.

Il se retourna vers Marley. Le directeur des pompes funèbres l'avait-il vu ? Il pouvait peut-être sortir discrètement par-derrière ? Il parcourut la salle du regard. Flûte ! Cette pièce n'avait qu'une seule porte. Et maintenant, Marley escortait deux femmes jusqu'au cercueil. Il salua Luc d'un petit signe de tête, sans lui prêter plus d'attention. Empressé auprès de ses clientes, il ne lui accorderait pas plus d'intérêt.

La plus âgée portait une perruque gris bleuté et de grosses lunettes à monture rouge qui mangeaient sa petite figure de pigeon. Elle s'appuyait sur le bras de sa compagne, laquelle était vêtue d'un tailleur bleu qui soulignait ses formes. Ses longs cheveux noirs encadraient un visage lisse et sans défaut.

Marley ne la quittait pas des yeux. Il la suivait, une main légère posée sur son dos. Sans doute brûlait-il d'envie de descendre cette main un peu plus bas. Il ne le ferait pas, bien sûr. Marley savait s'y prendre avec ses clients. Avec les jolies femmes, surtout. Une main sur le bras, un encouragement au niveau de l'épaule, un peu de réconfort dans le bas du dos... Luc avait eu maintes occasions d'observer son petit manège.

Peut-être que les femmes l'appréciaient. Marley n'était pas franchement désagréable, après tout. Et il était plutôt bel homme. Pas un apollon, certes, mais, dans ses costumes noirs à cinq cents dollars, il avait de l'allure. Il émanait de lui une certaine force. Les femmes aimaient les hommes forts, surtout dans leurs moments de vulnérabilité.

Luc regarda les proches de la défunte qui se tenaient maintenant devant le cercueil. Les gens parlaient à voix basse, comme pour ne pas réveiller leur chère disparue.

— Elle avait de si beaux cheveux, murmura la vieille dame. Mais elle n'aurait jamais porté du rouge à lèvres de cette couleur.

Luc sourit. Il le savait.

« Pas de chuchotements, nota-t-il dans son carnet. Que tout le monde parle normalement. »

La jeune femme lui jeta un regard et lui sourit. Ses yeux étaient gonflés, mais elle ne pleurait plus. Il lui rendit son sourire en hochant la tête, puis écrivit dans son calepin : « Interdiction de pleurer. Musique gaie. Pas de musique d'enterrement. »

Il essaya de penser à des chansons qu'il aimait, mais rien ne lui vint à l'esprit. Il avait bien un chanteur préféré, tout de même ? Comment pouvait-on oublier la musique ?

Les deux femmes avaient recommencé à chuchoter. La vieille le regarda par-dessus son épaule. La jeune dit quelque chose à Marley. Ils parlaient de lui. Elles devaient se demander qui était ce vieillard en pantoufles.

Il était temps qu'il s'en aille.

Tandis qu'il se dirigeait vers la porte, il perçut le mot « charentaises ». Oui, c'était bien de lui qu'elles parlaient.

Il longea le couloir et sortit dans la rue. Marley ne l'avait pas suivi. Evidemment, il n'allait pas abandonner la jolie brune. Luc n'avait donc pas besoin de se dépêcher. Il s'arrêta et marqua dans son carnet : « Enterrez-moi dans mes charentaises : les bleues, pas les marron. »

Puis il ferma le calepin et le glissa, ainsi que son stylo, dans la poche de sa chemise. Lorsqu'il releva la tête, il vit, dans le reflet d'une vitrine, un homme planté de l'autre côté de la rue, qui semblait le regarder. Marley ? Il ne voulait pas se retourner. Marley ne devait pas savoir. Il s'approcha du magasin et fit semblant de regarder les bibelots exposés dans la vitrine de l'ancienne boucherie de Ralph. Entre les carillons et les mobiles accrochés à la place des salamis, il chercha l'image de l'homme. Mais celui-ci avait disparu.

Luc baissa les yeux sur ses pieds. Il n'avait pas le souvenir d'avoir mis ses pantoufles, ce matin...

Quelqu'un s'amusait-il à le suivre ? Ou bien avait-il rêvé ?

33.

Maggie prit la dernière tranche de pain grillé, et poussa de côté le plateau du petit déjeuner. Puis elle consulta sa montre. Elle avait des tas de choses à faire, aujourd'hui, plusieurs personnes à voir. Adam Bonzado lui avait téléphoné à la première heure pour l'inviter à venir voir l'une des victimes dans son laboratoire à l'université. Il semblait penser qu'elle était officiellement en charge de l'enquête. Le shérif Watermeier devait être responsable de cette méprise.

Maggie doutait que ce corps puisse lui apprendre quoi que ce soit au sujet de Joan Begley, mais Bonzado travaillait à la faculté de New Haven. Comme son père.

Elle jeta de nouveau un coup d'œil à sa montre, et s'empara de son mobile. Elle avait déjà suffisamment reporté cette conversation. Elle composa le numéro de mémoire.

Gwen répondit à la deuxième sonnerie. Elle devait attendre son appel.

— Ce n'est pas elle, déclara Maggie d'emblée.

Puis elle attendit la réaction de son amie.

— Dieu merci ! dit enfin Gwen.

— N'empêche qu'elle a, effectivement, disparu, enchaîna Maggie afin que Gwen ne se fasse pas d'illusions.

Elle ouvrit un dossier qu'elle avait posé sur le bureau de sa chambre, et en sortit la photo de Joan Begley.

— Qu'as-tu découvert ? lui demanda Gwen.

— J'étais dans sa chambre d'hôtel, hier soir.

— On t'a autorisée à y entrer ?

— Je suis allée voir sa chambre, c'est tout. Ne me pose pas de questions.

Maggie n'était pas d'humeur à écouter les critiques de son amie, laquelle amie pouvait, d'ailleurs, se reprocher à elle-même d'avoir usé de moyens peu louables pour savoir que sa patiente n'avait pas embarqué sur le vol qu'elle devait prendre.

— On dirait qu'elle n'a pas mis les pieds à l'hôtel depuis samedi. Je ne pense pas qu'elle soit volontairement partie quelque part. Toutes ses affaires sont dans sa chambre.

— Peut-être que son prince charmant l'a enlevée sur son cheval blanc en lui affirmant qu'elle n'avait besoin de rien.

— Elle aurait laissé ses affaires de toilette ? Son carnet de chèques ? Tu crois que c'est son genre ?

Gwen ne répondit pas. Maggie examina la photo. Le photographe avait fait poser Joan Begley auprès de l'une de ses sculptures de métal. Son masque de soudeur était relevé sur sa tête, révélant des yeux marron sérieux et un teint de porcelaine. Son atelier était encombré de toiles : des peintures abstraites et lumineuses, de magnifiques explosions de rouge, d'orange et de bleu électrique, zébrées de fougueuses balafres noires. Dans le reflet de la visière du masque, on distinguait une silhouette. Audacieux autoportrait du photographe dans le portrait de l'artiste.

— Non, répondit enfin Gwen. Non, ce n'est pas son genre de partir sans bagages. Ça ne lui ressemble pas.

— Je vais avoir besoin de ton aide, Gwen. Il faut que tu brises le secret professionnel.

— Je comprends, mais je ne suis pas sûre que ça t'avance à grand-chose.

— Tu m'as dit que, dans un mail, elle t'a parlé du type avec qui elle avait rendez-vous. Un certain Sonny, c'est ça ?

— Oui.

— Tu peux m'envoyer une copie de ce message ?

— Bien sûr, je le ferai dès que j'aurai raccroché.

— Je viens d'avoir Tully au téléphone. Il va voir s'il peut accéder à l'appartement de Joan.

— C'est possible ?

— Elle est absente depuis suffisamment longtemps pour être portée disparue. J'aimerais que Tully jette un coup d'œil sur son courrier électronique pour voir s'il y a quelque chose à propos de ce Sonny. Il espère pouvoir y aller en fin de journée. Tu pourrais l'accompagner ?

Silence. Maggie attendit. Gwen avait-elle entendu ? Etait-ce trop lui demander ?

— Oui, répondit Gwen d'une voix ferme. Oui, j'irai avec lui.

— Autre chose : Joan t'a-t-elle parlé d'un dénommé Marley ?

— Marley ? Non, ça ne me dit rien.

— O.K. Passe-moi un coup de fil si tu penses à quelque chose.

— Maggie ?

— Oui ?

— Merci.

— Tu me remercieras quand je l'aurai retrouvée. On se rappelle ce soir ?

Maggie avait à peine coupé la communication que son téléphone sonna. Gwen avait dû se rappeler un détail.

— Tu t'es souvenue de quelque chose ? demanda-t-elle en reprenant la ligne.

— Agent O'Dell, pouvez-vous m'expliquer par quel hasard je vous ai vue à la télé ?

Ce n'était pas Gwen mais le directeur adjoint, Kyle Cunningham.

Mince !

— Bonjour, chef.

— Qu'est-ce que vous foutez dans une carrière du Connecticut ? Je vous croyais dans votre jardin, et je vous vois dresser un profil dans le Connecticut. Pour une affaire que je n'ai pas le souvenir de vous avoir confiée.

— Je suis ici pour des motifs personnels. Le shérif Watermeier s'est trompé, hier, en disant que je participais à cette enquête.

— Il s'est trompé, ah oui ? Mais vous étiez bel et bien dans cette carrière !

— Oui, je m'y suis arrêtée pour...

— O'Dell, ce n'est pas la première fois que vous vous arrêtez ici ou là par hasard, mais que ce soit la dernière, entendu ?

— Oui, chef. Mais ils vont sans doute avoir besoin d'un profiler. Visiblement, tout indique qu'un tueur en...

— Qu'ils demandent un profiler à la direction régionale du FBI.

— J'ai déjà pris connaissance de...

— Pour moi, vous êtes en congé, O'Dell. Le fait que vous passiez vos vacances dans le Connecticut ne me dérange pas, mais que je ne vous revoie pas à la télé, c'est compris, agent O'Dell ?

— Oui, monsieur.

Il avait déjà raccroché.

Merde !

Maggie se mit à arpenter la chambre, puis s'immobilisa devant la fenêtre pour regarder passer les voitures sur Pomeroy Avenue et Research Parkway. Elle consulta de nouveau sa montre. Elle avait un peu de temps devant elle. Après avoir enfilé sa veste, pris sa carte-clé et son calepin, elle se dirigea vers la porte, puis hésita. Elle revint sur ses pas pour prendre l'enveloppe qui se trouvait dans l'une des poches de la sacoche contenant son ordinateur.

34.

Lilian avait fait quelque chose de tout à fait exceptionnel : elle avait téléphoné à Rosie pour lui dire qu'elle serait en retard à la librairie. A présent, elle était assise dans sa voiture, garée devant la vieille maison où elle avait grandi, et regrettait presque d'y être venue.

La bâtisse et les granges accusaient le passage des ans. Les murs étaient décrépis, les peintures s'écaillaient. La cour ressemblait à une casse automobile. Lilian ne connaissait pas toutes ces voitures. Depuis sa dernière visite, de nouvelles carcasses avaient rejoint le vieux break qui n'avait pas roulé depuis la mort de sa mère car ni Lilian ni son frère n'avaient osé se l'approprier.

Les mains sur le volant, elle regardait à travers le pare-brise en se demandant si elle n'allait pas repartir. Comment Wally faisait-il pour vivre ici ? Ça ne le dérangeait-il pas d'habiter la maison de son enfance ? Pendant des années, tous deux n'avaient rêvé que de s'enfuir. Lilian n'aurait jamais pu rester dans ce lieu hanté par les souvenirs.

Rassemblant son courage, s'efforçant de retrouver la détermination avec laquelle elle avait entamé la matinée, elle essaya de s'imaginer dans la peau de l'un des hardis détectives des romans qu'elle aimait tant. Il fallait qu'elle se remette dans l'état d'esprit de la veille, quand elle avait émis des idées qui recoupaient exactement la thèse du profiler du FBI.

Bon, elle ne résoudrait peut-être pas l'affaire, mais elle devait, au moins, s'assurer qu'il n'y avait pas de lien entre son frère et les cadavres des bidons. Dans le pire des cas, il couvrait Vargus. Cela n'avait rien d'impossible.

Quand Lilian sortit de sa voiture, elle hésitait encore. Et puis, lorsqu'elle atteignit la porte de la maison, elle balaya ses scrupules et se baissa pour prendre les clés sous un pot de fleurs. Wally ne possédait pas grand-chose que l'on puisse lui voler, mais il fermait systématiquement la porte à clé. Il avait toujours été méfiant ; il craignait toujours qu'on lui veuille du mal.

La maison sentait le renfermé. Un instant, Lilian songea que son frère n'y habitait plus. Mais une odeur d'aliments brûlés corrigea vite cette première impression. Des journaux, des magazines et des cassettes vidéo traînaient partout. Seule la cuisine était d'une propreté irréprochable. Pas de vaisselle sale dans l'évier. Pas de casserole ni de poêle encrassées sur les plaques électriques. Pas d'ordures débordant de la poubelle… Lilian n'en revenait pas.

Elle ouvrit le réfrigérateur en se préparant au pire. Henry avait dit que certains des corps n'étaient pas entiers, sans plus de précisions.

Le réfrigérateur ne contenait que des pizzas et des steaks hachés surgelés. Que s'attendait-elle à y trouver ? Pourquoi soupçonnait-elle son frère, d'ailleurs ?

Elle secoua la tête, et poussa la porte de la buanderie attenante à la cuisine. Le sol était jonché de vêtements sales, la couleur et le blanc mélangés, les textiles délicats mêlés aux tissus résistants. Voilà qui ressemblait plus à Wally. Lilian s'apprêtait à regagner la cuisine quand elle remarqua un T-shirt blanc roulé en boule, jeté dans un coin sur un sac-poubelle noir.

Cette inspection était ridicule, se dit-elle. Elle allait retourner à la librairie. Comme d'habitude, elle se laissait emporter par son imagination. Elle ramassa cependant le T-shirt et le déplia. Il était maculé de taches épaisses, d'un brun rougeâtre. Du sang, il n'y avait pas de doute. Les mains de Lilian se mirent à trembler.

Wally saignait fréquemment du nez quand il était enfant. Il devait toujours souffrir de ces hémorragies. Il se plaignait constamment d'avoir mal ici ou là. Il avait une petite santé. Bien sûr, il devait encore saigner du nez.

— Lilian ?

Elle sursauta en entendant la voix de son frère, lâcha le T-shirt et alla à sa rencontre. Il avait l'air furieux.

— Qu'est-ce que tu fous ici ?

— Je te cherchais, répondit Lilian, consciente qu'elle mentait bien mal.

Pour quelqu'un qui passait son temps dans un univers de fiction, elle n'était pas très douée pour inventer des histoires.

— Tu ne viens jamais chez moi !

— Un peu de nostalgie, peut-être. La maison me manquait.

Elle était de moins en moins crédible.

— Je peux être sincère avec toi, Wally ?

— C'est ce que tu as de mieux à faire.

— Je cherche… Je suis venue voir si je ne trouvais pas… le vieux vase bleu de maman.

— Quoi ?

— Tu sais, ce vase bleu en céramique. Tu te rappelles ?

Elle s'améliorait. Wally fouillait dans sa mémoire.

— C'est tante Hannah qui le lui avait offert, ajouta-t-elle.

— Qu'est-ce que tu veux faire de cette vieillerie ?

Plus aucune trace de suspicion, à présent, dans la voix de Wally.

— Je crois qu'il est dans le grenier, dit-il. Je vais monter voir si je le trouve.

Wally était gentil et serviable. Malgré tout ce que leur mère leur avait fait endurer.

Non, il n'avait pas pu faire ce dont elle le soupçonnait. C'était tout simplement inconcevable. Toutefois, pendant qu'il grimpait au grenier, Lilian retourna chercher le T-shirt taché et le fourra dans son sac à main.

35.

Washington, D.C.

R.J. Tully faisait les cent pas devant l'immeuble de brique, en remuant quelques pièces de monnaie au fond de ses poches. S'exhortant au calme, il s'appuya contre une rambarde et leva les yeux vers le ciel. Ces gros nuages noirs n'allaient pas tarder à se vider. Pourquoi diable ne s'achetait-il pas un parapluie ?

Il le savait, en réalité : c'est parce qu'il considérait ça comme un accessoire exclusivement féminin. Mais, en cet instant, il commençait à se demander si cette expression de machisme valait la peine d'être trempé jusqu'aux os. Emma lui avait dit un jour qu'entre un macho et une tapette, il y avait un juste milieu. Quand était-elle devenue aussi intelligente ?

Il consulta sa montre. Le Dr Gwen Patterson était en retard. Elle était toujours en retard. Redoutait-elle de se retrouver seule avec lui ? Après tout, ils avaient bien fait de s'éviter, depuis Boston.

Boston… Il avait l'impression que cet incident remontait à des années-lumière…

Elle apparut enfin au coin de la rue, en trench-coat noir, chaussures à talons, parapluie noir à la main.

Il lui fit de grands gestes du bras. De grands gestes idiots. Pour quelle raison était-il si nerveux ? Elle lui sourit en agitant la main, elle aussi. Pourquoi avaient-ils décidé d'oublier ce qui s'était passé à Boston ?

— Excuse-moi, je suis en retard, dit-elle. Tu attends depuis longtemps ?

— Non, je viens juste d'arriver, répondit-il, alors qu'il poireautait depuis vingt minutes.

Le gardien de l'immeuble lui avait donné le code de la porte d'entrée, ainsi que la clé de l'appartement 502. Ils prirent un monte-charge pour accéder au loft de Joan. Tully détestait ces cabines grillagées, ces câbles apparents et le bruit de l'antique système hydraulique. Le Dr Patterson ne semblait pas y prêter attention.

— Tu es déjà allée chez elle ? demanda-t-il pour engager la conversation et penser à autre chose qu'au grincement de cette poulie mal graissée.

— Il y a environ six mois, oui, elle m'a invitée à un vernissage.

— Un vernissage ?

— Oui. Elle a aménagé son atelier dans son loft.

— Son atelier ?

— C'est une artiste.

— Ah, d'accord, je comprends mieux.

— Maggie ne t'a pas dit qu'elle était artiste ?

— Non, répondit Tully en étudiant le profil de Patterson, qui regardait défiler les étages.

En effet, le loft de Joan Begley ressemblait plus à un atelier qu'à un appartement. Des petits spots montés sur des filins d'acier étaient orientés sur des sculptures dressées sur des socles et sur les murs couverts de tableaux. Il y avait des toiles partout : certaines sur des chevalets, d'autres entassées contre les piédestaux des statues, certaines bariolées de couleurs vives, d'autres blanches, attendant leur tour.

Des étagères en chrome supportaient toutes sortes de fournitures : des pinceaux dans des pots emplis d'une solution vert violacé, des tubes de gouache débouchés, des fers à souder, des vrilles, des tuyaux et des morceaux de métal tordus.

De petites figurines en argile, modèles miniatures des ouvrages finis, étaient intercalées au milieu de ce fatras.

Dans cette vaste pièce, seuls un canapé, des coussins jetés à même le plancher et un petit coin-cuisine où traînaient des verres et des bouteilles de plastique vides suggéraient la vie au quotidien.

— Elle a dû partir en catastrophe, dit Tully en se demandant comment on pouvait habiter sur son lieu de travail.

Lui-même n'aurait jamais pu.

— Sans doute. Elle semblait bouleversée par le décès de sa grand-mère.

— Tu lui as parlé avant qu'elle parte ?

— Très brièvement.

Dans le désordre de l'artiste, Tully se mit à la recherche d'un ordinateur. O'Dell lui avait donné une liste de choses à vérifier.

— Où a-t-elle bien pu mettre son ordinateur ? demanda-t-il en se tournant vers le Dr Patterson qui contemplait un tableau, la tête penchée sur le côté.

Tully n'avait jamais rien compris à l'art, malgré les efforts de sa femme qui le traînait dans toutes les galeries possibles et imaginables. Là où Caroline percevait l'expression des injustices sociales dénoncées par l'artiste et de brillantes interprétations du mal de vivre, lui ne voyait que des taches et des traits de couleur.

— Tu as une idée de l'endroit où elle peut ranger son ordinateur ? demanda-t-il de nouveau.

— Regarde dans l'armoire.

— L'armoire ? Ah, O.K.

La monstruosité en merisier occupait presque un mur entier. Quand Tully en tira la porte et commença à ouvrir des tiroirs, le meuble déploya ses tentacules : des panneaux pivotants et des plateaux coulissants dont l'un révéla, effectivement, un petit ordinateur portable.

— Tu sais si elle en a un autre ?

Le Dr Patterson s'approcha et caressa l'armoire du bout des doigts.

— Oui, je crois qu'elle en a deux. Elle aime les portables pour leur mobilité, parce qu'elle peut les emporter au parc ou au café.

— Donc, elle en a peut-être emporté un dans le Connecticut ?

Tully souleva précautionneusement le couvercle de l'ordinateur, avec les paumes des mains, de façon à ne pas effacer les empreintes. Puis il se servit d'un stylo pour appuyer sur la touche de mise en marche.

— Je devrais pouvoir accéder à son courrier électronique, mais ça risque de prendre un moment, dit-il en lançant le logiciel de messagerie.

L'écran lui réclama un mot de passe.

— Tu as une idée du mot de passe qu'elle a pu choisir ?

— Pas son nom, j'en suis sûre, ni un dérivé de son nom, répondit la psychologue en regardant fixement l'écran.

Tully crut qu'elle rêvassait, mais elle finit par suggérer :

— Essaye Picasso, avec un *c* et deux *s*. C'est son peintre préféré. Tu as dû remarquer l'influence « période bleue » de ses peintures, et la tendance cubiste de ses sculptures, surtout de ses personnages métalliques.

Tully hocha la tête, bien qu'il n'eût rien remarqué du tout. Puis, avec le stylo, il saisit : P-I-C-A-S-S-O.

« Mot de passe incorrect. »

— Hmm... Essaie le prénom, alors.

Il fallut à Tully quelques secondes pour percuter. Le prénom de Picasso ? Mince ! Quel était le prénom de Picasso ? Il le savait... Patterson ne l'aidait pas. Elle était de nouveau plongée dans ses pensées, le regard perdu dans les tableaux. Etait-ce un test de culture générale ? Non... Elle ne remarqua même pas l'éclair de génie qu'il eut soudain.

« Pablo. »

— Non, Pablo ne marche pas non plus, annonça-t-il, peut-être un peu trop fièrement.

Il attendit, jeta un coup d'œil à Patterson, attendit encore, puis se leva et s'étira.

— Je sais ! déclara subitement Patterson sans se détourner d'une peinture représentant un buste anorexique. Essaie Dora Maar.

Elle épela le nom, tandis que Tully frappait les lettres au fur et à mesure.

— Bingo ! s'exclama-t-il.

L'écran s'anima, puis afficha : « Vous avez du courrier. »

— Comment as-tu deviné ?

— Joan signe certaines de ses œuvres de ce pseudo. C'est compliqué. Elle a une personnalité complexe. C'est cette toile qui m'a mise sur la voie.

— Mais pourquoi Dora Maar ?

— Dora Maar était la maîtresse de Picasso.

— Ah, ces artistes..., marmonna Tully en secouant la tête et en cliquant sur « Nouveaux messages ».

Aucun des mails reçus depuis samedi n'avait été ouvert. Il cliqua sur « Messages conservés ». Une adresse apparaissait chaque jour dans la liste, parfois deux fois à la même date. Mais ce correspondant ne s'était pas manifesté depuis samedi, jour présumé de la disparition de Joan.

— Voilà qui est intéressant, dit Tully en ouvrant l'un des mails provenant de l'adresse SonnyBoy@hotmail.com. Ce SonnyBoy lui écrit souvent. Tu sais qui c'est ?

— Je compte sur toi pour me le dire.

36.

Joan avait mal à l'estomac. Elle était tellement affamée qu'elle avait dévoré le repas qu'*il* lui avait apporté. Peut-être avait-elle mangé trop vite ? Elle s'était jetée sur le sandwich au fromage et les chips avec une telle voracité qu'elle avait eu honte d'elle-même. Elle était séquestrée par un dingue, mais ça ne l'empêchait pas de s'empiffrer. La nourriture avait toujours eu le don de la réconforter. Et elle avait grand besoin de réconfort.

Elle s'était tellement débattue contre les lanières de cuir que la peau de ses poignets et de ses chevilles était à vif. A force d'avoir crié, elle avait la gorge terriblement irritée.

Où était-elle ? Apparemment, personne n'avait entendu ses hurlements de détresse. Si Sonny ne la tuait pas, finirait-on par venir à son secours ? Encore faudrait-il que quelqu'un se soucie d'elle… Personne n'avait dû s'apercevoir de sa disparition. Elle ne manquait à personne. Tout le mal qu'elle s'était donné pour être belle n'avait servi à rien. Elle était toujours aussi seule. Pathétique.

Au fond, elle l'avait toujours su : ce n'était pas en perdant quelques kilos qu'elle serait plus heureuse. Elle avait essayé, pourtant. Le bonheur, elle l'avait cherché auprès des hommes ; elle avait cru le trouver à chaque nouvelle rencontre. De toutes ses aventures, elle n'avait retiré qu'un sentiment d'amertume et de frustration.

Le Dr Patterson l'avait prévenue : ce n'était pas en séduisant les hommes qu'elle s'épanouirait. En effet, elle était toujours aussi malheureuse, même avec dix kilos de moins. Ils étaient, d'ailleurs, bien pratiques, ces kilos superflus. A l'époque, elle se disait que si elle n'avait pas de mec, c'était parce qu'elle était trop grosse. Si elle n'avait pas d'amis, c'était parce qu'elle était trop grosse. Si elle ne perçait pas dans le milieu artistique, c'était parce que personne ne voulait signer de contrat à une artiste trop grosse.

Elle n'avait fait que transférer ses tendances boulimiques sur les hommes. Peut-être pourrait-elle essayer d'expliquer ça à Sonny quand il reviendrait la voir, pour le dissuader de lui prélever la thyroïde ?

Oh, mon Dieu ! Dans quelle horrible galère s'était-elle fourrée ?

Une douleur lancinante lui tordit soudain le ventre. Instinctivement, elle eut la réaction de se plier en deux, mais les sangles de cuir l'en empêchèrent. Ces spasmes n'étaient pas dus au fait qu'elle avait mangé trop vite. Elle avait l'habitude de manger vite. Sa gloutonnerie n'avait jamais de tels effets. Une intoxication alimentaire ? La mayonnaise du sandwich était-elle avariée ? La crampe d'estomac s'intensifia, et tous ses muscles se contractèrent. Que lui arrivait-il ? Jamais elle n'avait eu autant mal au ventre…

Peu à peu, la douleur se calma, et Joan se détendit. Peut-être était-ce dû à la panique. Elle devait rester calme. Elle demeura un instant immobile, jusqu'à ce qu'une seconde vague de tiraillements la mette de nouveau au supplice. Sonny l'avait empoisonnée, songea-t-elle en serrant les dents.

37.

Au côté de Jacob Marley, Maggie longeait un couloir au fond de l'établissement des pompes funèbres. Chaque fois qu'il essayait de poser une main dans le bas de son dos, elle échappait à son geste en se tournant vers lui ou en s'arrêtant de marcher. Elle avait conscience que cette tactique était un moyen de mettre le client en confiance. Une sorte de déformation professionnelle. En tout cas, c'était extrêmement agaçant. Et puis, c'était peut-être aussi une stratégie pour faire cracher leur pognon aux familles des défunts…

Marley ouvrit la porte de son bureau et indiqua à Maggie le fauteuil destiné aux visiteurs. Lui-même se jucha sur un angle de sa table de travail. Si elle s'asseyait, il serait en position de supériorité. Ce type avait, décidément, quelque chose de très déplaisant.

Maggie resta debout et fit semblant de s'intéresser aux cadres accrochés sur l'un des murs :

les photos d'un garçonnet, probablement le petit Jacob, fils unique, entouré de ses parents.

— En quoi puis-je vous être utile, Maggie ? Ça ne vous ennuie pas que je vous appelle Maggie, n'est-ce pas ?

— Etant donné que je suis ici en mission professionnelle, j'aimerais autant que vous m'appeliez agent O'Dell.

— En mission professionnelle, répéta Marley avec un petit rire qui se transforma en toux nerveuse. Voilà qui me paraît sérieux.

Avant que Maggie ne puisse ouvrir la bouche, il ajouta :

— Cette mission a-t-elle un rapport avec Steve Earlman ?

Maggie avait presque oublié le boucher, mais, puisqu'il abordait le sujet… Le corps de ce pauvre homme avait donc été confié aux pompes funèbres Marley and Marley.

Elle s'appuya contre le mur et étudia Jacob Marley. Il devait avoir à peine plus de trente ans. Malgré un physique ordinaire, un menton fuyant et des petits yeux enfoncés, il avait une certaine prestance dans son élégant costume noir. Perché sur son bureau, il semblait très sûr de lui. Et pourtant, il devait avoir quelque chose à se reprocher à propos de Steve Earlman.

— Je sais que certains éléments n'ont pas été divulgués au public, reprit-il, mais le bruit court que le cadavre de M. Earlman aurait été retrouvé dans l'un de ces bidons. Si vous êtes là, je suppose que les rumeurs sont fondées.

Effectivement, il n'avait pas l'air très à l'aise. Il balançait un pied, et des gouttelettes de sueur perlaient au-dessus de sa lèvre. Pour quelle raison ? La curiosité de Maggie ne faisait que croître.

— Je ne peux pas répondre à votre question, lui dit-elle. Mais supposons que ce soit vrai, comment une telle chose aurait-elle pu se produire ?

Elle était persuadée que la dépouille n'avait pas été exhumée. Quelqu'un avait dû s'introduire dans les locaux des pompes funèbres. Marley avait-il omis de déclarer une effraction ? Etait-ce pour cela qu'il n'était pas tranquille ?

— M. Earlman a été enterré dans un caveau, selon les désirs de sa famille. Voyez par vous-même, dit-il en prenant un dossier sur son bureau pour le tendre à Maggie.

Il s'agissait des contrats et de la facture concernant les funérailles de Steve Earlman. Marley avait préparé le dossier. Il attendait la visite de la police.

Maggie feuilleta les documents. Le coût de l'enterrement ne semblait pas exorbitant. Effectivement, huit cent cinquante dollars avaient été facturés pour un « caveau Monticello ».

— Nous offrons des services de qualité, poursuivit Marley. Nos caveaux sont garantis contre tout risque de fissure ou d'infiltration.

— Ah oui ? Vous avez déjà eu des réclamations ?

— Comment ?

— Quelqu'un a-t-il demandé à être remboursé ?

Il la dévisagea un instant, puis éclata d'un rire forcé.

— Vous avez de l'humour, Maggie.

— Agent O'Dell.

— Pardon ?

— Je préférerais que vous m'appeliez agent O'Dell, monsieur Marley.

— Oui, bien sûr, je vous prie de m'excuser.

Maggie parcourut rapidement le reste du dossier de Steve Earlman.

— En fait, c'est au sujet de Mlle Joan Begley que je voulais vous poser quelques questions. Je crois que c'est vous qui vous êtes occupé de l'enterrement de sa grand-mère ?

— Joan Begley, dites-vous ?

Il paraissait troublé.

— Ah oui, je me souviens. J'ai travaillé avec Joan, la semaine dernière. Nous avons réglé les dernières formalités, samedi. Il y a un problème ?

Jacob Marley était, manifestement, déstabilisé.

Maggie avait prévu de l'interroger à propos du dîner chez Fellini, de lui demander s'il était au courant de la disparition de Joan, mais l'expression qui s'était peinte sur les traits du directeur des pompes funèbres répondait à ses questions. Marley avait peut-être quelque chose à cacher, mais ce quelque chose n'avait rien à voir avec Joan. Avec Steve Earlman, peut-être, mais pas avec Joan.

Le poste téléphonique qui se trouvait sur son bureau se mit à sonner.

— Oui ? dit-il en décrochant.

Maggie était perplexe. Pourquoi Marley était-il si nerveux ?

— Je suis en rendez-vous, dit-il d'un ton exaspéré. Non, je ne peux pas aller chercher le corps tout de suite. Simon travaille, aujourd'hui ? Très bien. Envoyez-le là-bas dès qu'il arrivera.

Il raccrocha et se retourna vers Maggie.

— Le plus ennuyeux, dans notre métier, c'est d'être dérangé à n'importe quelle heure.

— Oui, je suppose que vos horaires de travail sont difficilement prévisibles, répondit Maggie en tournant les pages du dossier, à la recherche d'un détail susceptible de la mettre sur une piste.

Un nom arrêta soudain son regard. Si elle avait bonne mémoire, Calvin Vargus était l'homme qui avait découvert le premier corps dans la carrière.

— Vous travaillez avec Calvin Vargus et Walter Hobbs ? demanda-t-elle à Marley.

— En sous-traitance, oui. Ce sont eux qui creusent les tombes.

Il changea de position. Cette fois, c'était son autre jambe qui se balançait.

— Depuis combien de temps ?

Marley croisa les bras sur sa poitrine.

— Le père de Wally travaillait déjà avec le mien. Ça remonte à loin. Mon père était très paternaliste. Il a toujours été fidèle à ses fournisseurs.

Il désigna un portrait sur le mur : Marley père, qui faisait une *tête d'enterrement.*

— Il était très apprécié. Tout le monde a gardé de lui un excellent souvenir. La preuve : dès que je change quelque chose dans ma petite entreprise, dès que j'essaie d'innover, il y a toujours quelqu'un pour me dire : « Jacob Marley n'aurait pas fait cela. »

— Votre père s'appelait Jacob, lui aussi ?

— Oui.

— Donc, vous êtes un Junior ?

— Oui. Mais je vous en prie, j'ai horreur que l'on m'appelle Junior.

38.

Le Dr Patterson avait insisté pour qu'ils se rendent chez elle. Ils seraient mieux que dans le loft de Joan Begley, avait-elle dit. Tully avait conscience que Joan était pour elle plus qu'une patiente.

Il étudia son visage, tandis qu'elle préparait du café dans son coin-cuisine reluisant de propreté où étaient suspendues des casseroles et des poêles de toutes tailles, ainsi qu'une série d'ustensiles dont, pour la plupart, Tully ignorait l'utilité.

Dans son univers, Patterson paraissait moins vulnérable que chez Joan Begley, bien qu'elle semblât encore… Comment dire ? Elle avait l'air fatiguée. Non, pas fatiguée. Triste, plutôt.

— Sucre et crème ? demanda-t-elle.

— Non, merci. Ni l'un ni l'autre.

Elle versa dans sa propre tasse une généreuse quantité de crème. Tully se souvenait qu'elle ne sucrait pas le café et qu'elle avait une préférence pour le moka. Lui qui était incapable de dire de quelle couleur étaient les chaussettes qu'il avait enfilées le matin, il avait, pour certaines choses, une mémoire étonnante...

— Alors, tu penses que Maggie a raison ? Que ce Sonny est impliqué dans la disparition de Joan ?

— Il lui a envoyé des mails tous les jours depuis qu'il l'a rencontrée, parfois deux ou trois par jour. Et, samedi, tout à coup, il arrête de lui écrire. Samedi, le jour où elle a disparu. Drôle de coïncidence, non ?

— Si l'on en juge par le contenu de ses messages, il n'avait pas l'air de lui vouloir du mal.

La stridulation d'un mobile les interrompit. Le Dr Patterson s'empara de son portable avant la deuxième sonnerie.

— Allô ? (Son visage se détendit.) Salut, Maggie. Ça va, je te remercie. Oui, je suis allée chez Joan avec Tully. Il est avec moi, en ce moment. Non, chez moi. (Elle écouta son interlocutrice.) Je te le passe. (Elle tendit le téléphone à Tully.) Elle veut te parler.

— Salut, O'Dell.

— Tully, tu en sais un peu plus à propos de ce Sonny ?

— Nous avons réussi à accéder à la messagerie de Joan.

— Déjà ?

— Le Dr Patterson a deviné le mot de passe. Ce Sonny lui a envoyé des messages pendant plusieurs jours. On était justement en train d'en discuter. Ils avaient l'air de bien s'entendre. Ils se faisaient des confidences, mais comme des amis plutôt que comme des amants. N'est-ce pas ? lança-t-il à l'adresse de Patterson. Seulement, voilà : il a arrêté de lui écrire le jour où elle a disparu.

— Tu peux le localiser ?

— Bernard s'en occupe. Ça ne va pas être facile. Apparemment, ce Sonny a une messagerie gratuite. Il doit envoyer ses mails d'un ordinateur public, d'une bibliothèque ou d'un cybercafé.

— Tu as vu Cunningham, aujourd'hui ?

— Non, il était en réunion toute la journée. Pourquoi ?

— Il m'a téléphoné.

— Oh ! Tu t'es fait remonter les bretelles ?

— Un peu. Ecoute, Tully, je ne veux pas que tu t'attires des ennuis en m'aidant.

Il coula un œil en direction de Patterson. Elle était debout en face de lui, de l'autre côté du bar. Elle buvait son café en le regardant.

— Tully, tu as entendu ? Je ne veux pas te créer de problèmes.

— Ne t'inquiète pas pour moi, O'Dell.

39.

Il n'avait que du potage de nouilles au poulet en sachet, mais la casserole dégageait une bonne odeur, même maintenant qu'il y avait dissous les cristaux. Elle ne remarquerait pas les minuscules résidus blancs. Surtout pas après qu'il aurait émietté des crackers dans la soupe.

Il replaça le flacon dans la « pharmacie » de sa mère, derrière les pots de miel et de mélasse, le vinaigre, le sirop pour la toux et une bonne réserve d'aspirine pour enfants. La petite bouteille brune contenait les cristaux magiques censés lui faire du bien. Ce n'était qu'après la mort de sa mère, quand il avait été libéré de son joug, qu'il avait découvert la vraie nature du produit. « Arsenic », avait-il lu sur l'étiquette dissimulée sous une prescription médicale depuis longtemps expirée. Il avait gardé le flacon, au cas où il aurait, un jour, besoin de soumettre quelqu'un. Ce jour était arrivé.

Il la trouva assise devant la fenêtre, là où il l'avait laissée, attachée à un fauteuil. A travers la vitre de verre trempé, elle regardait la forêt. Il avait fait faire ces vitres sur mesure et les avait installées lui-même. Des vitres épaisses et incassables qui offraient une vue sur l'extérieur et laissaient entrer le soleil. De dehors, elles ressemblaient à des panneaux solaires réfléchissants. Il s'était ainsi constitué un espace de travail clair et gai, mais à l'abri des regards indiscrets.

Elle tourna la tête vers lui. Ses poignets et ses chevilles étaient striés de marques rouges. Elle avait dû essayer de se débarrasser de ses entraves. Le bras du fauteuil était rayé par le frottement des sangles de cuir. Elle avait fait exprès d'abîmer le fauteuil de sa mère, qu'il avait lui-même retapissé.

Il sentit la colère monter en lui, et la bile refluer de son estomac. Il en avait le goût dans la bouche. Non, non, non, il ne devait pas être malade. Il ne serait pas malade. Tant pis pour le fauteuil. Il ne fallait pas y penser. Il ne fallait pas se rendre malade pour ça.

Il posa le plateau sur la table qui se trouvait près d'elle, en évitant de regarder l'accoudoir endommagé.

— Tu dois avoir faim, dit-il en tirant un tabouret de sous son établi.

— Je ne me sens pas très bien, Sonny, murmura-t-elle. Pourquoi tu m'as fait ça ?

— Pourquoi ? Pourquoi ? Parce que j'ai pensé que tu devais avoir faim, répondit-il de sa voix chantante, faussement joyeuse, imitation de la voix de sa mère. Tu as mangé tout ton sandwich, mais ça fait déjà longtemps.

— On pourrait discuter ?

Il lui trouva une voix larmoyante. C'était la première fois qu'elle s'exprimait sur ce ton geignard. Avait-elle enfin compris qu'elle était à sa merci ?

Il prit une cuillerée de soupe, puis attendit qu'elle ouvre la bouche. Elle se contenta de le dévisager.

— Ouvre la bouche ! lui ordonna-t-il.

Voyant qu'elle refusait d'obéir, il approcha la cuillère de ses lèvres et tenta de les écarter. Elle serra les dents, et fit un mouvement de tête si brusque qu'il faillit lâcher la cuillère. Le potage gicla sur sa chemise.

Le goût de bile lui revint dans la bouche. Non, il ne devait pas être malade. Il avait chaud aux joues. Il prit une autre cuillerée de soupe et la porta aux lèvres de Joan.

— Allons, mange ! Il faut que tu manges.

Elle tourna lentement la tête vers lui, et le considéra avec défiance.

— Je mangerai quand on aura discuté.

— Ecoute, si tu ne veux pas que j'emploie les grands moyens, sois gentille, dit-il de sa voix guillerette, en dépit des tortures que lui infligeait son estomac. Allez, ouvre la bouche !

Il approcha la cuillère de ses lèvres. Tant bien que mal, elle leva sa main ligotée, et lui donna un coup dans le coude. Le potage se répandit sur son pantalon. Il allait être obligé de se changer avant de partir travailler.

Il se leva calmement, et prit le temps de remonter ses manches souillées. Ses mains tremblaient, et ses poings se serraient malgré lui. Il sentait le processus de transformation s'enclencher, le fer chauffé à blanc qui lui transperçait le ventre. Sa captive aussi le voyait se transformer, à en juger par son expression. Le courage dont elle avait fait preuve, au début, s'était évanoui. Elle s'agita, tapant des talons contre les pieds du fauteuil. A chaque coup, les menottes qui enserraient ses chevilles faisaient voler des éclats de bois.

— Tu veux que j'emploie les grands moyens, c'est ça ? lança-t-il, les dents serrées.

Puis il posa la cuillère sur le plateau et s'empara du bol de soupe.

40.

West Haven, Connecticut

Maggie ne savait pas exactement pourquoi elle était là. Elle avait des tas d'autres choses à faire : vérifier que Jacob Marley Junior n'était pas surnommé Sonny ; voir en quoi Wally Hobbs pouvait être impliqué dans l'exhumation de Steve Earlman ; se rendre à l'adresse relevée sur le bloc-notes de la chambre d'hôtel de Joan… Elle avait des pistes à suivre, à présent. Alors, que faisait-elle à l'université de New Haven où il était fort peu probable qu'elle trouve des réponses à ses questions ?

Une bonne odeur de bouillon de viande flottait dans le laboratoire de travaux pratiques. Devant un fourneau de dimension industrielle, le professeur Adam Bonzado soulevait des couvercles et touillait dans des marmites fumantes. Il portait, aujourd'hui, une chemise hawaïenne violet et jaune, un jean et des baskets montantes. Des lunettes en plastique et un masque de chirurgien pendaient autour de son cou.

Il jeta un regard par-dessus son épaule, baissa la flamme sous une casserole, et se tourna vers Maggie d'un air surpris.

— Vous êtes en avance, lui dit-il.

— J'ai trouvé le campus plus facilement que je ne l'aurais cru. Vous voulez que j'aille faire un tour et que je revienne plus tard ?

— Non, non, pas du tout ! J'ai plein de trucs à vous montrer.

Il vérifia encore ses casseroles avant de lui accorder toute son attention.

— Bienvenue dans mon modeste domaine.

Maggie regarda les étagères couvertes de bocaux et de fioles, de cloches de verre et de petits pots de compote pour bébés dont les étiquettes d'origine étaient masquées par des autocollants portant des inscriptions illisibles. Dans un coin, un humidificateur ronronnait. Il faisait frais dans la pièce. Sous l'arôme de bouillon, on distinguait une légère odeur d'ammoniaque. Les plans de travail disparaissaient sous les microscopes et tout un assortiment d'ustensiles étranges, dont un genre de piège sans dents, des pinces aux formes bizarres et des pinceaux de toutes les tailles imaginables.

Deux immenses bulles de plastique étaient installées dans un angle de la salle. Probablement des hottes aspirantes. Maggie entendait le sifflement des ventilateurs à l'intérieur de ces drôles d'appareils qui ressemblaient à d'anciens casques pour sécher les cheveux. Cependant, ce qui se trouvait sous les parois transparentes n'évoquait en rien un salon de coiffure. Dans des bacs, Maggie distinguait des ossements baignant dans une solution savonneuse. Momentanément, une main sur laquelle il restait encore un peu de chair surgit hors de la mousse.

Trois longues tables étaient alignées au milieu du labo, sur lesquelles reposaient des crânes et des os. De leurs orbites creuses, certains crânes semblaient regarder droit devant eux. D'autres, endommagés, gisaient sur le côté, fixant les murs ou le plafond. Les os étaient de toutes les tailles, toutes les formes et toutes les couleurs : noirs comme la suie, d'un blanc crémeux, grisâtres, jaunes ou marron — caramel, plus exactement, songea Maggie. Quelques-uns formaient des ensembles, des puzzles reconstruits. D'autres étaient jetés pêle-mêle dans des boîtes en carton, attendant d'être triés et de livrer leur histoire.

— Vous permettez que j'en finisse avec ça ? demanda Bonzado. Ensuite, je vous montrerai ce que j'ai découvert. Des choses intéressantes, à mon avis.

Il enfila des gants en latex, puis une autre paire par-dessus la première, et plaça les lunettes de sécurité sur ses yeux et le masque en papier devant sa bouche. A l'aide d'une manique, il souleva ensuite le couvercle de l'une des marmites. Quand la vapeur qui s'en échappait se fut dissipée, il prit une grosse cuillère de bois pour pêcher dans la casserole ce qui ressemblait à un morceau de viande bouillie qu'il transféra dans un sac en plastique.

— Nous récupérons le maximum de tissus, expliqua-t-il à travers son masque. Ces sacs sont formidables. Ils ont une épaisseur de 4,5 millimètres, si bien que nous pouvons les sceller hermétiquement à la chaleur et les mettre au congélateur. On peut aussi les faire bouillir et les passer au micro-ondes.

Il s'exprimait comme les cuisiniers qui animaient des émissions de télé matinales.

— Le périoste met un temps considérable à se détacher, poursuivit-il en sortant de la marmite un long lambeau de membrane. Excusez-moi... (Il regarda Maggie par-dessus ses lunettes). J'espère que vous ne me trouvez pas trop docte. Je ne vous apprends probablement rien.

— Continuez, je vous en prie : on a toujours des choses à apprendre.

De fait, malgré tout le temps qu'elle avait passé dans les labos du FBI, à harceler Keith Ganza de questions, Maggie n'avait jamais vu un laboratoire d'anthropologie judiciaire. De plus, celui-ci était une salle de classe. Elle était fascinée. Et Bonzado, enthousiaste et passionnant, n'avait rien de condescendant. Il semblait tout simplement content de partager son savoir. Son exaltation était contagieuse.

— Nous essayons de mettre l'os à nu, dit-il en remplissant un sac en plastique, puis un autre. En général, nous utilisons du liquide-vaisselle. Personnellement, j'ai une préférence pour le Arm & Hammer's Super Washing Soda, précisa-t-il à la manière d'un représentant de commerce, en s'emparant d'un bidon du produit en question. Faites bouillir longuement, à petit feu, et vos os seront parfaitement décapés. Mais il faut des heures pour décoller ce truc-là.

— Le périoste ?

— Exactement. Bravo ! lança-t-il en souriant.

Il lui parlait comme il devait parler à ses élèves, mais son sourire était sincère.

— Tous les os humains sont entourés de cette membrane coriace et fibreuse, comme les *barbecue ribs*. C'est la comparaison que j'utilise avec mes étudiants. Vous voyez de quoi je parle ?

Maggie hocha la tête en se disant qu'elle ne mangerait pas de *barbecue ribs* de sitôt. Elle était endurcie, mais certaines choses parvenaient encore à la dégoûter. Par exemple, elle refusait tout aliment qui avait séjourné dans le réfrigérateur du labo de Keith Ganza. Elle considérait ça comme un signe positif, le signe qu'elle n'était pas encore suffisamment blasée pour manger un sandwich au thon qui avait côtoyé un morceau de corps humain.

— Je vais laisser ça mijoter encore un peu, dit Bonzado en scellant les deux sachets qu'il venait de remplir.

Puis il traversa la pièce pour aller les mettre dans le congélateur. En revenant, il s'arrêta devant l'évier, ôta ses gants, se lava les mains, puis les frictionna avec de l'extrait de vanille. Il enleva ensuite ses lunettes et son masque, et retourna à la hâte devant le fourneau où le contenu de l'une des casseroles commençait à bouillonner.

Il souleva le couvercle et prit une cuillère de bois propre pour remuer le contenu de la marmite. Puis il baissa la flamme, porta distraitement la cuillère à ses lèvres, souffla dessus et en aspira le contenu.

— Mais vous êtes fou !

Il se tourna vers Maggie, puis regarda la casserole en rougissant.

— Je suis désolé. Je ne voulais pas vous traumatiser. C'est mon repas de midi.

Devant la mine sceptique de Maggie, il plongea de nouveau la cuillère dans la marmite et lui montra les rondelles de carotte, les haricots verts et les dés de pomme de terre.

— Ce n'est qu'un ragoût de bœuf aux légumes, je vous assure. Mmm-mm, un délicieux ragoût.

41.

— Je suis désolé, répéta Bonzado pour la troisième fois. Tiens, si vous voulez, je vous invite à dîner.

— Non, ce n'est pas la peine. Vous n'avez rien à vous reprocher. J'ai été surprise, c'est tout.

— Vraiment, j'insiste. Il y a un excellent restaurant, tout près du Ramada : le Giovani's.

— Bon. Puisque vous insistez, j'accepte.

— Super ! Mais, avant, je vais vous montrer mes découvertes.

Il enleva son masque et remonta ses lunettes de protection sur le sommet de son crâne, sans se soucier des épis qui se dressaient sur sa tête.

— Revenons à notre pilleur de tombes, dit-il en retrouvant son enthousiasme.

— Pilleur de tombes ?

— Mes élèves l'appellent comme ça. Les médias aussi, je crois. Pas mal trouvé, hein ? Vous aussi, au FBI, vous donnez des surnoms aux tueurs, non ?

— Les gens regardent trop la télé, répliqua Maggie.

Il était vrai, néanmoins, que les fédéraux attribuaient des surnoms aux assassins les plus redoutables. Récemment, Maggie avait eu affaire au « Collectionneur » et au « Voleur d'âmes ». Cependant, ces dénominations ne relevaient pas d'un humour carabin ; elles permettaient aux enquêteurs de mieux cerner les criminels qu'ils recherchaient. En l'occurrence, « Pilleur de tombes » sonnait peut-être bien, mais l'appellation ne semblait pas appropriée.

Bonzado lui fit signe de s'approcher d'une table où des os fraîchement décapés étaient étalés sur une toile cirée blanche.

— Il s'agit du jeune homme du bidon numéro trois.

C'était Watermeier qui avait souligné la triste nécessité de peindre un numéro sur chaque barrique. A présent, des étiquettes portant le numéro trois étaient également attachées aux différentes parties du squelette.

— Comment savez-vous qu'il s'agit d'un jeune homme ?

Maggie n'avait pas vu le contenu de ce tonneau dont Stolz avait dit qu'il ne renfermait que des os. Restait-il suffisamment de tissus pour que Bonzado ait pu déterminer le sexe et l'âge de la victime ?

Il prit un os entre ses doigts. Maggie reconnut aussitôt un fémur. L'étude des os n'avait jamais été son sujet préféré, mais elle en avait quand même gardé quelques souvenirs.

— L'épiphyse — l'extrémité des os longs — est formée de tissus spongieux qui se développent tout au long de l'enfance et ne se solidifient qu'à l'âge adulte. Vous voyez cette rainure, là, au niveau du genou ? Chez un adulte, elle aurait disparu.

Bonzado était penché au-dessus de l'os. Son front touchant presque celui de Maggie qui se laissa un instant distraire par le parfum de sa lotion après-rasage.

— Vous voyez ?

Elle acquiesça de la tête, et se déplaça légèrement pour mettre un peu de distance entre eux.

— Le fait que cette rainure soit visible me permet de donner à la victime entre dix-huit et vingt-quatre ans. Chez les adolescents et les jeunes adultes, le sexe est souvent difficile à définir, mais ce squelette est indubitablement celui d'un jeune homme. Les os sont épais, les articulations noueuses, la mâchoire carrée et le front bas.

— Pour l'instant, nous avons donc une quadragénaire, un vieillard mort et embaumé, et un jeune homme. Avez-vous identifié le cadavre numéro quatre, celui avec un quadrillage sur le dos ?

— J'ai demandé à Stolz de me faxer les résultats de son autopsie. C'est une femme, mais il ne parvient pas à définir son âge.

— En général, les tueurs en série s'en prennent toujours au même type de personnes. Ted Bundy ne s'intéressait qu'aux jeunes femmes brunes aux cheveux longs, coiffées avec la raie au milieu. Visiblement, notre gars fait exception à la règle. A première vue, ses proies n'ont pas grand-chose en commun.

— Je crois, justement, avoir trouvé un point commun entre les victimes. Ce n'est pas banal, vous allez voir.

Bonzado s'empara du deuxième fémur qui semblait avoir été scié au-dessus de la rotule.

— Regardez le bout du fémur droit, dit-il en tendant l'os à Maggie.

L'extrémité de l'os présentait une excroissance cartilagineuse dont une partie avait également été coupée.

— Qu'est-ce que c'est ?

— Probablement une infirmité de naissance que l'on ne peut traiter qu'une fois la croissance terminée. Cette malformation du fémur n'est sans doute qu'un aspect d'un problème plus global. Ce garçon devait boiter, mais j'ignore si la claudication était importante ou non. Tout dépend de la forme du tibia et du péroné.

— Qui n'étaient pas dans le bidon, je suppose ?

— Bien supposé. Et voilà le lien entre les victimes. L'assassin a pris les implants mammaires de la première, le cerveau cancéreux de la seconde, et la jambe de ce gamin. Le baril était scellé. A part cette partie du membre inférieur, le corps est entier.

Bonzado indiqua de la main un squelette reconstitué sur une table.

— Stolz bataille avec la femme qui a un motif sur le dos, continua-t-il, parce qu'elle est mangée par les vers, mais je suis sûr qu'il lui manque quelque chose, qu'elle souffrait d'une difformité ou d'une anomalie. C'est ça, le point commun entre les victimes. Le tueur prélève le défaut. C'est peut-être un perfectionniste qui se sent investi d'une mission : débarrasser l'humanité des êtres considérés comme imparfaits.

Bonzado se tut et attendit un commentaire de Maggie. Elle sentait son regard peser sur elle.

— Ça ne peut pas être une coïncidence, n'est-ce pas ?

— Non, répondit-elle. Je ne crois pas aux coïncidences. Mais il y a un autre point commun entre les victimes.

— Lequel ?

— Elles connaissaient toutes l'assassin.

42.

R.J. Tully débarrassa la table, l'essuya, puis y posa l'ordinateur portable qu'il brancha à la fois sur le secteur et à une prise téléphonique. Hormis une légère trace de céruse sur le couvercle, les gars du labo avaient fait du bon boulot, propre et rapide.

Bernard était toujours à la recherche du propriétaire de l'adresse e-mail, bien que, selon toute évidence, SonnyBoy n'utilisât que des ordinateurs publics. On avait retrouvé sa trace à la bibliothèque municipale de Meriden et à l'université de New Haven, ce qui, malheureusement, ne permettait pas de l'identifier. Apparemment, sa messagerie ne lui servait qu'à envoyer et recevoir des mails. Il n'était membre d'aucun forum de discussion et n'avait pas effectué d'achats en ligne.

A l'aide du mot de passe, Tully accéda au courrier de Joan Begley qu'il n'avait pas encore lu et qu'il sauvegardait, bien sûr, sous forme de nouveaux messages, au cas où quelqu'un viendrait à les consulter d'un autre poste.

Harvey surgit de sous la table et le fit sursauter. Il avait oublié la présence du chien. La porte d'entrée s'ouvrit dans les secondes qui suivirent. Le labrador avait l'ouïe fine.

— Salut, papa ! lança Emma en entrant dans l'appartement, suivie de sa meilleure amie, Aleesha.

— Vous rentrez tôt ! dit Tully en essayant de ne pas paraître trop content.

Ces derniers temps, sa fille était un véritable courant d'air.

— On va faire nos devoirs ici. Ça ne te dérange pas ?

Emma jeta ses livres sur le canapé et s'accroupit pour attraper Harvey par le cou et l'embrasser. Son amie recula pour ne pas être fouettée par les battements de queue du chien.

— Tu peux le caresser, lui dit Emma en riant. Tu veux bien qu'on commande une pizza, papa ?

Tandis que Harvey lui léchait la main, son visage s'illumina d'une expression de pur ravissement. Il y avait longtemps que Tully ne l'avait pas vue aussi heureuse.

— Bien sûr, ma chérie. A condition que vous m'en gardiez une part.

— Tu nous prends pour qui ? On est bien élevées, tu devrais le savoir !

Emma roula les yeux, mais, pour une fois, elle avait un sourire radieux. Si Tully avait su qu'il suffisait d'un chien pour faire briller les yeux de sa fille… Décidément, il ne comprendrait jamais rien aux adolescentes.

Sa fille fêterait bientôt son seizième anniversaire, et il la considérait toujours comme une enfant : il la protégeait et l'admirait, ce qu'elle semblait trouver ridicule et déplacé.

Elle se leva et se dirigea vers sa chambre.

— Viens, le chien !

Harvey et Aleesha la suivirent.

— C'est trop cool ! dit Emma à son amie. La nuit, il dort au pied de mon lit. Il me protège, c'est adorable. Regarde ses grands yeux tristes. Il est mignon, hein ?

En entendant cela, Tully sourit. Chez un père, l'instinct de protection était une tare, mais, pour un chien, c'était une qualité. Il était presque jaloux du labrador. Enfin, mieux valait être supplanté par un chien que par un garçon, se dit-il avant de se replonger dans le courrier de Joan Begley.

O'Dell affirmait que le tueur de la carrière était paranoïaque. Il cachait les corps de ses victimes parce qu'il ne voulait pas que l'on voie ce qu'il avait fait. Contrairement à bien des serial killers, il n'était pas fier de lui. Ce n'était pas la torture ni le meurtre qui lui procuraient de la satisfaction. Pour lui, le fait de donner la mort n'était pas gratifiant. Si O'Dell voyait juste, il ne tuait que dans le but d'obtenir des « trophées ». Dans ce cas, à supposer qu'il ait enlevé Joan Begley, que voulait-il d'elle ?

Tully parcourut un message expédié par SonnyBoy. Cet homme semblait s'être pris d'amitié pour Joan Begley. S'agissait-il d'une ruse pour gagner sa confiance ? Il paraissait, pourtant, sincère.

« Tu dois faire le deuil de ta grand-mère, écrivait-il. C'est normal que tu sois triste. Tu n'as pas à avoir honte de ton chagrin. Ce n'est pas un signe de faiblesse. »

SonnyBoy se liait-il avec ses proies en compatissant avec elles ? Etait-ce une facette de son jeu macabre ? Ou ressentait-il une réelle sympathie pour Joan ?

Tully se demandait s'il était possible, comme le prétendait O'Dell, qu'un criminel cache ses cadavres parce qu'il regrettait ses actes. Selon sa coéquipière, il tuait pour s'approprier les difformités de ses victimes, mais il savait qu'il commettait une faute, et il en était confus. Dans ce cas, il était compréhensible qu'il ait commencé par s'en prendre à des gens déjà morts. O'Dell avait dit que l'un des bidons contenait le corps embaumé d'un vieil homme décédé d'une tumeur cérébrale. SonnyBoy aurait donc, dans un premier temps, assouvi ses pulsions malsaines sur des morts, puis, ensuite, il aurait surmonté ses scrupules pour passer au meurtre.

Tully se renversa contre le dossier de sa chaise et contempla le mail affiché à l'écran. Il était soudain tenté de tester la paranoïa de SonnyBoy.

Que risquait-il ? Pour une fois, il pouvait bien prendre une initiative sans demander l'avis de sa collègue.

Il approcha la chaise de la table, et posa les doigts sur le clavier de l'ordinateur. Après une dernière hésitation, il cliqua sur l'icône « Répondre ». Un cadre blanc apparut. Il tapa « Pourquoi ? » et envoya ce message au nom de Joan Begley.

Et si SonnyBoy la tenait prisonnière ? songea-t-il ensuite. Et s'il l'avait déjà tuée ? Comment réagirait-il à cet e-mail laconique ?

43.

Lorsque Maggie quitta le laboratoire de Bonzado, le soleil se couchait et l'air se rafraîchissait, après une journée chaude et agréable. En traversant le campus, elle essaya d'apprécier les couleurs et les odeurs de l'automne, bien que, préoccupée par les nouveaux éléments que Bonzado venait d'apporter au puzzle, elle ne fût pas vraiment dans un état d'esprit contemplatif. Tout en marchant, elle sortit de son sac son téléphone portable et le petit carnet sur lequel elle avait noté quelques indications géographiques. La résidence universitaire devait se trouver tout près. Tandis qu'elle composait le numéro, elle chercha le bâtiment des yeux.

— Dr Gwen Patterson, j'écoute.

— Gwen, c'est Maggie. Je ne te retiendrai pas longtemps. J'ai juste une petite question à te poser. Joan a-t-elle un handicap physique ?

— Un handicap ? Non, pourquoi ?

— J'essaye de savoir si sa disparition a un rapport avec le tueur de la carrière.

— Tu m'as dit qu'aucune des victimes ne correspondait à sa description.

— C'est vrai. Pour le moment, il n'y a pas lieu de t'affoler, répliqua Maggie en sentant l'angoisse dans la voix de son amie. Je veux juste m'assurer qu'il ne l'a pas enlevée. Il faut que tu sois franche avec moi, Gwen. Compte tenu de la situation, tu ne peux pas te permettre de me faire des cachotteries.

— Des cachotteries ? Tu crois que je te cache quelque chose ?

— Elle ne t'a pas fait des confidences que tu n'as pas envie de me révéler ?

— Je t'ai donné toutes les informations susceptibles de t'aider à la retrouver.

— Tu en es sûre ?

— Où veux-tu en venir, Maggie ?

— Le tueur de la carrière prend... des morceaux de ses victimes. Des imperfections. Des malformations.

— Par exemple ?

— Des implants mammaires, une jambe boiteuse, le cerveau d'un homme décédé d'une tumeur inopérable. Si Joan n'a ni difformité ni maladie, elle n'a sans doute pas été kidnappée par ce type.

Maggie vérifia l'adresse dans son carnet. Gwen ne lui avait pas répondu.

— Gwen ?

— Joan a perdu beaucoup de poids, au cours de ces deux dernières années. Elle raconte parfois que sa surcharge pondérale était due à une déficience hormonale.

— Comment ça, une déficience hormonale ? Un dérèglement de la thyroïde ?

— Oui.

— Bon, eh bien, voilà de quoi s'inquiéter. Je passerai un coup de fil au shérif Watermeier dès que je serai de retour à Meriden.

— Où es-tu ?

— Je règle des affaires personnelles.

— Tu t'es finalement décidée à aller le voir ?

— Non, je ne suis pas à Boston, et je n'irai pas voir Nick Morelli.

— Ce n'est pas à lui que je pensais. Tu es à West Haven ?

Maggie faillit trébucher sur le bord d'un trottoir. Elle n'avait jamais parlé de son frère à Gwen.

— Comment tu sais ?

— Ta mère m'a demandé mon avis avant de te donner son nom et son adresse, en décembre dernier.

— Tu es donc au courant depuis tout ce temps ? Et tu ne m'as rien dit ?

— J'attendais que tu abordes le sujet. Et toi, pourquoi tu ne m'as rien dit ?

— Je suppose que j'attendais, moi aussi.

— Tu attendais quoi ?

— Le courage.

— Le courage ? Ne dis pas de bêtises, Margaret O'Dell. Tu fais partie des personnes les plus courageuses que je connaisse.

— On va voir si je suis si courageuse que ça. On se rappelle, O.K. ?

Sur ces mots, elle coupa la communication et laissa tomber son mobile au fond de sa poche.

Durham Hall était indiqué par un panneau. Elle regarda le bâtiment, tout en hésitant encore. Et puis zut ! Maintenant qu'elle était là, il aurait été stupide de faire demi-tour.

Elle s'arrêta à l'accueil où se tenait une petite brune au nez percé et aux paupières maquillées en rose. Elle avait un manuel scolaire ouvert devant elle, un téléphone portable dans une main, une bouteille d'eau dans l'autre.

— Je te parie tout ce que tu veux qu'on va tomber là-dessus à l'examen, disait-elle.

Sans poser son portable, elle leva les yeux vers Maggie et lui demanda :

— Je peux vous aider ?

— Oui, je cherche Patrick Murphy.

La fille consulta un registre.

— Il doit rentrer tard, ce soir, mais… hmm… je crois qu'il travaille. Vous pouvez peut-être le trouver là-bas.

La fille désigna du doigt l'autre côté de la rue. Maggie regarda dans la direction indiquée, d'un air perplexe. Puis elle vit l'enseigne du Champs Grill. Mais oui, bien sûr, il devait avoir un petit job pour financer ses études ! Un détail qui ne figurait dans aucun des dossiers qu'elle s'était constitués.

Une odeur de friture planait dans le Champs Grill. Le restaurant était sombre, bruyant et enfumé. Des étudiants étaient entassés dans les box. Maggie s'installa au comptoir, et observa les serveurs qui slalomaient entre les tables. Le reconnaîtrait-elle ? Et si oui, que lui dirait-elle ? Comment annonce-t-on à quelqu'un que l'on n'a jamais vu que l'on est sa grande sœur ? Peut-être aurait-elle dû lui envoyer un petit mot avant de venir ? On trouvait dans le commerce des cartes pour toutes les occasions ; il en existait sûrement une adaptée à ce genre de situation.

Dans un angle de la salle, un grand serveur aux cheveux bruns prenait une commande en plaisantant avec les clients. Ce profil n'avait-il pas un air de famille ? Dès que le garçon ouvrait la bouche, tout le groupe auquel il s'adressait s'esclaffait. Maggie sourit en pensant à l'humour de son père. Personne ne l'avait jamais autant fait rire. Cependant, depuis sa mort, au lieu de se rappeler ses boutades et ses baisers, elle se réveillait au milieu de la nuit en croyant sentir l'odeur de sa chair carbonisée, une odeur que les pompes funèbres, en dépit de tous leurs efforts, n'étaient pas parvenus à camoufler. Au lieu de chérir le médaillon porte-bonheur qu'il lui avait donné, le même que celui qu'il portait toujours sous sa chemise, elle ne pouvait s'empêcher de penser que ce grigri n'avait servi à rien. Dans l'enfer des flammes, il ne l'avait pas protégé.

Elle tripota le pendentif qu'elle gardait, néanmoins, autour du cou. Pourquoi le passé était-il si douloureux ?

Tandis que le serveur se dirigeait vers les cuisines, elle se demanda si Patrick savait qui était son père. Sa mère le lui avait-elle dit ? Ou avait-elle respecté le pacte conclu avec la mère de Maggie, la veuve de son amant ?

— On vous sert, madame ? s'enquit le jeune homme qui officiait derrière le comptoir.

— Non. Je voudrais un Pepsi Light, répondit Maggie, bien qu'elle eût été plutôt tentée par un scotch.

Puis elle pivota sur son tabouret pour faire face au garçon.

— Avec une tranche de citron ? lui demanda-t-il.

— Non. D'ailleurs, je crois que je vais plutôt prendre…

Elle s'interrompit au milieu de sa phrase, et écarquilla les yeux, comme si elle venait de voir un fantôme. Le fantôme de son père, avec les mêmes yeux marron, la même fossette au menton.

— Pas de citron, alors ? redemanda le garçon avec un sourire qui était l'exacte réplique de celui de son père.

— Non, merci.

Tandis que le serveur jetait des glaçons dans un verre, Maggie s'efforça de ne pas le dévisager comme une bête curieuse.

— Ça fera un dollar cinquante, dit-il en remplissant le verre et en le posant devant elle. Vous payerez en partant. Les sodas sont servis à volonté.

Soudain muette, Maggie hocha la tête et esquissa un sourire. Le garçon s'éloigna pour s'occuper d'autres clients. Elle était incapable de détacher son regard de lui. Ses mouvements la fascinaient. Elle suivait chaque geste de ses mains aux doigts longs et fins. Il était coiffé comme leur père, avec la même mèche rebelle sur le front qui n'autorisait pas un grand choix de coiffures.

Après trois Pepsi gratuits et une discussion sur la météo avec son voisin, Maggie se décida enfin à quitter le restaurant pour retourner à Meriden où elle avait rendez-vous avec Bonzado pour dîner. Elle n'avait pas eu le courage de se présenter. Pourtant, elle monta dans sa voiture de location avec le sentiment d'avoir retrouvé quelque chose, quelque chose qu'elle avait perdu depuis longtemps, quelque chose qui lui manquait sans qu'elle en eût encore jamais pris conscience. Et elle savait qu'elle reviendrait.

44.

Luc regardait la marmite posée sur la cuisinière. Ce n'était pas lui qui l'avait laissée là. Ce n'était pas possible. Depuis ce jour où il avait oublié une poêlée de patates sautées et de saucisses sur le gaz, il avait cessé de cuisiner, par crainte de provoquer un incendie. Maintenant, il ne mangeait que des repas froids, des céréales ou des sandwichs.

Le couvercle de la marmite était encore chaud. Il n'avait pas le souvenir d'avoir sorti cette grosse cocotte de l'un de ses placards. Il parcourut la pièce du regard. Tout semblait en place. La porte donnant sur l'arrière de la maison était verrouillée. Les fenêtres étaient fermées. Etait-il possible que quelqu'un se soit introduit chez lui ? Peut-être ne rêvait-il pas quand il avait eu l'impression d'être suivi en revenant de la carrière ? Quelqu'un était peut-être caché derrière les arbres. Et ce reflet furtif dans la vitrine de l'ancienne boucherie ?

Il reporta son attention sur la cuisinière. Il n'aurait jamais utilisé une cocotte aussi grande :

elle pouvait contenir un porcelet entier. Elle reposait à cheval sur deux brûleurs. Luc ne se rappelait même pas qu'il possédait une marmite de cette taille. Il n'aurait jamais eu l'idée d'acheter un truc pareil !

Quelqu'un avait dû la lui donner. Mais que faisait-elle sur la cuisinière ? Pourquoi l'avait-on mise là ? Pour semer le trouble dans son esprit déjà confus ? Pour lui faire peur ?

Luc sentit des sueurs froides lui dégouliner dans le dos. Son cœur se mit à tambouriner dans sa poitrine. Il regarda autour de lui, en proie à la panique. D'un pas rapide, il se rendit dans le salon en appelant :

— Scrapple ! Scrapple, viens, mon gros. Viens, Scrapple ! Où es-tu ?

Des larmes chaudes coulaient sur ses joues. Il les essuya avec la manche de sa chemise. Il avait envie de vomir. Il se précipita dans l'escalier. Ses genoux se dérobèrent. Il tomba, et descendit quelques marches en glissant. L'une de ses épaules heurta le mur. Il essaya de crier, mais sa gorge était nouée. Le gémissement qui s'échappa de ses lèvres le surprit lui-même. On aurait dit la plainte d'un animal blessé.

Il demeura étendu dans l'escalier, incapable de se relever, la joue contre les marches froides. Il grelottait de tous ses membres. Son corps était agité de convulsions qu'il ne pouvait pas maîtriser. Etait-ce un symptôme de la maladie ? Il referma les bras autour de son torse, ramena ses genoux contre sa poitrine et s'y enfouit le visage, luttant contre la nausée et les frissons, entendant encore ce terrifiant borborygme qui était sorti de sa bouche.

Quand, tout à coup, il sentit un contact froid, il redressa lentement la tête. Une langue humide lui lécha le visage.

— Scrapple, mon Scrapple. Pourquoi tu ne réponds pas quand je t'appelle ?

Il prit le chien par le cou et l'attira contre lui, le serrant tellement fort que le terrier poussa des petits jappements étranglés. Il le serra encore plus fort.

45.

Maggie regardait le shérif Watermeier arpenter d'un pas lourd la cuisine de Luc Racine. Il examina le calendrier punaisé au mur, le torchon effiloché suspendu à la poignée d'un tiroir, la vaisselle sale dans l'évier. Il semblait accorder de l'attention à tout sauf au crâne humain immergé dans son propre jus. La grosse marmite posée sur la cuisinière était encore tiède.

Après avoir avalé un grand verre d'eau, Adam Bonzado avait emmené Luc prendre l'air.

— Il a été très secoué, dit Maggie.

— Il y a de quoi ! rétorqua Watermeier. Je le serais aussi si je me rappelais soudain avoir fait mijoter la tête de quelqu'un dans une bassine.

— Vous pensez que c'est lui qui a fait ça ?

— Ça fait des mois que son clébard lui rapporte des os. Il les garde peut-être en souvenir. Dieu sait ce qu'on risque de découvrir dans son jardin !

Le shérif s'interrompit en voyant l'expression sceptique de Maggie.

— Vous avez une autre explication ? lui lança-t-il.

— Racine n'était pas avec le type qui a déterré le premier corps ?

— Si. Et il s'en est largement vanté devant les caméras de télé. Tous les moyens sont bons pour se faire remarquer.

— Il prétend avoir été suivi.

— Ouais. Et, la semaine prochaine, il se prendra pour Abraham Lincoln.

— Est-ce qu'il a déjà fait de telles choses ?

Maggie commençait à être agacée par les sarcasmes de Watermeier.

— Quoi ? Fait bouillir des crânes ?

— Non. A-t-il déjà eu un comportement excentrique dans le but d'attirer l'attention sur lui ?

— Pas à ma connaissance. Mais vous savez qu'il est atteint de la maladie d'Alzheimer, n'est-ce pas ?

— Je suis au courant, oui, répondit Maggie en s'efforçant de rester calme. Seulement, la maladie d'Alzheimer n'entraîne pas la paranoïa.

— Qu'est-ce que vous sous-entendez, O'Dell ? Qu'il a été suivi et que quelqu'un s'est introduit chez lui pour lui laisser ce charmant cadeau ?

Watermeier croisa les bras sur sa poitrine et s'adossa contre l'évier, toisant Maggie avec arrogance. Il avait une carrure tellement imposante que la petite cuisine paraissait encore plus minuscule qu'elle ne l'était en réalité. Ses chaussures de chantier pointure 45 occupaient presque toute la surface du plancher.

— L'assassin a peut-être vu Racine à la télé, reprit Maggie. Il pense peut-être que c'est lui qui a découvert sa cachette.

Elle marqua une pause pour permettre au shérif d'exprimer son opinion. Il n'avait pas l'air convaincu. Il garda le silence, attendant la suite.

— Je vous ai dit que l'assassin souffrait probablement de paranoïa, reprit-elle. Vous vous souvenez ?

— Je me souviens, oui. Vous avez dit aussi qu'il risquait de s'attaquer aux personnes dont il pense qu'elles lui veulent du mal. Dans ce cas, pourquoi Racine et pas Vargus ? C'est lui qui a découvert les bidons. Pas Racine.

— D'après ce que nous avons constaté, le tueur assomme ses victimes en les frappant à la tête, par-derrière. Et, quand elles sont mortes, il planque les cadavres. Nous n'avons pas affaire à quelqu'un de très téméraire. A sa place, à qui vous en prendriez-vous : au grand costaud jeune et musclé ou au petit pépé atteint des premiers symptômes de la maladie d'Alzheimer ?

— Vous avez dit également qu'il risquait de paniquer et de commettre un nouveau meurtre.

— C'est vrai. Et je pense aussi qu'il a pu enlever la femme que je cherche, Joan Begley. Je crois qu'elle avait rendez-vous avec lui, samedi soir, à Hubbard Park.

— A Hubbard Park ?

— J'ai trouvé un bloc dans sa chambre d'hôtel sur lequel elle avait inscrit un rendez-vous : samedi, à 23 h 30, à Hubbard Park, West Peak. C'est à peu près à cette heure-là qu'on a eu de ses nouvelles pour la dernière fois. Pourriez-vous organiser une battue dans le parc ?

— Vous pensez qu'on a des chances d'y trouver sa voiture ?

— Oui. Ou son corps.

Watermeier plissa les yeux et changea de position. Apparemment, il commençait à prendre Maggie au sérieux.

— Vous savez que j'ai travaillé dans la police de New York pendant plus de trente ans ?

La question prit Maggie au dépourvu. Le shérif regardait derrière elle, par la fenêtre. Il n'attendait pas vraiment de réponse.

— J'en ai vu de toutes les couleurs, O'Dell.

Il lui jeta un bref coup d'œil, puis reporta son attention au-dehors.

— C'est ma femme, Rosie, qui a voulu que nous venions habiter ici. Au début, je n'étais pas emballé par son idée. C'est également elle qui m'a poussé à me présenter aux élections. Devenir shérif de ce bled ne me tentait pas vraiment, en réalité. J'avais peur de m'emmerder dans ce trou paumé. Et puis, il y a eu le 11 septembre. J'ai perdu plusieurs bons potes en une seule journée. Partis en fumée.

Il se gratta le menton, sans regarder Maggie.

— J'aurais pu être avec eux, ce jour-là. J'y serais passé, moi aussi... Pendant des semaines, j'ai participé aux recherches dans les décombres... dans l'enfer. Ça ne plaisait pas à Rosie, mais elle comprenait qu'il fallait que je retrouve mes amis. Je leur devais au moins ça.

» En trente ans de carrière, je croyais être vacciné. Mais rien ne vous prépare à un tel choc. Des visages calcinés. Un pied dans une chaussure lacée. Une main agrippée à un téléphone fondu. Des horreurs, j'en ai vu, O'Dell. Alors, ça, conclut-il en désignant de la tête la marmite sur la cuisinière, ça, ça ne me fait ni chaud ni froid. Pas plus que les cadavres pourris dans les bidons. Seulement, la différence, ici, poursuivit-il en plongeant son regard dans celui de Maggie pour s'assurer qu'il avait toute son attention, la différence, c'est qu'aujourd'hui, on me demande des explications. Comme s'il y avait une explication. Et comme si j'étais censé la trouver. On attend de moi que je mette la main sur ce psychopathe.

Maggie ne savait que répondre. Le shérif souhaitait-il l'entendre dire que oui, bien sûr, on allait arrêter le coupable ? Qu'elle avait déjà établi un profil précis ? Qu'elle ne se trompait jamais ? Comment pouvait-elle rassurer Watermeier, alors qu'elle n'était même pas sûre que l'on puisse protéger Luc Racine...

Adam Bonzado poussa la porte de la cuisine et lança un coup d'œil derrière lui. Sur la terrasse, Luc Racine était assis sur un banc, son chien sur les genoux. Tous deux regardaient l'étang. Lorsqu'un vol d'oies sauvages passa dans le ciel, Scrapple leva la tête et le suivit des yeux. Son maître continua à fixer un point devant lui.

Bonzado se tourna vers Maggie, puis vers Watermeier.

— Je peux emporter ça au labo ? demanda-t-il.

— Servez-vous, lui répondit le shérif. Ce truc-là n'est pas du ressort de Stolz. Un technicien va empaqueter la marmite. O'Dell pense qu'on pourra peut-être y relever les empreintes de l'assassin.

Le ton de Watermeier n'avait plus rien de sarcastique.

— Et M. Racine ? demanda Bonzado.

— Eh bien, quoi ? répliqua le shérif.

— Il va passer la nuit tout seul ?

— Mes hommes font déjà des heures supplémentaires, en ce moment. Je ne peux pas leur demander...

— Je vais rester avec lui, déclara Maggie.

46.

Les agents fédéraux avaient l'habitude de se tenir les coudes, et ce devoir s'étendait souvent à la famille des collègues. Cependant, l'inspectrice Racine faisait partie de la police de Washington et non du FBI. Maggie avait mené deux enquêtes avec elle, mais elles n'étaient pas amies pour autant, loin s'en fallait. L'inspectrice Racine avait gravi les échelons hiérarchiques en renversant tous les obstacles qui se présentaient sur son passage. Elle n'avait aucun principe et elle était impitoyable, ce que Maggie ne considérait pas comme des qualités. Un an auparavant, toutefois, dans les toilettes d'un parc de Cleveland, dans l'Ohio, Racine avait empêché la mère de Maggie de s'ouvrir les veines. Maggie n'aimait pas être redevable. Or, elle l'était envers Julia Racine. C'est pourquoi elle se devait de protéger son père, un homme qu'elle trouvait, au demeurant, fort sympathique. Dommage que sa fille n'ait pas tenu de lui...

La nuit était tombée, et Luc était toujours assis dehors. Il avait déclaré qu'il ne rentrerait pas dans la maison tant que l'odeur de chair humaine bouillie ne se serait pas dissipée. Maggie avait allumé la hotte aspirante et ouvert toutes les fenêtres dont les montants n'étaient pas scellés par la peinture. Pour sa part, elle ne sentait plus rien, mais le vieil homme prétendait être encore incommodé.

— Je nous ai préparé des sandwichs, dit-elle en déposant un plateau sur le banc et en s'asseyant près de Luc.

Elle n'avait trouvé dans le réfrigérateur que du lait, des jus de fruits, de la charcuterie, de la mayonnaise et du pain.

— Je n'ai pas faim, déclara Luc en jetant à peine un regard à la nourriture.

Puis il se remit à observer le paysage noyé dans les ténèbres. Il se tenait le dos droit, comme aux aguets. On n'entendait que le chant des grillons, et les hululements des oiseaux nocturnes qui se répondaient les uns aux autres.

Scrapple était couché sur les genoux de Luc. Contrairement à son maître, le chien était intéressé par les sandwichs ; il tendait le museau vers eux en remuant la queue. Luc déchira un bout de jambon qui dépassait du pain, et le tendit à son chien.

— Tu mâches bien, hein ? Tu n'avales pas tout rond, lui recommanda-t-il.

Scrapple engloutit le morceau de jambon, et attendit la suite.

— Donc, je ne me faisais pas des idées. Il est entré chez moi, dit Luc sans regarder Maggie.

— Oui.

Le vieil homme paraissait soulagé. Il prit un sandwich, mordit dedans, et en préleva un morceau pour Scrapple.

— Mais pourquoi ? Pourquoi s'en prendre à moi ?

— Vous et Calvin Vargus, vous avez violé son territoire. Il se venge en vous rendant la pareille.

— Vous croyez qu'il veut me faire du mal ? Comme aux autres ?

Maggie se tourna vers Luc, dont le visage n'exprimait aucune frayeur. Racine était, à présent, concentré sur son sandwich, qu'il mangeait de bon appétit.

— Je pense qu'il veut seulement vous faire peur, répondit-elle d'une voix qu'elle aurait souhaité plus rassurante.

Les hommes de Watermeier avaient inspecté les alentours de la maison, mais elle n'était pas persuadée que le tueur ne fût pas tapi dans l'ombre, à les épier.

— Je crois que je l'ai vu, déclara Luc sur un ton plat.

— Où ? Quand ? demanda Maggie, soudain en alerte.

— Hier. Ou avant-hier. J'ai vu son reflet dans une vitrine. Depuis quelques jours, j'entends des pas derrière moi. Comme si on me suivait. Les pas ralentissent quand je ralentis. Ils s'arrêtent quand je m'arrête.

Maggie s'efforça de contenir son excitation et sa curiosité. Elle devait laisser le vieil homme s'exprimer à son rythme. Il avait reposé la moitié de son sandwich sur le plateau, et regardait droit devant lui, dans le noir.

— A quoi ressemblait le reflet dans la vitrine ? lui demanda-t-elle.

Luc ne répondit pas. Il semblait réfléchir intensément. Presque douloureusement.

— Luc, à quoi ressemblait ce reflet que vous avez vu ? répéta Maggie au bout d'un moment.

Il se tourna vers elle. Ses yeux bougèrent de droite à gauche avant qu'il ne les pose sur elle.

— Excusez-moi, dit-il. Qui êtes-vous, déjà ?

47.

Tully ne savait pas trop ce que le Dr Patterson penserait de son initiative, mais une chose était sûre : elle serait plus indulgente que O'Dell. Du moins, c'était l'excuse qu'il s'était donnée pour l'appeler et lui dire qu'il désirait son avis sur quelque chose. Il aurait pu lui faire part de ses doutes par téléphone ou lui transmettre par Internet la copie du mail qu'il avait envoyé, mais, quand elle lui avait suggéré de passer chez elle, il n'avait pas hésité.

Elle l'accueillit pieds nus, en tenue décontractée.

— Entre, lui dit-elle en se dirigeant vers la cuisine où une casserole fumante dégageait de délicieux arômes de tomate et d'ail. Tu as mangé ? Moi, je meurs de faim. J'avais perdu l'appétit, ces derniers jours.

— Ça sent bon, dit Tully, sans vouloir avouer qu'il s'était gavé de pizza en compagnie d'Emma et d'Aleesha.

— Oh, ce n'est rien d'extraordinaire. Juste des spaghettis à la sauce marinara.

Etait-ce un clin d'œil ? L'année précédente, à Boston, il l'avait emmenée dans un petit restaurant italien où elle lui avait appris à enrouler les spaghettis autour de sa fourchette. Pour lui, l'expérience avait frôlé l'érotisme.

Tandis qu'elle touillait la sauce, il l'étudia pour voir si elle avait délibérément préparé des spaghettis en souvenir de cette soirée. Sans le regarder, elle se détourna de la cuisinière pour étaler du beurre sur une miche de pain frais. Non, apparemment, il n'y avait aucun sous-entendu dans le choix du menu. Il était idiot. Elle avait dit qu'elle voulait oublier cet épisode. Ce qui était sans doute vrai. Seulement, lui, il continuait à y penser.

— Je peux t'aider ? proposa-t-il en posant l'ordinateur portable sur le comptoir de la cuisine.

— Il y a des cœurs de romaine dans la passoire, dit-elle en désignant l'évier du doigt. Tu peux les trier ?

— Bien sûr, répondit-il en retirant sa veste.

Trier des cœurs de salade ? Pas de problème, il pouvait le faire, bien qu'il eût été incapable de faire la distinction entre de la laitue et de la romaine. Pourquoi ne faisait-il pas plus attention à ce genre de choses — cœurs de romaine, Picasso... Pablo Picasso ? Le jour où il saurait qui était Britney et ce qu'était une rave, alors, il comprendrait peut-être mieux les femmes. Quoique Emma l'eût informé que Britney était déjà démodée.

— Voilà une salade bien triée, dit Patterson en s'approchant de lui avec une bouteille d'huile d'olive. Le pain est dans le four et la sauce mijote.

Elle assaisonna la romaine, la mélangea délicatement, et ajouta dans le saladier du parmesan râpé et du poivre noir.

Tully se sentait fier d'avoir pris part à la confection de cette entrée qui lui mettait l'eau à la bouche. Comment les femmes se débrouillaient-elles pour réaliser de telles merveilles en un tour de main, alors que lui devait se faire violence pour mettre sur une assiette les plats qu'il achetait chez le traiteur, plutôt que de les manger à même leur emballage.

— Je vais mettre la salade au réfrigérateur, déclara Patterson. En attendant que les spaghettis soient cuits, parle-moi de ce qui te préoccupe.

Tully sortit l'ordinateur de sa sacoche, l'ouvrit et le mit en marche.

— Si ce Sonny et le tueur de la carrière ne font qu'un, dit-il, alors je suis presque certain que Joan est entre ses mains. Il lui a écrit des trucs louches, dans ses e-mails.

Il jeta un coup d'œil à Patterson. Elle était pâle.

— Ça t'ennuie qu'on discute de ça ? demanda-t-il.

— Non, non. Si ça peut nous aider à la retrouver...

De la main, elle indiqua le porte-bouteilles au bout du comptoir.

— Tu ouvres une bouteille ?

Elle alla chercher deux verres, et lui tendit le tire-bouchon.

— Résumons la situation, dit-elle sur un ton qu'elle voulait professionnel. L'assassin s'approprie des morceaux de ses victimes. Pour quelle raison ? C'est ce que nous devons essayer de tirer au clair. Ce ne sont pas des trophées habituels pour un tueur en série.

— En effet.

— S'est-il donné pour mission de débarrasser le monde des êtres imparfaits ?

— C'est une hypothèse à laquelle j'ai pensé, mais, dans ce cas, pourquoi ne montre-t-il pas les résultats de son travail ? En général, les criminels qui se sentent investis d'une mission sont fiers de l'accomplir, et ils veulent que ça se sache. Ce gars, lui, cache ce qu'il a fait. Et il le cache bien. Ses cadavres sont enfermés dans des bidons enterrés sous des tonnes de caillasse.

— Excès de zèle ? dit Patterson en souriant.

La couleur était revenue à ses joues. Le vin commençait peut-être à faire effet. Tully remplit le verre qu'elle avait déjà vidé.

— C'est ce que je pense, poursuivit-il. Je crois qu'il a honte de lui.

Il attendit la réaction de la psychologue.

— Hmm… Intéressant, dit-elle.

— En fait, je doute qu'il prenne beaucoup de plaisir à tuer. Ce sont ses trophées qui lui procurent de la satisfaction, un sentiment de puissance. Tu me suis ?

— Oui. Et Maggie, qu'est-ce qu'elle en dit ?

Tully trempa ses lèvres dans le verre de vin qu'il n'avait pas encore touché.

— Je ne lui ai pas encore exposé ma théorie.

— Ah bon ? Comment ça se fait ?

— Je voulais d'abord en parler avec toi.

Il lut immédiatement dans son regard qu'elle ne le croyait pas.

— Non, en fait, je ne lui ai encore rien dit parce que je crains d'avoir fait une bêtise.

Le Dr Patterson posa ses coudes sur le comptoir et se pencha vers lui, prête à recevoir ses aveux.

— Et qu'as-tu fait, agent Tully ?

— Un truc que Maggie aurait pu faire.

— Oh, ciel ! Si elle se met à déteindre sur toi… Bon, qu'est-ce que tu as fait ?

Tully tira l'ordinateur vers lui et lança le logiciel de messagerie.

— Je lui ai envoyé un mail.

— A qui ? A Sonny ? Ce n'est pas une faute grave. Et, effectivement, c'est quelque chose que Maggie aurait pu faire.

— Je n'en suis pas si sûr. J'ai signé le message du nom de Joan Begley.

Patterson but encore un peu de vin en le regardant par-dessus le bord du verre.

— Tu crois qu'elle est morte, c'est ça ? dit-elle enfin.

Tully sentit le sang se retirer de son visage. Il était vrai qu'il n'avait guère d'espoir pour Joan. Surtout si Sonny était le tueur de la carrière. Les e-mails que ce type avait échangés avec Joan dans les jours précédant sa disparition tendaient à prouver qu'en effet, il avait enlevé Joan. De là à imaginer qu'il l'avait tuée...

— Je vais te montrer ce qu'il lui a écrit, dit-il en réponse à la question de Patterson. J'aimerais savoir ce que tu en penses.

Elle vint se mettre derrière lui pour regarder l'écran par-dessus son épaule. Tandis qu'elle lisait, il se laissa envoûter par son odeur : un parfum subtil de fleurs fraîches après une pluie d'été.

— On dirait qu'il est presque jaloux des efforts qu'elle fait pour maîtriser son poids, dit-il en s'efforçant de se concentrer sur le sujet qui les préoccupait.

— Jaloux ?

— Il a l'air de penser qu'elle parle de ses problèmes de poids pour s'attirer la sympathie.

— Il envierait donc les handicaps de ses victimes ?

— Exactement. Regarde, il lui dit qu'il aimerait bien que les gens le plaignent. Et là… (Tully fit défiler le texte affiché à l'écran), il lui raconte que, lorsqu'il était petit, il souffrait de terribles maux d'estomac et que sa mère ne le croyait pas. « Elle me donnait des médicaments qui me rendaient encore plus malade. » Il dit qu'il a fini par cesser de parler de ses douleurs parce que personne ne le croyait. C'est peut-être un hypocondriaque.

Quand Patterson rejeta ses cheveux en arrière, ils effleurèrent la tempe de Tully. Qu'était-il en train de dire, déjà ? Cette proximité était affreusement troublante.

— Peut-être qu'il a toujours mal à l'estomac, reprit-il, mais que les médecins ne lui ont rien trouvé. On lui a peut-être même dit que ses douleurs étaient psychosomatiques. Or, il voit autour de lui des gens qui ont de réelles maladies : une tumeur au cerveau, un cancer du sein, etc. Ces personnes suscitent la pitié, et on sait d'où viennent leurs souffrances. Il veut, lui aussi, une explication à ses douleurs. Alors, l'explication, il la prend chez les autres. En possession de ces organes malades qui attirent la compassion, il se sent plus fort. Voilà la théorie que j'ai élaborée. Elle vaut ce qu'elle vaut, bien entendu.

Patterson fit le tour du comptoir et s'assit en face de lui. Tully redoutait ses commentaires.

— Si l'on suit ta logique, Joan a peu de chances de s'en sortir, dit-elle simplement.

Puis, sans attendre de réponse, elle se leva et alla éteindre la flamme sous la sauce qu'elle avait déjà laissée mijoter trop longtemps.

— Je me sens en partie responsable, ajouta-t-elle sur le ton de la confession.

— Responsable ? En quoi es-tu responsable ?

— Je suis idiote, je sais, répliqua-t-elle en riant et en se passant la main dans les cheveux.

Tully avait déjà remarqué ce tic nerveux. Elle se passait la main dans les cheveux chaque fois qu'elle se sentait vulnérable. Quand elle regrettait ce qu'elle venait de dire, notamment.

— Non, tu n'es pas idiote. Mais je ne vois pas en quoi tu serais coupable. Tu ne pouvais pas prévoir qu'elle allait croiser le chemin d'un assassin, dans le Connecticut.

— Je n'étais pas là quand elle m'a téléphoné. Je ne l'ai pas rappelée. Elle avait besoin de moi et je n'étais pas là.

— Si tu avais été là, ça n'aurait peut-être rien changé, déclara Tully en la rejoignant devant la cuisinière. Elle avait décidé d'aller à ce rendez-vous.

Patterson tourna vers lui un regard embué.

— Elle me demandait de l'aide. Elle voulait que je la dissuade d'attendre ce type.

Elle s'essuya les yeux et regarda fixement sa casserole, essayant de dissimuler sa gêne.

— Vous oubliez quelque chose, Doc.

— Quoi ?

— Elle avait choisi d'aller à ce rendez-vous. C'est elle qui est responsable de ses choix, pas toi. Tu n'as pas appris ça, à la fac de psycho ?

Patterson s'efforça de sourire.

— Ne prends pas ton métier trop à cœur, ajouta Tully. Tu n'as pas à assumer les choix de tes patients.

Puis, n'écoutant que son instinct, il s'approcha d'elle, la prit dans ses bras et lui embrassa les cheveux. Quand elle se pressa contre son torse, il lui déposa un baiser dans le cou. Elle recula très légèrement et lui offrit son visage. Sans hésiter, il plaqua ses lèvres contre les siennes.

De nouveau, elle s'écarta un peu de lui pour lui murmurer à l'oreille :

— Reste avec moi, ce soir, Tully.

Tout son corps lui criait de répondre oui, mais la raison lui assena un coup de marteau. Il serra la jeune femme contre lui et enfouit son nez dans le creux de son épaule.

— Je ne peux pas, dit-il. J'aimerais bien, mais je ne peux pas.

Gwen s'arracha à son étreinte, à la fois embarrassée et vexée.

— Je comprends, rétorqua-t-elle d'un ton pincé. Je suis désolée, je n'aurais pas dû…

— Non, tu ne comprends pas.

— Je t'assure que si, répliqua-t-elle en fouettant sa sauce marinara. Je ne voulais pas franchir les limites.

— C'est moi qui ai franchi les limites.

— Peu importe. Je n'aurais pas dû…

— Arrête, Gwen. Je ne peux pas rester à cause d'Emma.

Elle se tourna vers lui, l'expression radoucie.

— Sinon…, ajouta-t-il. Sinon, nous ne serions pas là plantés dans la cuisine à avoir cette discussion stupide.

— Elle n'est peut-être pas aussi stupide que ça.

— Je t'en prie, Gwen, dit Tully en levant la main pour stopper toute repartie. Je vais m'en aller. Inutile de tergiverser plus longtemps. Nous risquerions, encore une fois, de décider d'oublier.

Sur ces mots, il alla ranger l'ordinateur, et enfila sa veste. Puis il revint auprès de Gwen.

— J'aime bien me pencher avec toi sur la psychologie des criminels, mais je ne tiens pas à analyser notre relation. Je ne sais pas si on peut parler de « relation », d'ailleurs. Mais ne cherchons pas à comprendre, d'accord ?

Avant qu'elle n'ait pu répondre, il l'attira à lui et l'embrassa longuement et intensément.

Quand le baiser prit fin, elle était sans voix.

48.

Il aimait faire les courses la nuit. Les allées du Stop & Shop étaient désertes. S'il devait abandonner son chariot pour courir vomir aux toilettes, personne ne le regarderait comme une bête curieuse. D'ailleurs, il devait renouveler son stock de ce mauvais liquide crayeux.

Depuis qu'il avait quitté la bibliothèque, il avait des picotements dans les doigts, et ses jambes étaient faibles. Il regarda autour de lui pour s'assurer qu'il n'avait pas été suivi. Quelqu'un le soupçonnait. Quelqu'un s'était procuré son adresse e-mail.

Sur le coup, il avait pensé que c'était le vieux. Mais, à présent, il était persuadé que c'était la journaliste, cette garce qui fourrait son nez partout. Il aurait dû se douter qu'elle allait lui créer des problèmes. Elle le suivait. Il l'avait vue à plusieurs endroits. Hier, il avait failli lui rentrer dedans. Elle avait fait comme si elle ne le connaissait pas, comme s'il n'existait pas, probablement pour ne pas éveiller sa méfiance. Mais il savait que c'était elle.

Elle était partout où il allait. Et elle lui avait envoyé un message en se faisant passer pour Joan. Comment savait-elle qu'il séquestrait Joan ? Le vieux lui avait-il dit quelque chose ? L'avait-il vu enlever Joan à Hubbard Park ?

Il devait rester calme, respirer. En temps voulu, il réglerait le sort de ses ennemis. Il tapota sa poche pour s'assurer que la feuille de papier pliée était toujours là. A la bibliothèque, après avoir lu son courrier électronique, il avait cherché l'adresse et le numéro de téléphone de la chaîne de télé. Il avait appelé. Une standardiste l'avait informé que Jennifer Carpenter ne serait pas de retour avant 22 h 30 ; s'il désirait lui parler, il pourrait la joindre après le journal de 23 heures. Lui parler ? Oui, peut-être. Il lui demanderait pourquoi elle le harcelait ainsi en le suivant partout.

Il longea les rayons en essayant de se détendre, de se concentrer sur ses achats. Les pots de confiture de 350 grammes étaient parfaits. Il en mit plusieurs dans son chariot. Tiens, ces gros bocaux d'olives étaient nouveaux… Il en prit un pour l'examiner : une contenance de 900 grammes, une ouverture large, un couvercle vissé. Il le déposa dans son chariot, à côté des boîtes de soupe et de la miche de pain blanc. Mayonnaise. Il n'avait plus de mayonnaise. Pourquoi ne vendait-on plus la mayonnaise que dans ces grands pots en plastique ? Le plastique ne lui convenait pas.

Il avait beau essayer d'oublier cet e-mail, il ne parvenait pas à le chasser de son esprit. La rage grondait en lui. C'était idiot, idiot, idiot de s'amuser à ce petit jeu avec lui, de se faire passer pour Joan Begley. Pourquoi cette journaliste l'embêtait-elle ? Tout le monde lui voulait du mal. Le vieux, cette enquêtrice du FBI qui ne lui inspirait pas confiance… Le monde entier était contre lui. Mais personne ne pourrait l'atteindre. Parce qu'il était plus fort que ses ennemis.

A cette pensée, il esquissa un sourire. Oui, il allait s'occuper de ses ennemis, un par un. Ils avaient découvert sa cachette ? Tant pis, il en trouverait une autre. Il était maître de la situation. Il était invincible.

Il s'engagea dans une autre allée. Il avait entendu dire que le vieux avait la maladie d'Alzheimer. Il avait horreur de la manière dont les gens parlaient de cette maladie, comme s'ils avaient pitié de ce pauvre vieillard.

A quoi ressemblait la maladie d'Alzheimer ? Le cerveau se ratatinait-il ? Est-ce qu'il se décolorait ? Ça devait être intéressant, un cerveau atteint de la maladie d'Alzheimer…

La dernière fois, un gros bocal de cornichons avait fait l'affaire. Il en chercha un semblable. Si le cerveau de Steve Earlman tenait dans un gros bocal de cornichons, celui de Luc Racine y rentrerait aussi.

49.

Réveillé par un bruit, Luc se redressa en s'appuyant sur un coude. Au bout du lit, Scrapple dormait à poings fermés, étendu de tout son long. Soit Luc avait encore rêvé, soit Scrapple était vraiment un piètre chien de garde.

Luc tendit l'oreille. Peut-être était-ce la femme du FBI qu'il avait entendue ? Il avait l'habitude d'être seul dans la maison silencieuse.

Elle lui avait promis de ne pas téléphoner à Julia. Il espérait qu'elle tiendrait sa promesse. Il ne voulait pas que sa fille se fasse du souci. Il ne fallait pas qu'elle vienne le voir. Il ne tenait pas à ce que Julia…

Oh, bon sang ! Quelque chose bougeait dans le placard. La chambre n'était que très faiblement éclairée par une petite veilleuse. Plissant les yeux, Luc essaya de percer la pénombre. La porte de la penderie était entrebâillée, alors qu'il prenait toujours soin de bien la refermer. Il distinguait une silhouette à l'intérieur. Il y avait quelqu'un dans le placard. Oh, Seigneur ! L'intrus n'avait donc pas quitté la maison. Il s'était caché dans l'armoire. Il devait attendre que Luc soit profondément endormi.

Luc se cala contre les oreillers et fit semblant de se rendormir, tout en gardant les yeux entrouverts. Il n'entendait plus rien, à part les battements de son cœur et sa propre respiration. Il fallait garder la tête froide. S'il avait besoin d'une arme pour se défendre, de quoi pourrait-il se servir ? La lampe de chevet ? Non, elle était trop petite et trop légère. Il parcourut la pièce du regard. L'ombre avait-elle de nouveau bougé ?

Scrapple ronflait. Comment était-il possible qu'il n'eût pas détecté cette présence étrangère ?

Une batte de base-ball. Luc en avait une, autrefois, avec le gant et la balle. Julia et lui se faisaient parfois des passes. Mais il y avait si longtemps... Dieu seul savait où cette batte était rangée.

Il fallait alerter l'agent du FBI. Mais comment ? Pouvait-il se permettre de sortir de la chambre ? Pas sans Scrapple, en tout cas. Non pas que Luc comptât sur son chien pour le protéger, mais il était hors de question de laisser Scrapple seul face au danger.

Luc réfléchissait en regardant autour de lui quand il vit le bout de la batte de base-ball qui dépassait de sous le lit. Mais oui, c'était là qu'il l'avait remisée. Il laissa pendre sa main sur le côté du lit. Flûte ! Il n'atteignait pas la batte. Il jeta un coup d'œil en direction du placard. La porte s'était-elle ouverte plus largement ? Le monstre allait-il surgir ? Il n'y avait plus une minute à perdre.

En bondissant hors du lit, il se cogna le genou contre la commode. Scrapple se réveilla. Luc s'empara de la batte, se précipita vers le placard, en tira la porte et frappa à tour de bras sur la silhouette qui s'écrasa au sol. Il lui fallut quelques secondes pour prendre conscience qu'il venait d'assommer son seul et unique costume. Afin d'être sûr que son complet serait propre et repassé pour le jour de son enterrement, il l'avait laissé dans la housse en plastique du teinturier. Le costume était maintenant tout chiffonné.

Luc s'assit au bord du lit et caressa Scrapple d'une main tremblante. Non seulement il perdait la mémoire, mais il perdait aussi la boule.

A présent bien réveillé, Scrapple dressa une oreille. Un bruit sourd venait de retentir derrière la maison.

50.

Il y avait longtemps que Maggie n'avait pas entendu le hurlement des coyotes, la nuit. Alors qu'elle cherchait une position confortable sur le vieux canapé défoncé, elle entendit du bruit, à l'étage, comme si Luc déplaçait des meubles. Devait-elle monter ? Allait-elle le trouver en train d'empiler ses meubles les uns sur les autres, tel un somnambule inconscient de ses gestes ?

Non, la maladie d'Alzheimer ne se traduisait pas par un comportement totalement incohérent. Pas à sa connaissance, en tout cas. Mais que savait-elle exactement de cette pathologie ? Elle regrettait d'avoir promis de ne pas téléphoner à Julia. Si la vie de son père était menacée, la jeune femme devait en être avertie. Peut-être Luc allait-il oublier la promesse ? Ou alors, elle pouvait essayer de le convaincre d'appeler lui-même sa fille.

Des ombres de branches dansaient au plafond. Luc avait branché des veilleuses partout dans la maison. Il avait avoué à Maggie qu'il redoutait de ne plus savoir allumer la lumière, un jour ou l'autre. Quelle horreur de se voir devenir gaga, de ne plus être capable d'accomplir les gestes les plus simples de la vie quotidienne, de perdre ses souvenirs... Pour sa part, Maggie aurait aimé se débarrasser du fardeau de certains souvenirs : le décès de son père, son enfance avec une mère alcoolique et suicidaire... Aujourd'hui, cependant, en se remémorant les bons moments de sa vie, elle s'apercevait que l'amnésie sélective n'avait pas que du bon. On ne pouvait pas faire une croix sur le passé. En fait, elle avait de la chance de ne pas être comme Luc, ou comme Patrick qui ne savait sans doute rien de son père.

Dès demain, décida-t-elle, elle achèterait des programmateurs pour les lustres de Luc, ainsi que des ampoules longue durée. Et peut-être aussi une ou deux autres lampes. Il n'était, malheureusement, pas en son pouvoir d'empêcher la mémoire du vieil homme de se dégrader, mais elle pouvait, au moins, éviter qu'il ne vive dans le noir.

En entendant des pas dans l'escalier, elle se redressa et s'assit sur le canapé. La longue silhouette de Luc apparut au bas des marches. Il portait quelque chose sur l'épaule. Son petit chien le suivait de près. Etait-il réellement somnambule ? Devait-elle le réveiller ou, au contraire, éviter de le perturber ?

C'était une batte qu'il portait sur l'épaule. Instinctivement, Maggie sortit son Smith & Wesson de son holster. Le vieil homme posa un doigt sur ses lèvres et chuchota :

— Il y a quelqu'un dehors.

Maggie songeait que le stress de la journée avait dû lui donner des cauchemars quand elle vit une ombre passer derrière les vitres.

Elle fit signe à Luc de s'écarter de la fenêtre. Le terrier grogna. Son revolver le long de la cuisse, Maggie se dirigea vers la porte et tourna lentement les verrous, en prenant garde à ne pas faire de bruit. Puis elle jeta un coup d'œil en direction de Luc, afin de s'assurer qu'il n'était pas dans la ligne de feu. Sans hésitation, elle ouvrit alors la porte à la volée et braqua son arme sur l'homme qui se tenait sur le porche.

— Bonzado ! Qu'est-ce que vous foutez là ?

51.

Surpris, il lâcha l'un des sacs en plastique qu'il tenait à la main, et son contenu se répandit sur le sol.

— Je ne m'étais pas rendu compte qu'il était si tard, bredouilla-t-il. Je vous ai réveillés ?

— Vous nous avez fichu une de ces trouilles ! Qu'est-ce que vous faites ici ?

Maggie le regarda ramasser les boîtes de conserve, le pain de mie, la confiture et les cartons de lait. Sa batte à la main, Luc l'observait, lui aussi, d'un air méfiant.

— Ne vous inquiétez pas, Luc. C'est le Pr Bonzado, lui dit Maggie. Vous le reconnaissez ?

— Pourquoi est-il revenu ? demanda Luc. Pourquoi rôdait-il dans le noir ?

— Bonne question, dit Maggie en se tournant vers le professeur.

Toujours à quatre pattes, il leva la tête vers elle.

— Je ne rôdais pas, dit-il. J'allais frapper à la porte, et je me suis retrouvé avec le canon de votre flingue sous le nez.

— Que faites-vous ici, Adam ?

— J'ai remarqué, tout à l'heure, que M. Racine n'avait pas grand-chose dans son réfrigérateur. Alors, je suis allé faire quelques courses. Vraiment, je ne pensais pas que vous seriez déjà couchés. Il n'est même pas 10 heures. Et puis, ajouta-t-il en sortant une boîte blanche du sac qui avait été épargné, je voulais vous apporter un dessert, puisque notre dîner a été annulé.

— Vous auriez dû nous téléphoner.

Devant la bonne volonté de Bonzado, la colère de Maggie retombait.

— J'ai essayé, mais votre portable doit être éteint, et je n'avais pas le numéro de M. Racine.

— Aux renseignements, on vous l'aurait donné.

Maggie voulait des explications, ne fût-ce que pour tranquilliser Luc qui considérait toujours le professeur d'un air sceptique. Il finit, cependant, par poser sa batte, puis s'empara de l'un des sacs et regarda à l'intérieur.

— Je ne cuisine pas beaucoup, dit-il.

— Je m'en doutais, répliqua Bonzado. J'ai acheté de la charcuterie, du fromage, du pain, plusieurs sortes de céréales et du lait. Oh, et des Pop-Tarts, aussi. Elles sont très bonnes, froides. Ce n'est même pas la peine de les passer au four. Vous goûterez, vous verrez.

Les deux hommes pénétrèrent dans la maison, et Bonzado jeta, au passage, un coup d'œil sur le revolver que Maggie n'avait pas encore rengainé.

— Vous êtes dure avec un gars qui voulait juste vous apporter du cheese-cake.

— Du cheese-cake ? dit Luc joyeusement.

— Oui, au chocolat et aux amandes, répondit Bonzado en le suivant dans la cuisine.

Maggie resta sur le perron et secoua la tête. Comment se faisait-il qu'elle n'ait pas entendu le pick-up, qu'elle n'ait pas vu la lueur de ses phares ? Le vieux El Camino était garé au bout de l'allée. Pourquoi ne s'était-il pas davantage approché de la maison ?

Elle s'apprêtait à rentrer quand elle perçut un ronflement de moteur sur Whippoorwill Drive. Les arbres lui cachaient la route. Elle ne voyait pas la voiture. Elle avança de quelques pas en tendant l'oreille, et aperçut un véhicule qui roulait au ralenti. Dans le tournant, il disparut en accélérant, et ses feux arrière s'allumèrent.

52.

Joan ne pouvait même pas regarder le plateau-repas qu'*il* venait de poser sur la table de chevet. Elle n'y toucherait pas. La nourriture qu'il lui apportait la mettait au supplice ; elle lui déchirait les entrailles. Il n'avait plus besoin de l'attacher. Elle ne pouvait plus quitter le lit où elle restait en position fœtale pour atténuer ses souffrances.

Elle n'essayait même plus de le convaincre de la libérer. Elle n'échafaudait plus de plans de fuite. Sa douleur était devenue son unique obsession. Qu'attendait-il pour la tuer ? Pourquoi continuait-il à lui donner à manger ?

La seule odeur du potage lui tordait le ventre. La nausée était constante, maintenant. Elle avait l'impression d'être en croisière sur une mer démontée, sur un bateau qui n'atteindrait jamais la terre ferme. Elle savait qu'elle ne devait pas y penser, mais elle était obnubilée par son calvaire.

Quand il s'assit près d'elle et commença à lui montrer sa collection, elle fit semblant de s'y intéresser. Il était de nouveau comme un petit garçon, excité et anxieux de lui faire partager son enthousiasme.

Chaque bocal était plus répugnant que le précédent. Joan avait le cœur au bord des lèvres. Elle regardait les masses visqueuses en essayant de ne pas les voir, de ne pas penser qu'elles avaient appartenu à des êtres humains qu'il avait sauvagement mutilés.

Il lui désignait, à présent, un gros pot de verre avec un couvercle blanc. Elle s'efforça de ne pas poser les yeux sur ce globe de tissus graisseux d'un jaune sale.

— Celui-là, ça a été une belle surprise, dit-il. Je me doutais bien que le foie d'un ivrogne n'était pas normal, mais j'étais loin de m'attendre à ça...

Il souriait en parlant de ce qu'il semblait considérer comme un prix obtenu dans une compétition.

— Il paraît qu'un foie en bonne santé a la même texture et la même couleur que le foie de veau. En vérité, je ne comprends pas comment on peut manger du foie de veau. C'est dégueulasse.

Il fit tourner le bocal entre ses mains pour lui montrer le spécimen sous tous ses angles.

— Tu vois, c'est l'alcool qui provoque cette décoloration.

Puis il replaça le bocal sur l'une des étagères. Joan espérait que la démonstration était terminée. En revenant près d'elle, il s'arrêta devant le plateau. Pourvu qu'il ne la force pas à manger ! Si elle avalait la moindre cuillerée de cette soupe, elle n'était pas certaine de survivre.

Il ne toucha pas le bol, mais prit le sachet de papier brun qu'il avait apporté avec le plateau, et en sortit un bocal, tout en se rasseyant au bord du lit. Le pot de confiture était rempli d'un liquide clair dans lequel flottait quelque chose.

— Voici ma dernière acquisition, déclara-t-il en agitant le bocal devant Joan.

Quand sa main s'arrêta de bouger, à quelques centimètres de son visage, elle n'eut pas d'autre choix que de faire face à deux globes oculaires aux iris d'un bleu éclatant.

— Incroyable, poursuivit-il. Figure-toi que ces yeux ne voyaient rien sans lunettes. Et je ne te dis pas quelles lunettes… Je n'avais jamais vu des verres aussi épais.

53.

Il était plus de minuit.

En jetant la serpillière dans un coin, il fit tomber une foule d'outils de jardinage, ce qui exacerba sa colère. Puis il vida le seau dans la rigole creusée dans le sol, et chassa le vomi à l'aide du tuyau d'arrosage, en retenant sa respiration. Cette bile jaunâtre dans laquelle nageaient des morceaux de mucus lui rappelait les cuvettes posées à côté de son lit d'enfant. Il commençait à en avoir marre. Elle était constamment malade.

C'était prévisible, bien sûr. C'était lui qui l'avait rendue malade. Pour qu'elle se rende compte du pouvoir qu'il avait sur elle. Si elle était dans cet état, c'était à cause de lui. N'empêche qu'elle le dégoûtait. Pourquoi ne l'obligeait-il pas à nettoyer ses saloperies, comme sa mère le faisait avec lui ?

Sa dernière acquisition aurait dû renforcer son assurance. Au lieu de cela, son estomac le torturait, bien qu'il eût avalé la moitié du flacon de liquide crayeux. Ce soi-disant médicament était censé prévenir la nausée, mais il ne pouvait plus compter sur ses bienfaits. Pourquoi cette stupide potion ne lui faisait-elle plus d'effet ? Décidément, rien ne marchait comme il l'avait prévu.

Il aurait voulu que Joan Begley soit faible et sans défense. Qu'elle comprenne qu'elle était sous sa dépendance. Pourquoi ne parvenait-il pas à ses fins, alors que sa mère y arrivait si bien ? Pendant des années, elle avait maintenu son père sous sa férule, et puis lui, ensuite. Pourquoi n'était-il pas capable d'exercer la même autorité qu'elle ? Parce qu'il avait horreur des saletés. *Saletés de merde !*

Il s'empara d'un couperet et le planta dans l'établi. Puis il l'arracha de la table de travail et l'abattit de nouveau sur la surface de bois. Il répéta ce geste encore une fois. Et puis une autre. Et une autre encore.

L'établi était couvert de fentes et d'entailles résultant de ses accès de furie. Il avait appartenu à son père, autrefois, et était resté en parfait état jusqu'au jour de sa mort. Cet atelier était le refuge de son père, son échappatoire. A présent, c'était lui qui venait y fuir la réalité. C'était le seul endroit où il pouvait laisser libre cours à ses émotions. Ces quatre murs le protégeaient ; ils absorbaient ses peines, ses douleurs, sa rage et ses victoires. Parfois, ils lui procuraient aussi un sentiment de puissance.

Il se tourna et s'adossa contre l'établi pour admirer ce lieu magique et humer ses odeurs. Du temps de son père, l'atelier sentait la sciure fraîche, l'essence et la térébenthine. Aujourd'hui, malheureusement, ces odeurs qu'il aimait, qui lui rappelaient son père, avaient, depuis longtemps, fait place à celles produites par ses propres activités : odeur du sang séché, de la chair putréfiée, du formol, de l'ammoniaque et, maintenant, du vomi. L'odeur du vomi était la seule qu'il ne pouvait pas supporter.

Il contempla les outils de son père, suspendus à des clous fixés au mur en lignes régulières. A côté des clés à molette, des pieds-de-biche et des scies à métaux, il avait ajouté des crochets de boucherie, des couteaux à désosser et des fendoirs. Mais c'était la seule modification qu'il s'était autorisé à apporter à l'organisation méticuleuse de son père. Chaque fois qu'il empruntait un élément de sa panoplie, il prenait soin de le nettoyer et de le remettre à l'endroit où son père le rangeait. En quelque sorte, il lui rendait ainsi hommage. Il avait également conservé les étaux montés sur l'établi, ainsi que le distributeur de papier de boucherie dont la fine lame permettait de découper des feuilles au bord bien net.

Dans un coin de l'appentis, il avait installé un vieux congélateur à l'émail rayé qui ronronnait en permanence, comme un gros chat. Ce congélateur appartenait aussi à son père. A l'époque, il contenait de la viande, parfois des truites ou des perches rapportées de parties de pêche occasionnelles. Après le décès de son père, ce congélateur lui avait servi à préserver ses premiers trésors. Il ne connaissait pas encore le formol. Très vite, le congélateur avait été plein. Aujourd'hui, il en avait plusieurs, dont un dans la pièce adjacente et un dans la maison.

C'était lui, aussi, qui avait fixé les étagères sur le mur du fond. Les fioles et les pots de verre, les tubes à essai, les récipients en plastique, les aquariums et les bouteilles à large goulot étaient également à lui. Tous ces ustensiles étaient immaculés, attendant d'être remplis de précieux trophées. Les étiquettes des bocaux alimentaires avaient été soigneusement décollées.

Sur la tablette du haut, il rangeait son matériel personnel : scalpels, bistouris, forceps, sondes en acier inoxydable, bassins de différentes formes et dimensions. La plupart de ces instruments avaient été volés, un à un, de façon que personne ne s'aperçoive de leur absence.

Oui, il était fier de son atelier. Là, il était le maître du monde. Ici, il n'était jamais malade.

L'odeur du vomi de Joan l'incommodait quelque peu, mais ce n'était pas grave. Parce que c'était en ce lieu qu'il s'appropriait les douleurs, les anomalies, les malformations, les droits que revendiquaient ses victimes avec vanité.

Tout au long de son enfance, il avait souffert d'une maladie obscure. Il ne pouvait pas, lui, se plaindre d'une infirmité de la jambe, d'un trouble cardiaque ou d'une tumeur maligne. Quand il disait qu'il avait mal à l'estomac, les médecins le regardaient avec un sourire en coin et conseillaient à sa mère de l'emmener chez un psychiatre. S'il avait eu une vraie maladie, on n'aurait pas ri de lui, à l'école, lorsqu'il demandait à être dispensé de cours de gym. Personne n'aurait osé le traiter de mauviette. S'il avait eu un cancer ou un handicap physique, on l'aurait trouvé fort et courageux. Il aurait été un brave petit soldat et non pas un pleurnichard.

Ces gens qui avaient de bonnes raisons de se lamenter le rendaient fou de rage et de jalousie. Ils pouvaient geindre à longueur de temps sans que personne leur dise jamais de la fermer. Et ils ne se rendaient même pas compte de la chance qu'ils avaient. Connards. Bande de connards.

Voilà pourquoi il leur prenait ce qui faisait leur différence, ce qui leur conférait un statut spécial et leur donnait le droit de s'apitoyer sur eux-mêmes. Leurs privilèges devenaient les siens. Ils le rendaient plus fort.

Joan Begley allait connaître le sort qu'il lui réservait depuis le début. Il n'avait pas d'autre moyen de l'asservir, de la dominer. Le seul problème, c'est qu'il ne savait pas comment procéder.

Il examina ses outils en se grattant la mâchoire. Où cette déficience hormonale pouvait-elle être localisée ? Dans l'hypophyse ? L'hypophyse se trouvait sous l'encéphale. Il l'atteindrait avec un trépan et une scie à os. Par contre, si le dysfonctionnement se situait au niveau de la thyroïde, il lui suffirait de trancher la gorge. Mais le dérèglement pouvait aussi provenir des glandes surrénales qui étaient probablement au-dessus des reins. Il prit son dictionnaire médical illustré pour vérifier.

Tandis qu'il tournait les pages, sa main tremblante se posa sur la lame incurvée d'un couteau à désosser. En fait, il préférait que ce soit la thyroïde. Il lui semblait se souvenir qu'elle avait parlé de sa thyroïde. La thyroïde, ouais, ce serait bien. Compte tenu du nombre de fois où il avait nettoyé le vomi de Joan, l'opération ne le dégoûterait pas trop.

54.

Jeudi 18 septembre

— Ne vous dérangez pas, monsieur Racine. Je peux m'occuper de mon petit déjeuner moi-même.

Le vieil homme préparait des œufs brouillés, tandis que des pommes de terre et des saucisses grésillaient dans une autre poêle, dégageant un arôme qui ouvrait l'appétit de Maggie.

— Non, non, c'est un plaisir pour moi ! s'écria Luc. Ça me manquait, dit-il en ajoutant dans la poêle un peu de lait et du poivre fraîchement moulu.

Puis il battit les œufs d'une main experte.

— Je ne cuisine plus, poursuivit-il, parce que j'ai peur d'oublier d'éteindre le gaz. (Il jeta un regard à Maggie.) Si je vous dis ça, c'est pour que vous me surveilliez. Ça ne vous ennuie pas ?

Il lui tournait le dos, et Maggie avait conscience qu'il en coûtait au vieil homme de formuler une telle demande. Etait-ce pour cette raison qu'il ne voulait pas qu'elle appelle Julia ? Sa fille savait-elle qu'il déclinait peu à peu ?

— Pas du tout, répondit-elle. Vous êtes sûr que vous ne voulez pas que je vous aide ?

— Non, non. Enfin si, vous pouvez dresser la table. (Il regarda autour de lui.) Mettez du jus d'orange, peut-être. J'ai vu que votre ami en avait apporté, hier soir.

Il ouvrit un placard, puis un autre, et encore un autre, avant de trouver deux verres qu'il lui tendit en rougissant.

— Je crois qu'il vous aime bien.

— Pardon ?

— Le prof, j'ai l'impression que vous lui plaisez.

Ce fut le tour de Maggie de sentir ses joues s'enflammer. Elle versa du jus d'orange dans les verres.

— Nous travaillons ensemble sur cette affaire, c'est tout.

— Quoi ? Il ne vous plaît pas ?

— Ce n'est pas ce que j'ai dit. En fait, je ne me suis pas posé la question.

— Pourquoi ? C'est un jeune homme charmant, vous ne trouvez pas ?

— Si, mais… Je ne sais pas… C'est juste que… que…

Maggie s'aperçut qu'elle réagissait comme une adolescente. Quel besoin avait-elle de se justifier ?

— Je viens juste de divorcer, dit-elle. Je ne suis pas encore prête à m'engager dans une nouvelle relation.

— Ah bon ! Excusez-moi, je me mêle de ce qui ne me regarde pas.

Luc essuya le comptoir avant d'ajouter :

— En tout cas, moi, je vous aime bien. Vous me faites penser à Julia. Elle me manque.

— Justement, monsieur Racine, à propos de votre fille... Je crois...

— Appelez-moi Luc, s'il vous plaît.

— D'accord. Je crois que vous devriez téléphoner à Julia. Je pense qu'elle serait fâchée si vous ne la mettiez pas au courant de la situation. Et moi, j'aurai la conscience plus tranquille quand elle sera prévenue.

Luc remit la boîte à œufs dans le réfrigérateur, et enveloppa la saucisse qui restait.

— Où avez-vous trouvé ça ? lui demanda Maggie en désignant le papier de boucherie blanc.

— Ça ? Ce sont des *scrapples*, dit-il en déballant la saucisse pour la lui montrer. Ma femme était de Philadelphie. C'est là-bas qu'on fait les meilleures *scrapples*. Ces saucisses me font toujours penser à elle. C'est pour ça que j'ai appelé mon chien Scrapple.

Il jeta un coup d'œil au terrier, qui fit aussitôt le beau pour quémander un morceau de saucisse.

— On n'en trouve pas d'aussi bonnes dans la région, continua Luc en remballant la saucisse. L'hiver dernier, j'en ai commandé à Steve Earlman. Il les a faites avec de l'épaule de porc. Il faut avouer qu'elles étaient fameuses.

Maggie se demandait si Luc savait que l'on avait découvert le corps de Steve Earlman dans la carrière. Il s'était rendu plusieurs fois sur le site. Il n'avait pas pu échapper aux rumeurs. Peut-être avait-il oublié ?

— Luc, quand Steve est décédé, qu'est-il advenu de sa boucherie ? Il n'avait pas d'enfants pour prendre sa succession ?

Luc transféra les pommes de terre sautées, les saucisses et les œufs brouillés dans les assiettes. Maggie apporta les verres de jus d'orange sur la table.

— Non, Steve ne s'est jamais marié. C'était un chic type, pourtant.

Le vieil homme tira une chaise pour Maggie, et attendit qu'elle se soit installée pour prendre place en face d'elle.

— C'était triste de voir ce commerce fermé. Je crois que quelqu'un a racheté tout le matériel à l'hôtel des ventes. Je pensais que la boutique allait rouvrir, mais non.

— Vous savez qui a acheté l'équipement ?

Luc plissa le front, et son visage exprima une intense frustration.

— Je l'ai su…

— Ça ne fait rien si vous ne vous en souvenez pas. Je posais simplement la question par curiosité.

— Je devrais me le rappeler. C'était quelqu'un que je connaissais.

Dans l'autre pièce, le téléphone portable de Maggie se mit à sonner. Sous la table, Scrapple aboya.

— Chut, Scrapple, ça suffit ! lui dit Luc.

— Excusez-moi, il faut que j'aille répondre.

Maggie se leva et partit à la recherche de sa veste.

— Maggie O'Dell, dit-elle lorsqu'elle eut enfin trouvé l'appareil.

— O'Dell, c'est Watermeier. Je suis à West Peak, dans Hubbard Park. Nous avons découvert quelque chose qui devrait vous intéresser.

55.

Adam Bonzado étudia longuement les Polaroid avant de les remettre dans la poche de sa chemise. Ce n'était sûrement pas une très bonne idée de sortir ces clichés au beau milieu de la quincaillerie, mais il fallait qu'il chasse Maggie O'Dell de son esprit.

Il s'était senti ridicule après l'incident du ragoût et celui de la veille, chez M. Racine. Non seulement il les avait réveillés, mais il leur avait flanqué une peur bleue. Quoique… Maggie n'avait pas l'air vraiment terrorisée avec son Smith & Wesson. Il sourit en se remémorant cette image. Cette femme avait du cran. Il aimait les femmes qui n'avaient pas froid aux yeux. A condition qu'elles ne le menacent pas avec un revolver.

Parfois, il se demandait si sa mère n'avait pas raison. Peut-être qu'il passait, effectivement, trop de temps avec ses squelettes et pas assez en société. Sa mère l'accusait même de ne prêter aucune attention à ses étudiants.

« Pourquoi ne sors-tu pas, comme un garçon normal ? lui disait-elle invariablement. Tu ne vas même plus assister aux matchs avec tes frères ! »

Il était vrai qu'Adam aimait son métier. Pourquoi aurait-il dû s'en excuser ? En outre, la plupart des femmes tordaient le nez dès l'instant où elles apprenaient quelle profession il exerçait. De toute façon, il avait décidé qu'après Kate, il n'y aurait pas d'autre femme dans sa vie. Son travail lui suffisait pour combler le vide qu'elle avait laissé. Et aussi pour cesser de penser à cette Maggie O'Dell…

Pour le moment, il explorait la quincaillerie, armé d'une poignée de photos, à la recherche de l'outil qui avait porté le coup fatal aux victimes de la carrière.

Le Dr Stolz lui avait transmis des Polaroid des blessures crâniennes, toutes infligées par-derrière. Le crâne trouvé chez Luc Racine présentait également les traces d'un choc similaire.

Adam parcourut le rayon des outils manuels en examinant attentivement l'extrémité de chaque objet. Marteau à panne ronde, non. Coupe-boulon, non. Devant les pinces, il se gratta le menton, stupéfait par la diversité de la gamme. Pinces réglables, pinces-étaux, à mâchoires droites, incurvées, en C, à méplats, à col de cygne…

Au diable les pinces !

Tournevis : cruciformes, coudés ou à clé droite emmanchée. Clés : à molette, réglables ou modèle suédois. Etau de menuisier, non. Niveau, non.

— Tiens, une miniscie à métaux, dit-il en prenant l'outil entre ses mains. Pratique, pour les articulations difficiles à atteindre.

Un employé apparut au bout de l'allée.

— Je peux vous aider, monsieur ?

Adam remit la miniscie sur le rayon en espérant que le vendeur n'avait pas entendu ses élucubrations. Le jeune homme n'avait pas l'air d'un bricoleur. Il aurait sans doute été plus à sa place dans un magasin de jeux vidéo ou de lecteurs DVD.

— Vous cherchez quelque chose, monsieur ?

— Oui, mais je ne sais pas exactement quoi. Il faudrait que je voie l'outil pour savoir que c'est celui qu'il me faut.

Le garçon le considéra avec des yeux ronds.

— Vous êtes en train de réaliser quelque chose de particulier ?

Adam sourit. Que penserait ce gamin s'il lui disait qu'il était à la recherche d'un outil mortel ? Ou s'il lui montrait les Polaroid en lui demandant de l'aider à chercher l'outil qui avait imprimé cette marque triangulaire à l'arrière des crânes ?

— En quelque sorte, oui, répondit-il laconiquement.

— Si je peux vous être utile, n'hésitez pas.
— Je vous remercie.

Adam s'engagea dans l'allée suivante, où étaient exposés toutes sortes de leviers. Voilà qui se rapprochait de ce qu'il cherchait : des pieds-de-biche en tous genres, en acier forgé ou enduits d'un revêtement antirouille. Il lut ce qui était inscrit sur les étiquettes : « manche en caoutchouc pour une meilleure prise en main », « tête galbée augmentant l'effet de levier ». L'un avait pour nom « pied de gorille ». Il y avait des barres à mine, des arrache-clous, des pinces-monseigneur, des griffes à cintrer, des pieds-de-biche double fonction.

Au milieu de ce choix hallucinant, un outil lui sauta aux yeux. L'angle correspondait. La taille semblait être la bonne. Il tira les photos de sa poche pour y jeter un rapide coup d'œil. Oui, l'extrémité à double bout de ce pied-de-biche pouvait avoir laissé ces marques sur les crânes.

Adam prit l'outil et le retourna entre ses mains, le détaillant sous toutes les coutures, le soupesant. L'objet était plus lourd qu'il ne le paraissait. Il le souleva au-dessus de sa tête, comme le tueur avait dû le faire. Il ne fallait pas beaucoup de force pour frapper. Un bon tour de poignet, et la lourde tête crochue s'enfonçait dans le crâne de la malheureuse victime. Il s'apprêtait à reproduire le geste lorsqu'il aperçut l'employé au bout du rayon, qui l'observait d'un air intrigué, peut-être même inquiet.

— Je crois que j'ai trouvé ce que je voulais, déclara Adam en abaissant le pied-de-biche. J'ai de la chance, il est en promotion, ajouta-t-il en battant en retraite vers l'autre bout de l'allée.

Il faisait la queue à la caisse en tapant le manche de l'outil dans la paume de sa main quand il remarqua soudain que ce pied-de-biche était exactement le même que celui qu'il avait dans son pick-up.

56.

Il tombait des cordes. La voiture était presque complètement extraite des taillis. Un modèle de berline déjà ancien. Qu'est-ce que c'était encore que cette histoire ? se demanda Henry qui, d'en haut, surveillait les opérations.

Il priait pour qu'il ne s'agisse que d'un chauffard éméché qui avait perdu le contrôle de son véhicule, mais, en son for intérieur, il redoutait que l'on ait retrouvé Joan Begley.

Il vit O'Dell garer sa Ford Escort de location juste avant le barrage dressé par la police de Meriden. Une chaîne avait été tendue en travers de la route tortueuse qui menait à l'entrée du parc. Il fit signe à Truman de laisser passer l'agent du FBI.

— C'est elle ? demanda O'Dell avant que Henry n'ait pu dire quoi que ce soit.

— J'espère que non, répondit-il en s'accoudant au garde-fou.

Ils demeurèrent côte à côte, à observer en silence la dépanneuse qui hissait la voiture hors des rocs et des buissons. La carrosserie raclait les troncs d'arbres en produisant de sinistres craquements métalliques. Finalement, l'officier Charlie Newhouse leva la tête vers le shérif et hurla :

— Y a personne dedans, chef !

— Le numéro d'immatriculation, s'il vous plaît ! cria Henry.

Tout en prononçant ces mots, il s'aperçut que la plaque arrière avait été arrachée.

— Pas de plaque devant ! lui lança Arliss, qui se tenait devant le capot cabossé.

— Ni derrière, ajouta Henry.

— Bagnole volée ? suggéra Charlie.

— Lancez un appel radio.

Henry descendit de son promontoire et s'approcha du pare-brise cassé pour jeter un œil à l'intérieur de l'habitacle.

— Shérif ?

Il rejoignit O'Dell derrière le véhicule. Elle lui désigna un morceau de tissu qui dépassait du coffre.

— Merde ! bougonna Henry en sentant sa poitrine se serrer. Charlie, venez par là. Ouvrez le coffre, et tâchez de ne pas foutre vos pattes partout.

Personne ne bougea. Henry leva les yeux. Ses deux subalternes et le conducteur de la dépanneuse regardaient le coffre sans mot dire.

— Charlie, répéta Henry.

L'officier s'exécuta. Quand la porte du coffre se souleva, Henry regretta de ne pas avoir pris sa retraite six mois plus tôt. Une femme de petite taille était recroquevillée à l'intérieur. L'arrière de son crâne était fendu. Le sang s'était coagulé dans ses cheveux emmêlés.

— Vous croyez que c'est elle ? demanda-t-il à O'Dell.

— Difficile à dire. Je ne l'ai vue qu'en photo. Mais cette blessure à la tête me paraît familière.

— Ouais... C'est bien ce qu'il me semblait...

Henry se frotta les yeux. Bordel de merde ! Comme si les cadavres dans les bidons ne suffisaient pas...

— Arliss, appelez Carl et dites-lui de nous envoyer l'identité judiciaire. Et le Dr Stolz, aussi.

— Ils doivent être à la carrière, chef.

— Je sais où ils sont. Appelez-les et dites-leur de se magner les fesses.

— Je leur dis ça, chef ?

Henry avait envie d'étrangler le gamin.

— Charlie, pouvez-vous, s'il vous plaît...

— Je m'en occupe, shérif.

Henry se tourna vers O'Dell. Elle considérait le corps d'un air incrédule. Pourquoi était-elle si étonnée, alors que c'était elle qui avait exigé que l'on fouille le secteur ?

Il s'approcha d'elle et se courba pour examiner l'intérieur du coffre, à la recherche d'éventuels indices. Evidemment, l'arme du crime n'avait pas été abandonnée à côté de la victime. Henry voyait, à présent, un côté de son visage. Cette femme ne lui était pas inconnue, et ce n'était pas Joan Begley.

Il poussa délicatement son épaule. Quand le cadavre bascula, il eut un mouvement de recul.

— Oh, punaise ! dit-il en se cognant la tête contre la porte du coffre.

Tous les regards convergèrent vers lui.

— C'est la journaliste télé, dit-il, le souffle court, la poitrine prête à exploser. Celle qui me collait aux basques.

— De qui parlez-vous ? demanda O'Dell.

Il roula les épaules et s'essuya les mains contre son pantalon, comme pour se préparer à affronter le pire. Puis il se pencha de nouveau en avant, hésita quelques secondes, et donna un petit coup dans l'épaule de la femme.

— Il lui a pris les yeux, dit-il en s'écartant, afin de permettre à ses collègues de constater par eux-mêmes que les orbites qui avaient contenu les gros yeux bleus de la jeune femme étaient, désormais, creuses.

57.

Le téléphone de Maggie émettait des bips indiquant que la batterie était épuisée.

— Tully, on risque d'être coupés. Dépêchons-nous. Est-ce que tu as trouvé quelque chose d'intéressant dans les mails de Sonny ?

— Il écrit qu'il était toujours malade quand il était môme, et que sa mère lui donnait des médicaments qui le rendaient encore plus malade. Le Dr Patterson pense qu'il a peut-être été victime du syndrome de Munchausen par procuration. Ça te dit quelque chose ?

— Ces mères qui rendent délibérément leurs enfants malades pour qu'on s'intéresse à elles ?

— C'est ça, oui. Le Dr Patterson a téléphoné à l'hôpital local. Elle a demandé qu'on regarde dans les archives des dix dernières années s'il y avait un dossier correspondant au cas de Sonny. Elle espère avoir une réponse. Elle a dit au personnel qu'elle était du FBI…

— Tully, tu peux faire une autre recherche ? A propos d'un dénommé Jacob Marley.

— Jacob Marley ?

— Oui, c'est le directeur des pompes funèbres. Joan Begley est allée manger une pizza avec lui, le soir où elle a disparu. Il prétend qu'il s'agissait d'un dîner d'affaires pour discuter des modalités de l'enterrement. C'est peut-être vrai, mais quand je lui ai rendu visite, hier, il m'a paru nerveux, coupable de quelque chose. Et c'est un Junior qui déteste qu'on l'appelle Junior.

— Un rapport avec le corps de Steve Earlman ?

— Ça ne m'étonnerait pas. Il s'attendait que je lui en parle. Mais il ne colle pas au profil du tueur, surtout si tu me dis, maintenant, que nous devons orienter nos recherches vers un hypocondriaque, paranoïaque, maniaco-dépressif parce que sa mère faisait exprès de le rendre malade. Autant chercher une aiguille dans une botte de foin.

— Très drôle, O'Dell. J'essaye de t'aider.

— Je sais. Excuse-moi. Je suis fatiguée. (Elle ralentit à l'approche d'un tournant.) On vient de découvrir un autre corps.

— Oh, mince ! Begley ?

— Non, ce n'est pas elle. Mais la voiture dans laquelle on a trouvé le cadavre est peut-être celle qu'elle a louée. Les gars du shérif sont en train de vérifier. C'est une journaliste locale qui avait des problèmes de vue.

— Laisse-moi deviner : il lui a enlevé les yeux ?

— Oui, et il a planqué le corps dans le coffre d'une bagnole. J'étais presque sûre qu'il allait commettre un nouveau meurtre. Il s'en est pris à elle parce qu'il a dû s'imaginer qu'elle le soupçonnait. D'après Watermeier, elle était tous les jours à la carrière. Mais c'était *lui* qu'elle surveillait.

Le téléphone se remit à émettre des bips.

— On va être coupés, Tully.

— Je te rappelle si je trouve quelque chose d'intéressant sur ce Marley. Et je dis au Dr Patterson qu'elle te passe un coup de fil s'ils trouvent quelque chose, à l'hôpital.

— Ça risque de prendre un certain temps. Si Joan Begley est toujours en vie, je crains que ce ne soit plus pour longtemps. Ce dernier meurtre signifie qu'il panique. Il faut faire vite. Malheureusement, on n'a pas beaucoup progressé. Un assassin qui s'approprie les handicaps de ses victimes et du papier de boucherie blanc : voilà tout ce qu'on a comme éléments concrets. Le reste n'est que coïncidences, pour l'instant.

— Du papier de boucherie ?

— Oui. Je pense qu'il en a à sa disposition et qu'il s'en sert pour envelopper temporairement ses trophées. Je suis persuadée que ce papier peut nous mettre sur la piste, mais je ne sais pas comment. Tu as une idée ?

— Où est-ce qu'on achète ça ?

— On n'en trouve pas au supermarché du coin.

— Tu as dit qu'Earlman était boucher, non ?

— C'est exact.

— Il avait des fils ?

— J'y ai pensé, mais non. Son commerce a fermé quand il est mort. Quelqu'un a racheté tout l'équipement mais personne n'a repris l'affaire.

Maggie pila devant un feu rouge, s'attirant une salve de coups de Klaxon de l'automobiliste qui la suivait. Soudain, la lumière se faisait dans son esprit.

— Pourquoi acheter du matériel de boucherie si on n'a pas l'intention d'ouvrir une boucherie ? reprit-elle. Tu ne trouves pas ça louche ?

— Pas forcément. Tu devrais voir les trucs dingues que les gens vendent et achètent sur eBay.

— Comment sais-tu ce que les gens vendent et achètent sur eBay ? — *Bip, bip.* — Ma batterie est presque à plat, Tully. Avant qu'on soit coupés, comment va Harvey ? Il ne te pose pas trop de problèmes ?

— Pas du tout. Emma est folle de lui. Je ne sais pas si elle voudra te le rendre.

— Elle a intérêt ! Débrouille-toi pour qu'elle ne s'attache pas trop à lui.

— Trop tard.

— Et Gwen ? Elle tient le coup ?

Silence à l'autre bout de la ligne. Maggie crut que la communication avait été interrompue.

— Elle a l'air, répondit enfin Tully.

— Je peux te demander encore une faveur ? Occupe-toi d'elle pendant que je ne suis pas là.

— Pas de problème.

— Merci. Et dis à Emma que mon chien n'est pas à elle.

— O'Dell, une dernière chose…

Le ton de Tully avait brusquement changé.

— Cunningham m'a posé des questions à ton sujet.

Maggie se crispa immédiatement.

— Il voulait savoir si tu m'avais dit ce que tu comptais faire pendant tes vacances.

Tully était un gars franc et honnête, qui ne mentait jamais, surtout pas à son supérieur hiérarchique. Maggie allait avoir de sérieux ennuis. Et son coéquipier aussi.

— Qu'est-ce que tu lui as dit ? demanda-t-elle en serrant le volant.

— La vérité. Que tu m'avais parlé de planter des jonquilles.

Et Tully raccrocha avant qu'elle ne puisse riposter.

Maggie sourit en s'engageant sur un parking. Elle aurait tout le temps, plus tard, de penser aux réprimandes qu'elle allait essuyer. Dans l'immédiat, elle devait se concentrer sur sa mission — même si celle-ci ne lui avait pas été confiée par son chef.

Elle avait vu un plan de la ville dans la boîte à gants. Elle allait facilement trouver le tribunal. C'était là qu'on lui apprendrait qui avait racheté le matériel de Steve Earlman, dans lequel figuraient très probablement des rouleaux de papier de boucherie.

58.

Henry roulait en direction de la carrière quand il décida de retourner dans le centre de Wallingford. Il avait besoin d'un café bien serré, et surtout du réconfort de sa femme. Quand les médias diffuseraient les dernières nouvelles, ce serait la psychose générale. Sa retraite s'annonçait de plus en plus mal...

La vitre de sa voiture baissée, il contourna la ville par une petite route, en conduisant lentement, en essayant de se relaxer, de respirer l'air frais, de desserrer l'étau qui lui broyait la poitrine. Il aurait mieux fait de prendre correctement son traitement contre la tension artérielle... Il n'allait tout de même pas être terrassé par un infarctus dans la campagne du Connecticut, alors qu'il avait survécu au 11 septembre...

En passant devant le cimetière St. Francis, dont les stèles se dressaient sur le flanc d'une colline, il eut l'impression d'apercevoir un homme qui se baissait hâtivement pour se cacher derrière un monument funéraire. La vision avait été, toutefois, si fugitive qu'il crut avoir rêvé. Il était peut-être bel et bien en train de faire une attaque. Non, une crise cardiaque ne provoquait pas d'hallucinations.

Il s'arrêta devant l'entrée du cimetière, coupa le contact et demeura assis dans sa voiture, les yeux rivés sur la pierre tombale derrière laquelle il avait cru voir quelqu'un. Son imagination avait dû lui jouer un mauvais tour. Un type s'était probablement baissé pour déposer des fleurs sur une tombe. Rien de plus.

Il fit marche arrière et reprit la route. Rosie allait se moquer de lui, non pas parce qu'il avait oublié de prendre ses médicaments — ce qui ne la ferait pas rire du tout —, mais parce qu'il voyait des fantômes. Avant de franchir un virage, il jeta un œil dans le rétroviseur. La silhouette avait reparu. Henry rangea son véhicule sur le bas-côté, sortit, et coupa à travers la forêt qui jouxtait le cimetière. En haut de la pente, il distinguait un pick-up garé entre les arbres. Aucune route ne menait jusque-là.

La terre et les cailloux glissaient sous ses bottes. Si le type ne risquait pas de le voir, il allait l'entendre, c'était sûr. Henry se posta derrière un sapin.

L'homme lui tournait le dos. Il donnait des coups de pelle dans le sol. O.K., ce n'était donc qu'un fossoyeur. Mais pourquoi s'était-il caché au passage d'une voiture ? Et puis, est-ce qu'on creusait encore les tombes à la pelle ? Vargus et Hobbs, qui travaillaient en sous-traitance pour plusieurs entreprises de pompes funèbres, utilisaient des minipelleteuses. N'était-ce pas ainsi que tout le monde procédait, maintenant ?

Henry s'avança pour mieux voir. Le gars ne creusait pas un nouveau trou. Il était en train de déblayer une sépulture déjà existante. L'homme s'arrêta et se tourna légèrement. Henry reconnut Wally Hobbs. Il s'accroupit furtivement derrière une stèle, tandis qu'une voiture passait sur la route.

59.

Luc n'était pas sorti de chez lui de toute la matinée, pas même pour aller chercher le journal. Depuis que l'agent O'Dell était partie, il faisait les cent pas d'une fenêtre à l'autre, sa batte de base-ball à la main, s'arrêtant de temps à autre devant la télé allumée. Scrapple avait cessé de trottiner derrière lui pour se coucher sur son tapis favori. Il dormait profondément. Seules ses oreilles tressaillaient chaque fois qu'une voiture passait dans la rue.

Il y avait une circulation inhabituelle sur Whippoorwill Drive. Un peu plus tôt, Luc avait même entendu des sirènes. Il avait dû se produire quelque chose à la carrière. Aux informations régionales de midi, on avait annoncé que la police avait découvert un cadavre dans Hubbard Park. Mais Hubbard Park était à Meriden, pas au bout de la rue. De toute façon, Luc n'avait pas l'intention de quitter sa maison pour aller voir.

Aujourd'hui, il avait trop peur de ne plus savoir revenir chez lui.

L'agent O'Dell avait insisté pour qu'il téléphone à Julia. Mais si sa fille n'était pas au courant des événements survenus dans la région, à quoi bon l'affoler ? se disait Luc. Il pouvait peut-être l'appeler simplement pour lui dire qu'il allait bien... En fait, il en avait très envie. Depuis quand ne lui avait-il pas parlé ? Quelques jours ? Quelques semaines ?

Un bruit de moteur et un crissement de pneus sur les gravillons de l'allée le tirèrent de ses pensées. Il s'approcha d'une fenêtre. L'agent O'Dell était de retour. Il alla l'accueillir sur le perron, et rougit en voyant les yeux de la jeune femme se poser sur sa batte de base-ball.

— Que se passe-t-il, là-haut ? lui demanda-t-il.

— Je n'en sais rien, répondit-elle, un peu essoufflée. Je n'arrive pas à joindre le shérif Watermeier. Vous pourriez me rendre un petit service ?

— Bien sûr ! Enfin, je peux essayer.

Elle s'avança dans le salon, et posa sur la table encombrée la carte routière qu'elle tenait à la main.

— Vous habitez ici depuis longtemps, n'est-ce pas, Luc ?

— Oh, oui, pratiquement depuis toujours. Ma femme, Elizabeth, était de Philadelphie, mais elle se plaisait bien dans le Connecticut. J'aurais aimé que Julia reste dans la région, mais qu'est-ce qu'un père peut faire pour retenir sa fille, hein ?

— Savez-vous où se trouve la maison de Ralph Shelby ?

— Ralph, le boucher ? Il nous a quittés il y a au moins dix ans. Je ne vous ai pas dit, ce matin, que c'était Steve Earlman qui avait racheté sa boucherie ? Pauvre Steve : lui aussi, il est mort, maintenant. Je vous l'ai dit, ça, n'est-ce pas ? On en a parlé ce matin, non ?

— Oui, vous me l'avez dit. Savez-vous où se trouve la ferme de M. Shelby ?

— Oui, c'est juste en haut de la route, après la vieille scierie Miller. Mme Shelby est décédée il y a quelque temps, mais je crois que son fils habite toujours dans la maison.

— Pouvez-vous me montrer où elle se situe, sur la carte ?

Luc observa les lignes et les points bleus, incapable de se repérer sur le tracé.

— Nous sommes ici, lui dit Maggie en posant l'index sur la carte.

Luc ne voyait que des traits rouges qui s'entrecroisaient. Maggie le regardait en fronçant les sourcils. Etait-elle en colère, inquiète, ou éprouvait-elle de la pitié pour lui ? Il ne la connaissait pas suffisamment pour déchiffrer son expression, mais il avait bien l'impression qu'elle était énervée.

— Luc, vous pouvez me montrer ?

— Je peux vous montrer, si vous voulez, mais pas sur la carte, répondit-il en allant décrocher son béret noir et sa veste du portemanteau fixé à la porte.

— Vous ne pouvez pas venir avec moi, Luc.

— Je n'ai aucun autre moyen de vous montrer l'endroit.

— Vous ne pouvez pas me donner la moindre indication ? C'est loin ? Je dois suivre Whippoorwill Drive ?

— Je ne suis pas complètement demeuré, rétorqua Luc d'une voix gênée. Mais je ne peux pas vous expliquer. Pas avec des mots. (Sa main s'agitait en l'air.) Il faut que je vous montre en… en vous montrant.

Maggie croisa les bras sur sa poitrine et réfléchit un instant avant de décider :

— O.K., venez avec moi, mais promettez-moi que vous resterez dans la voiture.

— Promis. Qu'est-ce que vous voulez faire chez le vieux Shelby ?

— Il faut que je vérifie quelque chose. Vous m'avez dit que quelqu'un avait racheté tout le matériel de boucherie quand la boutique a fermé, vous vous souvenez ?

— Oui, mais je ne me rappelle plus qui. Je devrais le savoir, pourtant. Ça va me revenir...

— C'était le fils de Ralph Shelby.

— Ah bon ? Hmm... Je me demande ce qu'il peut bien faire de tout ce barda.

— Je me le demande aussi, et c'est pour ça que je veux aller voir.

60.

Henry était fier de lui. Il tenait le tueur de la carrière. Tout le long du trajet jusqu'au commissariat, Wally Hobbs n'avait cessé de se plaindre de maux d'estomac. De sa petite voix geignarde, il avait demandé dix fois à Henry de s'arrêter pour le laisser vomir. Heureusement, il s'était retenu jusqu'à ce qu'ils arrivent.

A présent, Hobbs était menotté à une chaise pliante de la salle d'interrogatoire — qui servait plus souvent aux policiers à se détendre qu'à cuisiner des suspects. Une cafetière trônait sur la table, à côté d'une assiette dans laquelle il ne restait que des miettes.

Henry avait déjà lu ses droits à son prévenu ou, plus exactement, sa version personnelle du texte de loi, dont il sautait parfois quelques phrases.

— Que faisiez-vous au cimetière, Walter ?

Il avait très envie de brusquer un peu le petit homme, mais mieux valait peut-être le ménager. Hobbs avait pour associé la plus grosse brute de la ville ; il jouissait sans doute d'une certaine immunité.

— Vous voulez que j'appelle votre sœur ?

— Non, n'appelez pas Lilian !

— Pourquoi ? Vous ne voulez pas qu'elle sache que vous déterrez des macchabées pour les débiter en morceaux ?

— Je ne vois pas de quoi vous parlez.

— Je sais ce que tu as fait, Hobbs. Assassin, profanateur de tombes… Tu me dégoûtes.

— Je ne suis pas un assassin.

— Pourquoi as-tu déterré le pauvre Steve Earlman ? Tu n'as donc aucun respect pour les morts ?

— Je ne l'ai pas déterré.

La sueur perlait au front de Wally Hobbs. Henry sentait l'odeur de sa transpiration.

— Combien de personnes as-tu assassinées ? Combien de cadavres as-tu exhumés ?

— Je n'ai tué personne. Ecoutez-moi…

— Je suis tout ouïe.

— Marley, Calvin et moi, on voulait juste se faire un peu d'argent.

— Marley ? Jacob Marley ?

Henry s'assit sur le bord de la table.

— Marley est donc ton complice ?

— On pensait qu'il n'y avait pas de mal à faire ça. C'est l'assurance qui paye. Ce n'est pas comme si l'argent sortait de la poche des familles.

— Qu'est-ce que tu me chantes ?

— J'étais en train de daller la tombe de Steve Earlman, au cas où quelqu'un serait venu vérifier.

— Vérifier quoi ?

Henry étouffait, soudain. Il se leva pour ouvrir une fenêtre.

— Au cas où quelqu'un serait venu voir... vous savez, la tombe de Steve Earlman. Marley facture une sépulture dallée, mais on ne met pas les dalles, et on se partage l'argent à trois.

Hobbs paraissait effrayé.

— C'est Marley qui a eu cette idée, ajouta-t-il.

Henry se passa une main sur le visage. Sa déception était grande. Wally Hobbs était un escroc mais pas un assassin.

61.

Adam Bonzado n'aimait pas du tout ce qu'il était en train de découvrir. Ça lui paraissait impossible... Et pourtant, tout concordait.

Il était retourné à son laboratoire de l'université de New Haven pour y prendre le reste des photos du Dr Stolz. Les blessures crâniennes des victimes avaient été infligées par un pied-de-biche similaire à celui qu'il avait dans son pick-up ; ça, c'était certain. En outre, un autre détail lui était revenu à l'esprit. Si ce quadrillage était bien le même que... Il fallait qu'il en ait le cœur net.

Après avoir pris les clichés, il referma son labo et traversa le couloir à grandes enjambées, bousculant au passage un petit groupe d'étudiants qu'il salua à peine. De retour sur le parking, il se posta derrière son pick-up et examina la photo du corps dont le dos présentait des signes de lividité cadavérique prononcée.

Adam savait qu'en raison de la pesanteur, le sang d'un cadavre se figeait dans la partie la plus basse du corps. Après avoir été tuée, la femme était restée plusieurs heures étendue sur le dos. C'était pourquoi son dos était si rouge. La *livor mortis* modifiait aussi la texture de la peau, qui s'imprimait du motif de la surface avec laquelle elle était en contact. Un corps allongé sur un sol pavé portait les traces des pavés. Un cadavre gisant sur des gravillons prenait un aspect granuleux. Un mort déposé sur la bâche gaufrée du plateau d'un pick-up…

Adam baissa la ridelle du pick-up et étudia de nouveau la photo. Les marques sur le dos de la victime reproduisaient le dessin de la bâche. Adam ne voulait pas y croire, mais ses suspicions se confirmaient. Simon Shelby était la seule personne à lui avoir emprunté son véhicule.

62.

Maggie ne pouvait pas se permettre d'attendre Watermeier. Elle avait essayé de le joindre à plusieurs reprises et, à présent, la batterie de son portable était complètement à plat.

Jennifer Carpenter avait été tuée dans les douze dernières heures, ce qui signifiait que l'assassin se laissait complètement aller à sa paranoïa. Si c'était lui qui détenait Joan Begley, la jeune femme n'avait plus que très peu de temps à vivre.

Luc était assis sur le siège passager. Il ne disait plus rien, tandis que Maggie remontait lentement Whippoorwill Drive, dans la direction opposée à celle de la carrière. Pourvu qu'il ne soit pas encore victime d'une absence car elle avait besoin de lui !

— Tournez ici, dit-il en agitant le bras. De la route, on ne voit pas la maison, mais vous allez bientôt arriver devant la boîte aux lettres. C'est une grande boîte en fer galvanisé posée sur un tonneau. Vous savez, ces gros tonneaux de bois…

Maggie jeta un coup d'œil au vieil homme. Un tonneau ? Il ne semblait pas s'apercevoir de l'ironie de la chose.

Au tribunal, la greffière qui avait aidé Maggie à retrouver l'acte de vente des biens de Steve Earlman lui avait dit que Simon Shelby était un jeune homme fort sympathique.

— Le pauvre, il était encore tout môme quand il a perdu son père ! avait-elle raconté spontanément. Il adorait son papa. Tous les samedis, il lui donnait un coup de main à la boucherie. Ralph avait un joli surnom pour son fils, mais je ne m'en souviens plus. Enfin, la mort de son père a été un choc terrible pour Simon. Sophie ne savait pas quoi faire pour son petit. Je crois que c'est à ce moment-là qu'il a commencé à être malade. On avait tous beaucoup de peine pour Sophie. Tous ces soucis… C'est probablement ce qui l'a emportée prématurément.

Maggie, qui, d'ordinaire, ne supportait pas les commérages, avait écouté en hochant la tête, notant toutes les coïncidences.

— Il est à l'université de New Haven, maintenant, avait ajouté la greffière.

— Ah bon ?

— Oui, il étudie les os, je crois.

Maggie avait failli lâcher le registre qu'elle était en train de consulter.

— Ça paraît logique, non, pour un fils de boucher ? avait noté la femme en riant. Personnellement, je trouve que c'est un peu morbide, mais si c'est ce qui le passionne... Il se paye ses études en travaillant à temps partiel aux pompes funèbres Marley and Marley. Il est vaillant, tout de même, ce garçon.

— Le surnom que lui donnait son père, ce n'était pas Sonny, par hasard ? avait demandé Maggie.

— Sonny, oui, c'est ça ! Ralph l'appelait Sonny Boy.

Maggie voyait, à présent, la boîte aux lettres sur le tonneau.

— C'est là, lui dit Luc. Vous avez loupé l'allée.

— Je vais me garer ici, déclara Maggie en s'engageant dans un chemin de terre qui menait à un champ. Vous, vous restez dans la voiture. Ne bougez pas, d'accord ?

— D'accord.

— Je suis sérieuse, Luc : ne sortez pas de la voiture.

Bien que la batterie fût déchargée, elle lui tendit son téléphone portable.

— Si je ne suis pas revenue dans quinze minutes, appelez le 911.

Luc prit le mobile et le contempla. Il avait l'air content qu'on lui confie une responsabilité.

Maggie quitta la voiture avec la quasi-certitude qu'il ne s'en éloignerait pas.

63.

Debout devant son établi, les bras ballants, Simon se demandait toujours avec quel outil il allait opérer Joan. Il s'était habitué à sa compagnie ; il aimait l'avoir pour invitée. Il était content qu'elle ne le supplie plus de la laisser partir. Elle était sous sa coupe, à présent, et ça lui plaisait. Si cette journaliste n'avait pas tout gâché... A cause d'elle, il allait être obligé de se débarrasser de Joan.

Il avait téléphoné aux pompes funèbres pour dire qu'il avait la grippe et qu'il ne pourrait pas venir travailler. C'était la première fois qu'il faisait ça. Il n'irait pas non plus à l'université, cet après-midi. Jamais il n'avait sauté un cours. Quand il était petit, il avait été si souvent absent, à l'école, qu'il ressentait, à présent, le besoin de rattraper le temps perdu.

Il détestait manquer à ses obligations et bouleverser ses habitudes, mais là, c'était un cas de force majeure. Il avait des choses urgentes à faire : ça ne pouvait pas attendre. Il avait déjà lavé deux congélateurs, celui de l'atelier et celui de la maison. Il avait jeté dans les bois tous ces organes précieusement conservés dans du papier de boucherie. Les coyotes les feraient disparaître. Il ne s'était séparé de ces pièces qu'à contrecœur, en se disant qu'aucune n'était suffisamment intéressante pour être exposée, qu'il n'en avait pas besoin. De toute façon, il n'avait pas le choix : il lui fallait de la place pour Joan. Du moins, en attendant d'avoir trouvé une autre cache.

La tronçonneuse était tentante, songea-t-il en regardant les outils, mais elle ne conviendrait pas. L'ennui, c'est qu'il ignorait toujours quelle glande était déficiente. Joan lui répétait inlassablement qu'elle était en parfaite santé, qu'elle n'avait parlé d'un problème hormonal que parce qu'elle avait honte de sa boulimie. Pauvre fille. Comme tous les autres, elle ne se rendait pas compte de la chance qu'elle avait. Peu importait. Il lui enlèverait toutes les glandes. Il verrait bien, ensuite, laquelle était défaillante. Sinon, il les garderait toutes.

Un couteau ferait l'affaire. Mais lequel ? Parmi le matériel de son père, de l'énorme fendoir jusqu'au délicat couteau à trancher les filets, il n'avait que l'embarras du choix. Une lame de taille moyenne, peut-être.

Pauvre Joan ! Il n'avait vraiment pas envie de lui faire ça. D'une certaine façon, il s'était attaché à elle. Lorsqu'il rentrait chez lui, il aimait bavarder avec elle et lui montrer sa collection. Il n'avait jamais eu d'animal domestique. Non, non, elle n'était pas comme un chien ou un chat. Elle était devenue un peu comme... Il n'avait jamais eu d'ami non plus. En quelque sorte, elle était devenue son amie. Oui, c'était ainsi qu'il imaginait l'amitié.

Au moment précis où il décrochait un couteau à désosser, il entendit du bruit à l'extérieur.

Les coyotes étaient déjà là ? Alors que la viande ne devait pas encore être décongelée ?

Il jeta un coup d'œil par la petite fenêtre de l'appentis. Une femme contournait la maison. Elle marchait tout doucement, précautionneusement, en direction de la porte de derrière. Quand elle tourna la tête pour regarder autour d'elle, il reconnut l'agent spécial du FBI. Elle avait son revolver à la main.

64.

Les dépendances qui entouraient la maison auraient pu abriter plusieurs véhicules, mais Maggie ne voyait de voiture nulle part. Etait-il parti travailler ? A la fac ? Etait-il à la carrière avec Watermeier et Bonzado ? Quelle ironie du sort… L'assassin retournant sur les lieux du crime pour prêter main-forte aux enquêteurs.

L'ancienne ferme paraissait bien entretenue. Tous les bâtiments étaient blanchis à la chaux, les pelouses tondues, les prés fauchés. Aucune machine agricole à l'abandon. Un petit appentis, entièrement rénové, était équipé de larges panneaux solaires.

Maggie se dirigea vers la porte de derrière, et décida de frapper, bien qu'elle fût quasiment certaine qu'*il* n'était pas là. Par précaution, elle glissa quand même son Smith & Wesson sous sa veste.

Comme personne ne répondait, elle tourna la poignée. A sa surprise, le battant s'ouvrit.

Elle reprit son revolver en main, poussa la porte et s'immobilisa pour tendre l'oreille. On n'entendait que le bourdonnement d'un appareil électrique. A pas de loup, elle s'engagea dans le couloir. La première pièce sur la gauche était une cuisine. Elle y jeta un coup d'œil. Rien d'extraordinaire. Le ronronnement provenait d'un vieux congélateur. A sa droite, un escalier. Elle leva la tête vers le haut des marches. Personne. Plus loin, un petit salon meublé d'antiquités, dont les fenêtres étaient ornées de rideaux en dentelle. Elle s'avança sur le seuil de cette pièce et la parcourut des yeux.

Elle ne l'entendit pas s'approcher par-derrière. Quand elle s'aperçut de sa présence, il était trop tard. Le temps qu'elle se retourne, elle recevait un coup terrible sur le crâne.

65.

Luc n'aimait pas attendre.

Pourquoi l'agent O'Dell ne lui avait-elle pas permis d'emmener Scrapple ? Il en avait gros sur le cœur d'avoir laissé son chien tout seul à la maison. Normalement, ils ne se quittaient jamais. Les pattes sur le rebord de la fenêtre, Scrapple avait regardé la voiture s'éloigner en gémissant comme un chien abandonné.

Luc scrutait le chemin qui s'enfonçait entre les arbres. Il ne comprenait pas pourquoi l'agent O'Dell n'avait pas emprunté l'allée qui menait directement à la maison. Elle lui avait affirmé qu'il ne devait pas s'inquiéter, mais il l'avait trouvée mystérieuse. Cette femme lui rappelait Julia. Avant de s'exiler à Washington, sa fille était constamment en train de fourrer son nez dans des affaires qui ne la regardaient pas. Les policiers avaient peut-être ça dans le sang. Julia et lui avaient, pourtant, le même sang...

Il repoussa son béret en arrière et se gratta la tête. Que fabriquait l'agent O'Dell ? Il avait toujours son téléphone portable à la main. Quinze minutes, avait-elle dit. Ça ne devait pas faire loin d'un quart d'heure qu'elle était partie. Il regarda son poignet, et se rappela qu'il ne portait plus de montre depuis qu'il ne parvenait plus à lire l'heure. Les chiffres étaient devenus obscurs pour lui. Il n'était même plus capable de remplir un chèque. On lui aurait certainement coupé l'électricité depuis des mois s'il n'avait eu la sagesse de demander un prélèvement automatique. Dieu merci, ses économies dureraient jusqu'à sa mort.

Il tourna la tête pour regarder à travers la vitre de la voiture. Oh, non… Il ne reconnaissait rien. Il se contorsionna sur son siège pour essayer de trouver un repère familier. Où était-il ? Il tenait un objet noir entre les mains. S'il le serrait si fort, c'est que c'était quelque chose d'important. Mais quoi ? Il n'en avait pas la moindre idée.

66.

Maggie s'extirpa péniblement de sa torpeur. Une migraine martelait ses tempes. Ses jambes étaient ankylosées, repliées sous elle. Il faisait un noir d'encre. Elle avait beau cligner des paupières, écarquiller les yeux, l'obscurité était totale. Elle ne pouvait pas bouger les bras. Ni déplier ses jambes. A peine pouvait-elle remuer les mains pour palper l'espace restreint au-dessus d'elle. Où l'avait-il enfermée ?

Il faisait si froid dans cet endroit exigu.

Elle entendit soudain le bruit d'un moteur que l'on mettait en marche, et reconnut le bourdonnement de tout à l'heure...

Oh, non ! Il l'avait mise dans le congélateur !

Surtout, ne pas paniquer. La panique ne servait à rien. Elle ne pouvait pas être là depuis très longtemps, sinon, elle ne se serait pas réveillée. Elle devait rester calme. Elle essaya encore de déplier ses jambes. En vain. Elles étaient coincées. Ses bras avaient une marge de mouvement de quelques centimètres.

Ne pas s'affoler. Respirer. Elle avait du mal à respirer. Il ne devait pas y avoir beaucoup d'oxygène là-dedans. Le froid était de plus en plus mordant.

Ses doigts la brûlaient. Elle ferma les poings et tenta de pousser le couvercle. Elle n'avait pas suffisamment de place pour donner des coups dedans. Son revolver... Elle allait tirer dans le couvercle. Oui, c'était la seule solution. Tant bien que mal, elle palpa les poches de sa veste. Evidemment, il ne lui avait pas laissé son arme.

— Au secours ! hurla-t-elle.

Elle cria aussi fort qu'elle le pouvait, jusqu'à en avoir la gorge irritée. Puis elle essaya de cogner contre le couvercle, les mains endolories par le froid. Au bout d'un moment, il lui sembla qu'elle saignait. Des gouttes chaudes lui tombaient sur le visage. Le désespoir s'empara d'elle quand elle songea que la seule personne qui savait où elle était l'attendait dans sa voiture avec un téléphone portable déchargé.

67.

Adam trouva la voiture de location de Maggie garée au bord de la route. Il n'y avait personne à l'intérieur. Savait-elle que Simon était le tueur de la carrière, elle aussi ? Comment en était-elle arrivée à cette conclusion ? Il rangea son pick-up derrière la Ford Escort, en descendit, bondit par-dessus le fossé, puis revint sur ses pas pour se munir du pied-de-biche.

En atteignant le petit bosquet, il aperçut Luc Racine qui errait derrière l'un des bâtiments. Le vieil homme avait l'air perdu. Adam ouvrit la bouche pour l'appeler, puis la referma aussitôt. Si Simon était là, il ne fallait pas l'alerter. Adam avait téléphoné aux pompes funèbres, espérant l'y trouver là-bas et le rencontrer en public. Une secrétaire l'avait informé que Simon était malade, qu'il ne travaillait pas aujourd'hui et qu'il y avait sans doute lieu de s'inquiéter sérieusement pour sa santé car il était, habituellement, d'une assiduité exemplaire.

Adam regrettait de ne pas avoir réessayé de joindre Henry. Chaque fois qu'il avait téléphoné au bureau de Watermeier, Beverly lui avait dit que le shérif était en réunion et qu'on ne pouvait pas le déranger.

Tout en restant caché entre les arbres, Adam se dirigea vers Luc. Quand il fut suffisamment près de lui, il l'appela à voix basse :

— Monsieur Racine... Eh, Luc...

Le vieil homme se retourna si brusquement qu'il faillit perdre l'équilibre. Ses yeux cherchaient partout.

— Psst... Par ici, monsieur Racine ! dit Adam en s'approchant.

— Ah, c'est vous, professeur ! Vous m'avez fait peur.

— Je suis désolé. Où est Maggie ?

— Je n'en sais rien. Je crois que j'ai entendu quelqu'un dans cette cabane.

— Vous avez vu Simon ?

— Non... Non. Il faut retrouver Maggie. Il a dû lui arriver quelque chose. Ça fait longtemps qu'elle est partie.

Luc se balançait nerveusement d'un pied sur l'autre et d'avant en arrière.

— O.K., calmez-vous. On va la trouver. Allons voir par là.

Les vitres opaques de l'appentis empêchaient de voir à l'intérieur. La porte était fermée par une chaîne cadenassée qu'Adam fit sauter à l'aide de son pied-de-biche. La pièce était faiblement éclairée. Adam lui aurait trouvé une atmosphère plutôt chaleureuse sans ces rangées de bocaux alignés sur les étagères qui n'étaient pas sans lui rappeler son labo. Un lit était installé dans un coin. Les couvertures remuèrent.

Une femme attachée aux barreaux du lit hurla en les voyant. Puis elle sourit et éclata de rire. Mais, aussitôt, son visage se déforma, et elle poussa un gémissement de douleur.

68.

Maggie était épuisée. Réfléchir. Rester calme. Ne pas céder à la panique. Ses mains lui faisaient affreusement mal, mais elle était heureuse de sentir encore quelque chose. Si le froid lui mordait la peau, c'est qu'elle n'était pas encore complètement paralysée. Elle entendait aussi ses dents s'entrechoquer, et elle avait conscience de trembler de tous ses membres.

Les frissons étaient un moyen pour le corps de se réchauffer. Bientôt, elle cesserait de grelotter. Son sang serait trop épais pour circuler, son cœur et ses poumons se mettraient à fonctionner au ralenti. L'hypothermie affecterait aussi son activité cérébrale.

Elle essaya de se remémorer les symptômes de l'hypothermie. En les anticipant, elle pourrait peut-être les combattre.

Elle savait qu'il était possible de survivre plusieurs heures dans un froid extrême. Mais combien ? Deux ? Trois heures ? Elle ne se rappelait plus.

Son métabolisme allait diminuer. Ses poumons absorberaient de moins en moins d'oxygène. Ce qui n'était pas une mauvaise chose, étant donné qu'il ne devait pas rester beaucoup d'air dans le congélateur. Oh, mon Dieu ! Allait-elle s'asphyxier avant d'être gelée ?

Sa fréquence cardiaque allait s'amenuiser, également. Pour l'instant, ce n'était pas encore le cas. Son cœur battait si fort qu'elle en avait les oreilles qui bourdonnaient. Mais, tôt ou tard, il finirait par s'affaiblir, et son pouls serait alors presque imperceptible, si bien que, lorsqu'on le lui tâterait, on risquerait de la croire morte.

De toute façon, songea-t-elle, qui allait venir lui tâter le pouls ? A part Simon et Luc Racine, personne ne savait où elle était. Le vieil homme se lancerait-il à sa recherche en ne la voyant pas revenir ? Appellerait-il les secours ? Encore fallait-il qu'il se souvienne d'elle et de ce qu'il faisait dans sa voiture. Quant à prévenir la police, inutile de compter sur lui pour ça : elle lui avait laissé un téléphone déchargé.

La terreur commençait à la gagner. Elle se retint de tambouriner encore contre les parois du congélateur. La frayeur était rassurante, se disait-elle. Quand elle ne paniquerait plus, elle serait dans un état vraiment critique.

Elle essaya de se concentrer, de faire travailler son cerveau. Quelles étaient les autres manifestations de l'hypothermie ? Ah oui, le manque d'oxygène entraînerait des hallucinations. Visuelles ou auditives. Les deux, peut-être. Elle verrait ou entendrait des gens qui n'existaient que dans son imagination.

Et puis, elle ressentirait une chaleur intense, l'un des cruels paradoxes d'un sévère abaissement de la température corporelle. Les personnes en hypothermie déchiraient parfois leurs vêtements et s'arrachaient la peau. Pour Maggie, ce risque était exclu : elle ne pouvait pas bouger.

Curieusement, le dernier souvenir que l'on gardait de l'hypothermie était une terrible sensation de brûlure. A condition d'en réchapper.

Certains se réveillaient totalement amnésiques. Une défense du corps humain, peut-être, qui remplaçait le souvenir du froid et de la souffrance par le vide complet.

Maggie sentait ses muscles s'engourdir. Elle s'efforça de penser à la chaleur : la plage, le sable chaud entre ses orteils, le soleil sur sa peau, la tiédeur d'une mer tropicale. Puis elle s'imagina dans un confortable fauteuil, en face d'une cheminée où brûlait un magnifique feu de bois, les mains autour d'une tasse de chocolat fumant. Elle était si bien qu'elle se pelotonnait dans le fauteuil et s'endormait…

Elle était si fatiguée. Ce serait tellement bon de dormir. Ses paupières se fermèrent. Sa respiration était de plus en plus lente. Elle n'avait plus mal aux mains. En tout cas, elle ne sentait plus la douleur. La panique refluait. Elle était si lasse. Le sommeil l'appelait. Oui, elle allait se reposer un moment, juste un petit moment, dans le noir et dans le calme.

Elle était allongée sous le soleil. Elle entendait les vagues, le cri des mouettes. Du fond de son cerveau, une petite voix presque inaudible la supplia d'ouvrir les yeux, de ne pas sombrer dans les ténèbres.

Au même moment, elle eut vaguement conscience qu'elle ne grelottait plus. A quoi bon lutter contre le sommeil puisqu'il était trop tard ?

69.

Luc avait fouillé la maison de fond en comble. Maggie n'était nulle part. Où était-elle passée ? Le shérif Watermeier semblait convaincu que Simon Shelby s'était enfui en l'emmenant avec lui. Ses hommes ratissaient les forêts alentour. On était en train de dresser des barrages sur les routes.

Luc entendait la sirène de l'ambulance qui s'éloignait sur Whippoorwill Drive. Un infirmier avait déclaré que cette femme nommée Joan présentait tous les signes d'un empoisonnement. Et si Simon avait aussi empoisonné Maggie ?

Luc se tordit les mains et remonta les marches deux à deux pour aller regarder dans des placards et des recoins qu'il avait déjà inspectés. Maggie lui avait sauvé la vie. Maintenant qu'elle était en danger, il ne pouvait pas la laisser tomber. Depuis combien de temps avait-elle quitté la voiture ? Depuis des heures, lui semblait-il. Des heures qu'elle était peut-être aux mains de Simon.

— Luc ? appela Adam, depuis le couloir qui séparait la cuisine de l'escalier. Vous l'avez trouvée ?

— Non. Je l'ai cherchée partout, sans succès.

— Henry a envoyé un message à toutes les patrouilles. Si Simon l'a emmenée avec lui, on ne va pas tarder à les arrêter.

— J'ai un mauvais pressentiment.

— Ne vous inquiétez pas pour Maggie. C'est une femme forte.

Luc voyait bien, pourtant, qu'Adam n'était pas aussi rassuré qu'il voulait le lui faire croire.

— Il faut être complètement dérangé pour faire des choses pareilles, dit-il.

Il maudissait la boule qu'il avait dans la gorge et le chevrotement de sa voix.

— Il y a des paquets congelés dans le bois, ajouta-t-il. De la viande ou Dieu sait quoi. Ce type est un malade.

— Attendez..., dit Adam. Il aurait vidé le congélateur ?

— Oui. Il y a des sacs encore blancs dehors.

Tous deux se précipitèrent vers le gros congélateur de la cuisine. Devant le coffre, ils échangèrent un regard à la fois plein d'appréhension et d'espoir.

70.

Maggie percevait un son lointain et faible mais persistant. Des voix ? Des hallucinations ?

Elle était trop exténuée pour s'en préoccuper.

Un rayon de lumière transperça ses paupières, puis ce fut de nouveau l'obscurité. Un autre éclair.

— Elle est inconsciente.

Oui, c'était bien une voix. Etouffée, indistincte, comme si elle lui parvenait de l'autre bout d'un tunnel.

— Elle a perdu connaissance.

Ses muscles étaient raides, ses bras figés à ses côtés. Impossible de les bouger. Un autre éclat lumineux, bleuté, orangé.

— Pas de pouls.

Elle n'avait plus la force de se demander d'où venaient ces voix. Son corps ne répondait plus aux ordres qu'elle essayait de lui donner. Elle n'était plus dans son corps. Elle ne le sentait plus, ne le voyait plus.

— Elle est morte.

Elle comprit, cette fois, le sens des mots.

— Son cœur ne bat plus.

Elle aurait voulu leur dire que si, que son cœur battait faiblement mais qu'il battait encore. Elle le sentait, mais ses lèvres ne remuaient pas, elle ne pouvait pas parler.

— Pas de dilatation des pupilles.

Attendez, je vous en supplie ! Pourquoi ne les voyait-elle pas ? S'ils regardaient dans ses yeux, pourquoi lui étaient-ils invisibles ? Les éclairs de lumière. C'était ça. Ses yeux ne répondaient pas mais elle n'était pas morte... Comment le leur faire comprendre ?

— Elle est morte.

Non, non, non ! hurlait-elle intérieurement.

Autour d'elle, tout était noir. Ses membres étaient inertes. Oh, Seigneur ! Et s'ils avaient raison ? Elle était peut-être morte, effectivement. Oui, ce devait être ça, la mort : un vague état de conscience mais plus de présence physique. Elle se sentit glisser de nouveau dans la léthargie. Elle allait fermer les yeux et se rendormir. Mais ses yeux n'étaient-ils pas déjà fermés ? Elle sombra...

Un bruit la réveilla soudain. Rien. Elle replongea dans l'obscurité et la chaleur. Un liquide chaud coulait dans ses veines. Elle se sentait repartir quand elle crut voir... Non, ce n'était pas possible. Son père se tenait devant elle, au milieu d'un brouillard gris. Oui, elle était bien au royaume des morts.

71.

— Maggie ?

A grand-peine, elle souleva ses paupières. La lumière l'aveugla. Les images dansaient devant ses yeux. Ses oreilles bourdonnaient. Elle avait un goût de caoutchouc et de coton dans la bouche. Elle essaya de se concentrer sur la voix. D'où venait-elle ? Etait-elle réelle ? Une main pressa la sienne.

— Maggie ? Reviens ou je ne te le pardonnerai jamais.

— Gwen ?

Elle avait du mal à parler. Elle refit une tentative :

— Où je... suis ?

— Tu nous as fichu une de ces frousses, O'Dell !

Elle tourna lentement la tête. Bouger lui donnait le vertige. Tully se tenait de l'autre côté du lit.

— Qu'est-ce qui m'est arrivé ? Où je suis ?

— Au centre médical Yale-New Haven, lui répondit Gwen. Tu as subi une grave hypothermie.

— Ils ont fait passer tout ton sang dans un circuit externe, pour le réchauffer, ajouta Tully. Alors, tu ne me diras plus que tu es une femme de sang-froid, maintenant !

— Très drôle, maugréa Gwen.

— Quoi, on n'a plus le droit de plaisanter ?

— Tu nous as fait une belle peur, Maggie, dit Gwen en caressant le front de son amie.

La paume de sa main était chaude.

— Qu'est-ce qui s'est passé ?

— Ecoute, tu risques de souffrir d'amnésie et de ne jamais te rappeler ce qui s'est passé. On essaiera quand tu auras repris des forces, d'accord ?

— Combien de temps suis-je restée sans connaissance ?

— Tu es dans le coma depuis jeudi.

— Quel jour sommes-nous ?

— Samedi, ma puce, répondit Gwen en lui prenant la main et en rejetant ses cheveux en arrière.

— Est-ce qu'on a arrêté Simon Shelby ?

— Elle n'a pas complètement perdu la mémoire ! dit Tully en riant. Le boulot, ça, elle n'oublie jamais. Rassure-toi, ajouta-t-il en réponse à la question de la jeune femme : la police du Maryland l'a arrêté hier soir. On ne sait pas où il allait.

Il transportait certains de ses spécimens dans le coffre de sa voiture.

— *Spécimens ?* répéta Maggie, les sourcils froncés en signe d'incompréhension.

— Des cerveaux cancéreux, des foies hépatiques, des cœurs malades, des os biscornus, expliqua Tully. On avait vu juste. Le labo de Meriden pense avoir identifié les yeux de la journaliste, parmi quelques autres paires. Des analyses d'ADN sont en cours pour le reste des organes retrouvés. Certains appartiennent probablement aux cadavres de la carrière. Si tu avais vu son atelier, O'Dell... Il y en avait des bocaux et des bocaux. Dieu sait combien de personnes il a tuées. Il refuse de parler. Il va sûrement finir dans un asile psychiatrique.

— A mon avis, enchaîna Gwen, il a commencé il y a cinq ans, à la mort de sa mère. J'ai discuté avec une infirmière de l'hôpital local. Elle se souvenait parfaitement de Simon Shelby et de sa mère, Sophie. Elle avait de la peine pour ce gamin que sa mère emmenait sans cesse aux urgences au milieu de la nuit. Il se plaignait d'atroces crampes d'estomac, mais les examens n'ont jamais révélé aucun trouble digestif. Sa mère devait l'empoisonner. Il a reproduit le schéma sur Joan.

— Elle est en vie ? demanda Maggie.

— Oui. Elle est hospitalisée à Meriden. Elle va s'en sortir. On pense que Shelby lui faisait avaler des petites doses d'arsenic. Il lui faudra un certain temps pour se rétablir complètement, mais elle est tirée d'affaire.

— J'ai cru que je ne faisais plus partie de ce monde, avoua Maggie.

Les souvenirs lui revenaient peu à peu.

— Adam et Luc l'ont bien cru, eux aussi, répliqua Gwen en se penchant par-dessus la barrière du lit. Luc Racine m'a dit qu'il était sûr que tu étais morte. Ils ne sentaient pas ton pouls. Tes yeux ne réagissaient pas à la lumière. Mais le Pr Bonzado ne voulait pas abandonner tout espoir. Tu as eu de la chance qu'il soit là, Maggie. Les sujets en hypothermie sont souvent en état de mort apparente.

— Tu as survécu à la congélation, mais Cunningham va te tuer, déclara Tully avec un sourire.

— Il est au courant de tout, je présume ?

— Il t'a envoyé ça, dit Tully en montrant une plante fleurie posée sur la table de chevet. Il a écrit sur la carte qui l'accompagne qu'il s'agit d'une physostégie de Virginie, aussi appelée fausse tête de dragon ou plante obéissante.

— Luc et Adam sont là ? demanda Maggie pour changer de sujet de conversation.

— Ils doivent venir te voir dans la journée, répondit Gwen. Si tu allais leur passer un coup de fil, Tully ?

Maggie remarqua un certain regard de connivence entre son amie et son coéquipier.

— Je reviens, dit Tully en pressant l'épaule de Maggie. Au fait, Emma te fait savoir que Harvey est en pleine forme.

— Qu'elle ne s'imagine surtout pas que je vais le lui laisser !

— Non, non.

Sur cette réponse, Tully quitta la chambre.

— Maggie, il faut que je te dise quelque chose.

Maggie s'arc-bouta et essaya de bouger les jambes. Oui, ses jambes fonctionnaient de nouveau. Et ses bras aussi.

— Qu'est-ce que tu fais ? demanda Gwen en riant. Non, non, ne t'inquiète pas : tu n'es pas paralysée. Ta mère est en bas, à la cafétéria. Depuis jeudi soir.

— Je vois que vous vous faisiez vraiment du souci pour moi.

— Le traitement de l'hypothermie peut être fatal au patient.

L'émotion contenue pendant deux jours perçait enfin dans la voix de Gwen.

— Oui, j'étais vraiment inquiète, poursuivit-elle. Je suis désolée. Je n'ai pas appelé uniquement ta mère. J'espère que tu ne m'en voudras pas trop...

Elle se leva pour aller ouvrir la porte de la chambre.

— Vous pouvez entrer.

Patrick s'approcha du lit.

— Ils t'ont dit ? lui demanda Maggie.

— Oui. Et je leur en suis reconnaissant. Dieu sait combien de Pepsi Light il aurait encore fallu que je te serve, dit-il en souriant, du sourire de leur père.

— C'était toi.

— Quoi ?

— Je croyais que j'étais morte. J'ai cru voir mon père... notre père, mais c'était toi.

— Tu me parleras de lui, un jour ?

— Tu as un peu de temps devant toi ?

Patrick s'assit sur la chaise délaissée par Gwen. Maggie lui sourit.

— Je ne reprends le service que dans deux heures, dit-il.

Épilogue

Trois mois plus tard
Hôpital psychiatrique du Connecticut

Simon détestait cette chambre. Une odeur de désinfectant planait en permanence dans l'air, mais la pièce était sale. Des toiles d'araignées pendaient du plafond. Les infirmiers et les aides-soignants n'étaient pas non plus très propres. Celui qui avait un tatouage et de longs cheveux graisseux avait mauvaise haleine. Mais, au moins, on s'occupait bien de lui. Le Dr Kramer lui avait prescrit des médicaments pour ses maux d'estomac. Le traitement semblait efficace. Du moins, dans une certaine mesure. Aux alentours de minuit, il avait toujours d'insupportables crampes.

On venait d'apporter deux plateaux-repas, ce qui signifiait qu'il allait avoir un nouveau voisin. Simon avait déjà bu son jus d'orange et caché le gobelet en plastique sous le lit, dans le trou qu'il avait creusé sous une latte du plancher. C'était là qu'il mettrait ses nouveaux spécimens. Il devait se montrer prudent, mais ce n'était pas difficile de voler des bocaux dans le placard à balais. La veilleuse de nuit, *Hilda la sorcière*, comme tout le monde l'appelait, oubliait parfois de le fermer à clé.

Des verrous cliquetèrent. Ce son le faisait toujours sursauter.

— Simon, je vous présente votre nouveau compagnon, Daniel Bender.

Le jeune homme était maigre et pâle. Ses cheveux bruns étaient ébouriffés. Ses yeux marron étaient vides.

— Salut, Daniel, dit Simon en se levant.

Il serra une main froide et moite, puis s'essuya la paume sur le dessus-de-lit de Daniel, tandis que Hilda montrait au nouveau venu où il pouvait ranger ses affaires.

Quand elle les eut quittés, Daniel s'assit au bord du lit et considéra le plateau de nourriture.

— La soupe est bonne, en général, lui dit Simon. Remarque, c'est dur de louper une soupe.

Puis il prit son assiette de salade et repoussa les feuilles flétries sur le côté.

— Je ne peux rien avaler, dit Daniel d'une voix fluette. J'ai un ulcère hémorragique.

Simon délaissa soudain sa salade.

— Ah bon ? Parle-moi de ton ulcère, dit-il en glissant sa fourchette sous le matelas.

DANS LA MÊME COLLECTION
Par ordre alphabétique d'auteur

BARBARA BRETTON	*Le lien brisé*
WINSLOW ELLIOT	*L'innocence du mal*
TESS GERRITSEN	*Présumée coupable*
HEATHER GRAHAM	*L'invitation*
HEATHER GRAHAM	*L'ennemi sans visage*
HEATHER GRAHAM	*Le complot*
GINNA GRAY	*Le voile du secret*
KATHRYN HARVEY	*La clé du passé*
CHRISTIANE HEGGAN	*Miami Confidential*
GWEN HUNTER	*Faux diagnostic*
GWEN HUNTER	*La couleur du sang*
PENNY JORDAN	*De mémoire de femme*
PENNY JORDAN	*La femme bafouée*
R.J. KAISER	*Qui a tué Jane Doe ?*
ALEX KAVA	*Sang Froid*
ALEX KAVA	*Le Collectionneur*
ALEX KAVA	*Les âmes piégées*
ALEX KAVA	*Obsession meurtrière*
RACHEL LEE	*Neige de sang*
RACHEL LEE	*Le lien du mal*
MEG O'BRIEN	*Le piège*
MEG O'BRIEN	*En lettres de sang*
MEG O'BRIEN	*Pluie de sang*
EMILIE RICHARDS	*Le refuge irlandais*
EMILIE RICHARDS	*Mémoires de Louisiane*
EMILIE RICHARDS	*Le testament des Gerritsen*
EMILIE RICHARDS	*L'héritage des Robeson*
EMILIE RICHARDS	*L'écho de la rivière*

.../...

DANS LA MÊME COLLECTION
Par ordre alphabétique d'auteur

NORA ROBERTS	*Le cercle brisé*
NORA ROBERTS	*Possession*
NORA ROBERTS	*Et vos péchés seront pardonnés*
NORA ROBERTS	*Tabous*
NORA ROBERTS	*Coupable innocence*
NORA ROBERTS	*Maléfice*
NORA ROBERTS	*Enquêtes à Denver*
NORA ROBERTS	*Crimes à Denver*
FRANCIS ROE	*L'engrenage*
FRANCIS ROE	*Soins intensifs*
JOANN ROSS	*La femme de l'ombre*
ERICA SPINDLER	*Rapt*
ERICA SPINDLER	*Black Rose*
ERICA SPINDLER	*Le venin*
ERICA SPINDLER	*La griffe du mal*
ERICA SPINDLER	*Trahison*
ERICA SPINDLER	*Cauchemar*
CHARLOTTE VALE ALLEN	*L'enfance volée*

5 NOUVEAUTÉS À PARAÎTRE EN SEPTEMBRE 2005

MIRA

Cet ouvrage a été composé et mis en pages
par les **Éditions Harlequin**

imprimé sur CAMERON par

BUSSIÈRE
GROUPE CPI

à Saint-Amand-Montrond (Cher)
en juin 2005

Imprimé en France
Dépôt légal : juillet 2005
N° d'édition : 11366 — N° dimpression : 051943/1